새엄마가 데려온 딸이 전 여친이었다
8
슬슬 진심을 보여줘 봐

미나미 아카츠키
Akatsuki Minami
쿠레나이 스즈리
Suzuri Kurenai
아소 아이사
Aisa Aso
아스하인 란
Ran Asuhain

히가시라 이사나
Isana Higashira
이리도 유메
Yume Irido

"완전히 날라리가 되는 거예요!
지금만 수치심을 잊는 거예요!"
KOBE GALS COLLECTION

새엄마가 데려온 딸이 전 여친이었다 8

슬슬 진심을 보여줘 봐

카미시로 쿄스케 지음
타카야Ki 일러스트
이승원 옮김

목차 Contents

말 꺼내는 것도 어지간한 고생

이리도 미즈토 ◆ 검은 고양이와의 조우

평소처럼 이사나와 수다를 떤 후에 귀가해보니, 검은 고양이가 졸고 있었다.

물론 우리 집에서 애완동물을 기르기 시작한 것은 아니다. 애초에 이 고양이는 검은 고양이 귀와 꼬리, 그리고 선정적인 의상을 입은 코스프레 인간일 뿐이다.

마치 주인이 남긴 온기를 느끼고 있는 듯한 모습 같았다.

태아처럼 몸을 동그랗게 만 채 검은 머리카락을 시트에 늘어뜨린 그 얼굴은 다행히 눈에 익었다.

"……얘가 지금 뭐 하고 있는 거야……."

의붓동생의 잠든 얼굴을 내려다본 나는 어처구니없음과 당황스러움이 반씩 섞인 목소리로 그렇게 중얼거렸다.

미니스커트일 뿐만 아니라 가슴도 훤히 드러나 있는, 수영복 빰치는 노출도의 옷이다. 보는 각도를 조금만 바꿔도 가슴 계곡과 팬티가 보일 것만 같았다.

검은색 치맛자락 아래로 뻗어있는 새하얀 허벅지에서 시

선을 돌린 나는 당황한 나머지 한숨을 내쉬었다.
대체 어쩌다 이런 사태가 벌어진 것일까.
나보고 대체 뭘 어쩌라는 거냐고.

이리도 유메 ◆ 학생회 여행 계획

"그런데 유메 양은 다음 달 연휴에 다른 스케줄이 있어?"
10월 30일.
중간고사도 끝나고 미즈토에게 줄 생일 선물도 정해진 덕분에 긴장이 풀렸을 타이밍에, 쿠레나이 회장이 그런 질문을 했다.
"연휴라면……."
"21일부터 23일까지의 사흘 연휴 말이다."
평소처럼 늠름한 어조로 그렇게 말한 회장의 얼굴에는 귀여운 고양이 귀가 달려 있었다.
이것은 오늘 학생회실에 들어서자마자 아소 선배가 『핼러윈!』 하면서 씌워준 것이며, 나도 머리에 쓰고 있다. 한순간 영문을 몰랐지만, 오늘은 10월 30일— 핼러윈 전날이며, 언제부터인가 일본의 핼러윈에는 『코스프레를 하는 날』이라는 의미가 존재했다.
평소부터 코스프레에 흥미가 있었던 듯한 아소 선배는 지금도 종이 상자 안에서 여러 의상을 꺼내더니, 아스하인 양의 가슴에 대보며 히죽대고 있었다. 하스하인 양은 혼이 빠져나간 듯한 표정으로 당하고 있었으며, 우리는 그녀를 산제물 삼아서 한때의 평온을 손에 넣었다.

"23일…… 근로감사의 날이던가요?"

11월의 공휴일— 3일에는 중요한 볼일이 있다.

"딱히 스케줄은 없는데, 왜 그런 걸 묻는 건가요?"

"실은 여행을 계획하고 있거든."

"여행……인가요?"

장기 휴가라면 모르지만, 겨우 사흘 연휴에?

"11월은 큰 행사도 없으니, 학생회의 친목 도모를 겸해서 말이지. 친척의 연줄을 빌리면, 좋은 숙소를 잡을 수 있을 것 같다."

"친척의 연줄……."

어떤 친척일까?

"아~, 유메찌는 몰랐구나?"

아소 선배는 아스하인 양의 몸에 수영복급 천 면적의 의상을 대보면서 말했다.

"스즈링의 집은 말이지? 헛웃음이 날 정도의 부잣집이야."

"어……."

귀엽고, 머리가 좋으며, 카리스마가 있는 데다, 부자이기까지 하다? 하늘은 이 사람에게 대체 얼마나 많은 걸 줘야 직성이 풀리는 걸까.

쿠레나이 회장은 쓴웃음을 머금었다.

"제약도 많은 성가신 집일 뿐이지. 그 대신, 평범한 학생은 할 수 없는 일이 다소 가능해. 아리마 온천의 일류 여관을 예약한다, 같은 것 말이다."

"어, 아리마 온천?!"

그런 곳은 몇 달 전에 예약해야 할 텐데…….

"아리마 온천이면 고베에 있지~? 이번에는 꽤 가까운 곳이네~."

아무렇지 않게 아스하인 양의 블라우스를 벗기려다 격렬한 저항에 부딪힌 아소 선배가 그렇게 말했다.

"그래. 전철로 편도 한 시간. 이동만이라면 학생의 지갑 사정으로도 가능하지."

고베라면 효고현에 있잖아. 확실히 교토에서라면 그렇게 먼 곳이 아냐.

"이번에는, 이란 말은 전에도 이런 적이 있나요?"

"전에는 어디였더라? 독일?"

"그건 서무 선배와 셋이서 간 곳이잖아? 학생회에서 간 곳은 홋카이도다."

고등학생 셋이서 독일에 다녀온 거야?! 행동력이 어마어마하네…….

"학생회에서 단체로 여행을 가는 거군요. 그렇다면……."

하바 선배, 호시베 선배와 숙박 여행을 갔는데도 아무런 진전이 없었다는 게 참—.

바로 그때, 쿠레나이 회장과 아소 선배가 나를 동시에 쳐다봤다.

““할 말 있어?””

“아…… 아뇨…….”

단둘이 갔다면 몰라도, 단체 여행에서는 관계를 발전시킬 기회가 없었을 거야! 응! 그게 정상이야!

“여행…….”

생각해보니, 간 적이 거의 없네. 엄마는 바쁘고, 나는 책벌레였잖아. 똑똑히 기억하는 건, 초등학교 때와 중학교 때의 수학여행 정도……?

“21, 22, 23일이죠?”

“그래. 21일에 출발해서 2박 3일 예정이지.”

모처럼의 제안이니 가볼까. 내가 집을 비우면, 엄마도 부부끼리 좋은 시간을— 어, 11월 22일?

……좋은 부부의 날이다.

이건 하늘의 계시일지도 모른다. 외박을 하며 부모님에게 두 사람만의 시간을 만들어주는 것도, 자주는 못 해 드리는 만큼— 만약, 나만이 아니라 미즈토도 같이 집을 비운다면…….

“……저기, 확인 삼아 묻는 건데요.”

“응? 뭐지?”

“그 여행…… 제 동생을 데려가도 될까요?”

뻔뻔한 소리라고 생각하면서도, 나는 물어보았다.

미즈토도 함께 가준다면, 부모님만의 시간을 만들어 줄 수 있다.

무엇보다…… 함께 여행을 가는 건, 백중 때를 제외하면 처음이다.

물론 학생회와 연관 없는 미즈토를 데려갈 수 있을 거라고는 생각하지 않지만……!

퇴짜 맞았을 때에 대비해 내가 그렇게 생각하고 있을 때, 쿠레나이 회장이 미소를 머금었다.

"좋은 생각인걸!"

퇴짜는 고사하고 좋은 아이디어라는 듯이 손뼉을 친 회장은 아소 선배를 돌아보았다.

"남자가 죠뿐인 것도 좀 안 됐다고 생각하던 참이다. 그러니 아이사, 너는 호시베 선배에게 권해봐라."

"어?! 내가?!"

"그럼 누가 있지? 어차피 그 사람은 대학교도 결정되어서 한가하지. 유메 양도 동생에게 허가를 받아오도록. 그는 여행에 흥미가 없어 보이거든. 온갖 수단을 동원해 그를 끌어들여라."

"오, 온갖 수단……."

어, 어떻게?

아소 선배와 얼굴을 마주한 나는 난처한 표정을 지었다.

듣고 보니, 미즈토가 내 지인들과의 여행에 따라올 리가 없다. 대체 어떻게 설득해야…….

"적당한 게 저기 있지 않느냐."

그렇게 말한 쿠레나이 회장은 아소 선배의 옆에 있는 종이 상자를 손가락으로 가리켰다.

다양한 코스프레 의상이 들어 있는, 종이 상자를 말이다.

"평범하게 말해서 무리라면, 평범하지 않은 방법을 쓸 수밖에 없지 않을까?"

이리도 유메 ◆ 미인계(될 대로 되라 작전)

……졸고 있던 나는 서서히 잠에서 깨어났다.

어라? 나…… 잠들었구나.

몽롱한 의식으로, 방금까지의 기억을 떠올렸다. 분명—.

"……."

어렴풋이 눈을 뜬 순간, 나는 옆에 누군가가 서 있다는 사실을 눈치챘다.

미즈토가, 나를 내려다보고 있었다.

"—윽?!"

허둥지둥 다시 눈을 감았다. 그와 동시에, 잠들기 전의 기억이 생생하게 되살아났다.

그렇다…… 10월 말. 나는 학생회 여행에 미즈토를 끌어들이라는 명령을 받았다. 하지만 중요한 생일 직전이니까…… 하며, 그 결행을 일단 뒤로 미뤘다.

하지만 그로부터 일주일 정도 지난 오늘, 『슬슬 인원을 확정 지어야 하니 빨리 승낙을 받아와라』 하고 쿠레나이 회장에게 재촉을 받은 나는 결국 이 일주일 동안 꺼내지 않은 그것의 봉인을 풀 수밖에 없었다.

그것— 즉, 수영복 뺨치는 노출도의 검은 고양이 코스프레 의상이다.

어차피 미즈토와 선배들에게만 보여줄 거라면 문화제 때는 차마 못 입었던 노출도 높은 의상도 괜찮지 않을까~ 라는 흥미를 느낀 순간, 내 운은 다했다.

이러쿵저러쿵하는 사이, 선배들은 나에게 이 옷을 떠넘기면서 『빌려줄 테니 사진 찍어와!』, 『쓸지 말지는 자유지만, 쓸 수 있는 걸 안 써서야 얼간이라는 비난을 피할 수 없지』 하며 내 퇴로를 끊었다.

선배들에게는 내가 미즈토를 좋아한다고 솔직하게 말한 기억이 없지만— 남이 코스프레한 모습을 보고 싶을 뿐인 아소 선배는 그렇다 쳐도 쿠레나이 회장 쪽은 확신범이 틀림없겠지? 문화제 때 들킨 걸까? 혹은 인간 관찰이 특기라는 하바 선배에게 보고를 받은 걸까…….

아무튼, 이 옷을 입고 직접 돌격할 용기가 없었던 나는 미즈토가 학교에서 돌아올 시간에 맞춰 매복하기로 했다. 기습으로 동요하게 만든 후, 예의 남매 룰 발동! 여행 약속을 받아내자는 계획이다.

계획……이었는데…….

나는 미즈토의 침대에 걸터앉아서 이 방의 주인이 돌아오기를 기다렸다. 자신의 몸을 내려다보며 안절부절못했고, 이유도 없이 방 안을 둘러보다 보니—.

그 후의 기억이 없다.

잠들어버린 것이다.

왜, 왜 하필 이럴 때……! 겨우 짠 계획을 망치고 말았어!

반사적으로 깨지 않은 척을 한 바람에, 이제 와서 몸을 일으킬 수도 없다. 완전히 기회를 놓치고 말았다. 나는 눈을 감은 채, 바로 옆에 있는 미즈토의 기척과 쏟아지는 시선을 느끼고 있을 수밖에 없었다.

어, 어쩌지……! 어쩌면 좋지……?!

눈을 뜰 수 없으니, 짧은 치마가 어떤 상태인지도 확인할 수 없다. 꼴사납게 팬티를 훤히 드러내고 있지 않다는 건 알 수 있지만, 끝자락이 흐트러졌을 가능성이 있다. 괘, 괜찮은 걸까? 팬티가 보이는 거 아냐? 잠든 척을 하고 있으니 다리의 위치를 바꿀 수도 없는데에엣……!

무방비한 가슴 쪽과 엉덩이가 너무 신경 쓰였다. 지금 미즈토가 뚫어지게 쳐다보고 있을지도 모른다고 생각하니, 말로 형용할 수 없을 정도로 가슴이 술렁거렸다.

자기 쪽에서 대시할 때와는 느낌이 완전히 달랐다. 보여줄 수 있는 곳을 보여주는 것과는 완전 딴판! 자기가 보여줄 때는 미즈토도 경계를 하며 머뭇거리지만, 보여지는 상황에서는 노골적인 욕망이 그대로 자신에게 쏟아지고 있는 것만—.

……아냐. 아냐, 아냐! 움츠러들지 마. 나는 예전의 내가 아냐. 다시 태어났잖아!

확실히 이건 졸음이 자아낸 우발적인 상황이야. 하지만 애초부터 이 옷차림으로 대시할 예정이었잖아! 이건 보여지고 있는 게 아니야. 보여지고 있는 것 같지만, 실은 보여주고 있는 거야!

나는 히가시라 양을 떠올렸다. 친구니까 마음을 완전히 허락하며, 이성에게 보여줘선 안 되는 모습을 무방비하게 미즈토에게 보여주는, 그 천연 서큐버스를…….

그것을 재현하는 것이다.

무방비한 척하며 유혹해서, 만약…… 자기를, 건드리려 한다면! 그것을 이용해, 여행에 동행하겠다는 언질을 받아내자!

코페르니쿠스적 전환. 콜럼버스의 달걀. 고르디아스의 매듭.

이런 발상의 역전이 가능한 건, 지금의 이리도 유메뿐이다!

"으음~."

나는 잠꼬대 같은 신음을 흘리면서, 옆으로 누워있던 몸을 천장 쪽으로 돌렸다.

몸을 돌리는 순간! 히가시라 양을 관찰해온 나는 이 움직임이 무시무시할 정도로 요염하다는 것을 알고 있다.

지금, 처음으로 해보고— 그 이유를 확연하게 깨달았다.

—출렁.

몸을 돌린 순간의, 충격이…….

내 가슴을…… 부드럽게 흔드는 게, 느껴졌다.

으윽, 우앗, 아아아아아!

봤, 봤을 거야……! 틀림없이 봤어! 나라면 볼 거야! 히가시라 양의 찌찌가 흔들리는 순간, 나도 무조건 쳐다보는걸!!

두 팔을 머리 옆으로 펼치면서 몸을 무방비하게 드러내는 자세를 취한 것도 문제였다. 시선이 느껴지는 것 같았다. 시선에 감촉이 있을 리 없지만, 노 가드 상태에서 천장을 향하고 있는 봉긋한 가슴을, 미즈토가 뚫어지게 쳐다보며 감상하는 느낌이 든다!

게다가 몸을 돌린 탓에, 치마 상태를 더 알 수가 없었다.

끝자락, 흐트러지지 않았을까? 다리, 너무 벌리지 않았을까? 하지만 괜히 허벅지를 오므렸다간 깼다는 걸 들킬 텐데……! 으으으, 팬티가 보일지도……! 오늘은, 분명, 응, 그렇게 촌스러운 건 아니었다고 생각하는데……. 그럼, 그나마, 괜찮을지도……?

머릿속이 빙글빙글 돌기 시작한, 바로 그때였다.

말캉.

훤히 드러난 허벅지에서, 손가락으로 누르는 감촉이 느껴졌다.

어……? 어? 어엇?!

마, 만졌어?! 미즈토가?! 어차피 상대는 미즈토니까, 결국 아무 일도 없이 끝날 거라고 생각했는데……!

내가 잠들었으니까? 내가 깨어있을 때는 무게 잡으며 흥미 없는 척했지만, 잠들어 있으니까 짐승이 되는 거야?! 비, 비겁해~! 내숭 색골! 얼간이!

끼익, 하고 침대의 스프링에서 소리가 났다.

미즈토가 침대에 무릎을 올려둔 것이다. 이어서, 내 허리에 손이 닿는 느낌이 들었다.

어? 뭐 하려는 거야……? 뭐 하려는 건데?!

옅은 숨소리가, 점점 나에게 다가왔다. 그것은 내 복부 근처에서, 서서히 내 얼굴로 다가왔다. 얼굴 위를 지나더니, 노출된 쇄골에 뜨거운 숨결이 닿았다.

아……! 아, 아……! 오싹오싹하고, 간질간질하며, 어질어질하기에—.

"저기, 거기까진 좀—!"

한계였다.

정신을 차려 보니, 나는 상대의 어깨를 밀어내면서 힘차게 몸을 일으켰다.

여, 여러모로 준비가 안 됐단 말이야! 아무리 전 여친이라도, 밟아야 할 단계가 있다고 생각하거든?! 이렇게 욕정에 휘말려 선을 넘는 건 개인적으로 좀 무섭달까—!

"—아. 깼나 보네요."

"……어?"

눈앞에서, 여자애의 목소리가 들려왔다.

방금 내가, 어깨를 밀쳐낸 인물이다.

그 얼굴을, 나는 정면에서 응시하면서 얼이 나간 듯이 입을 열었다.

"히가시라 양……?"

"네. 놀러 왔어요~."

히가시라 이사나는 느긋한 어조로 그렇게 말했다.

이리도 미즈토 ◆ 동행의 조건

이사나와 수다를 떤 후에 귀가했다고는 말했지만, 헤어진 후에 귀가했다고는 말하지 않았다.

왠지 오늘은 이사나가 우리 집에 들르기로 했다. 그래서 내 침대에서 곤히 잠들어 있는 검은 고양이를 발견했을 때, 내 옆에는 히가시라 이사나가 서 있었다.

그리고 호기심을 그 무엇보다 우선하는 이사나는 누구에게도 허락을 받지 않았으면서, 서슴없이 상대방의 허벅지를 누르거나 가슴 쪽으로 얼굴을 가져갔다.

"이야~. 코스프레 여고생의 피부는 참 에로틱하네~ 하고 생각하다 보니 몸이 저절로~.”

“왜 그럴 때만 망설이지 않는 건데?!”

너무 망설임 없는 범행이었기에, 옆에서 보고 있던 나도 전혀 반응하지 못했다. 추리 소설에서 때때로 볼 수 있는 『당당하게 행동하면 거꾸로 의심받지 않는다』라는 트릭을 직접 체험하고 말았다.

“……그래서?”

하지만…….

남의 몸을 허락도 없이 뜯어보는 녀석도 비상식적이지만, 남의 방 침대에서 검은 고양이 코스프레 차림으로 곯아떨어진 녀석도 그에 버금가거나 혹은 그 이상으로 비상식적이다.

“왜 이런 곳에서 졸고 있는 거야? 검은 고양이 아가씨.”

“거, 검은 고양이라고 부르지 마…….”

내 침대 위에서 무릎을 모으고 앉은 유메는 미니스커트의 끝자락을 잡아당겼다. 이사나는 그 모습을 무표정한 얼굴로 뚫어지게 쳐다보고 있었다. 표정에는 드러나지 않지만, 꽤 흥분한 것 같았다.

“너, 너한테 좀 권할 게 있어서…….”

“뭐? 그럼 옷차림은 왜 그 모양인 거야?”

“어, 어쩌다 보니 그렇게 됐어! 회장님이 이걸 입고 너한테 권하라고 했단 말이야!”

회장? 그 사람인가……. 그러고 보니 문화제 기획 프레젠

테이션에서 코스프레를 하고 등장했었지. 코스프레를 좋아하는 걸까?

그 천재 소녀 선배의 아이디어라고 하니, 이 영문 모를 행동도 왠지 이해될 것만 같았다…….

"……그럼, 대체 뭘 권하려는 건데? 단도직입적으로 말해봐."

"그, 그게……."

상사의 지시라고는 해도 이렇게 노출이 과한 복장을 하면서까지, 나한테 권하려고 한 것— 그게 대체 뭘까? 솔직히 말해, 상상조차 안 된다.

유메는 내 얼굴을 힐끔 올려다보더니…….

"……여행, 같이 안 갈래?"

"……여행?"

"회장님이 21일부터 시작되는 연휴에 여행을 계획하고 있어! 고베에 갈 거야! 11월 22일은 『좋은 부부의 날』이라고도 하잖아?! 그러니 그 여행에 너도 같이 가면, 부모님이 둘만의 시간을 보낼 수 있을 거란 생각이 들어서……."

막힘없이 술술 흘러나온 말을 이해하는데, 나는 몇 초 정도 걸렸다.

11월 22일. 좋은 부부의 날. 그런 게 있다는 말을 들은 적이 있는 것도 같았다. 그날에 부모님에게 둘만의 시간을 선물하는 건, 확실히 효도일지도 모른다.

하지만…… 그건 유메가 여행을 간 사이에 내가 카와나미의 집에 가서 지내면 될 일 아닐까?

쿠레나이 선배가 계획한 여행이니 학생회 멤버끼리 갈 테니까, 나는 방해밖에 안 될 것이다.

내 얼굴을 지그시 쳐다보며 대답을 기다리는 유메를 보자, 나는 말문이 막혔다.

일부러, 나에게 같이 여행을 가자고 권하는 이유. ……얼마든지 나에게 긍정적으로 해석할 수 있지만…….

“고베인가요~. 고베는 뭐로 유명한가요? 소?”

우리 사이에 묘한 긴장감이 흐르는 가운데, 이사나는 느긋하게 고개를 갸웃거렸다.

유메는 으음, 하면서 기억을 뒤지듯 고개를 들더니…….

“아리마 온천의 숙소를 잡을 거라고, 회장님이 말했어.”

“아리마 온천! 이름은 들어본 적이 있어요!”

“단풍도 예쁘게 들었을 테니, 지금이 가기 딱 좋은 계절일 거래.”

“와아~. 그런데 고베현은 어디쯤 있나요? 먼가요?”

“……고베는 현이 아냐.”

“효고현에 있어, 히가시라 양…….”

“어라? 그런가요?”

일단 우리 학교는 유서 깊은 진학고인데 말이다. 이런 학생이 다녀도 괜찮은 걸까?

이사나가 세상 물정에 어둡다는 건 전부터 알고 있었지

만, 조금은 상식을 익혀두지 않았다간 나중에 자기 작품을 발표하게 됐을 때 체면을 구길—.

"그래. 맞아……."

내가 그렇게 중얼거리자, 유메는 「왜 그래?」 하며 쳐다봤다.

나는 고베 여행에 그다지 흥미가 없지만— 이러면, 괜찮을지도 모른다.

"여행 말인데…… 조건이 하나 있어."

"어? 뭐, 뭔데……?"

나는 이사나를 손가락으로 가리키며, 말했다.

"이 녀석을 데려가도 된다면, 나도 가겠어."

"……뭐?"

"……어?"

유메와 이사나는 동시에 커다란 눈을 깜빡였다.

아소 아이사 ◆ 소악마를 벗어던져서라도

"다녀오셨습니까, 주인님♪"

학생회실의 문을 연 선배를, 나는 한껏 올려다보며 마중했다.

키가 187센티미터인 선배는 약 20센티미터 정도 더 높은 위치에서 나를 내려다보며, 미심쩍은 듯이 미간을 찌푸렸다. 흐음, 마치 거동 수상자라도 쳐다보는 것 같네. 더 흥분

해줘도 되거든요?

정석적인 고양이 귀 코스프레는 유메찌에게 양보했기에, 나는 살짝 변화구를 던져봤다.

차이나 드레스와 메이드복을 합친 듯한, 차이나 메이드 코스튬이다.

메이드복 느낌의 하늘거림과 중화풍 의상의 융합은 귀여워서, 참 마음에 드는 의상이었다. 가슴팍에 틈새가 있는 디자인이라서 가슴골을 만드는 게 좀 힘들지만, 그 정도는 나한테 식은 죽 먹기다.

미간을 찌푸린 채 입을 다물고 있는 선배에게, 나는 더욱 공세를 펼쳤다.

"자. 들어오세요, 주인님. 금방 차를 내올게요."

"……혹시 내가 태클을 날릴 때까지 계속 이어지는 거야?"

"태클이라니…… 아직 해가 지지도 않았는데 저를 덮칠 생각이신가요? 주인님?"

부끄러워하며 몸을 배배 꼬자, 선배는 한숨을 내쉬면서 응접용 소파에 앉았다.

나는 벽 쪽에 있는 찬장으로 간 후, 차를 준비했다. 선배는 등받이에 얹은 손으로 턱을 괸 채, 그런 나를 응시하며…….

"아소~. 불성실한 회장이었던 내가 이런 말을 하는 것도 좀 그렇지만, 학생회실에서 이딴 장난은 적당히 치라고. 학생회 임원이면 학생들의 모범이 되어야 할 거 아냐."

"선배, 장난치는 게 아니거든요? 아이사는 매우 진지해요!"

나는 치맛자락을 흔들면서, 녹차가 담긴 찻잔을 선배 앞에 뒀다. 그러면서 몸을 앞으로 숙여서 가슴 언저리를 과시하는 것도 잊지 않았다. 하지만 1년 동안 내 공세에 넘어오지 않은 선배는 만만치 않았다. 선배는 내 가슴에 눈길조차 주지 않으며 찻잔을 들었다.

차를 홀짝이는 선배의 옆에, 나는 털썩 앉았다. 그러면서 무릎 언저리를 가볍게 터치해봤지만, 선배는 눈썹조차 움직이지 않았다. 역시 만만치 않았다.

하지만 오늘 나는 이 정도로 물러나지 않는다. 왜냐하면 오늘은 선배를 고베 여행에 참가시킨다는 미션을 수행해야 하니까 말이다!

"그런데 선배는 요즘 뭔가 재미있는 일 있어요~?"

"딱히 없어. 반 애들은 수험 모드라서 영 나와 어울려주지 않거든. 어쩔 수 없는 일이겠지만, 따돌림이라도 당하는 기분이야."

"그래서 이미 은퇴한 학생회에 툭하면 얼굴을 비치는 거네요~. 선배는 의외로 외로움을 많이 타나 봐요♪"

"시끄러워. 아소, 너한테 그런 소리 듣고 싶진 않거든?"

"네에~? 왜요~? 에잇에잇."

"기분 나빠……."

내가 웃자, 선배는 가볍게 코웃음을 쳤다. 성가셔하면서도, 선배는 나를 계속 상대해줬다. 귀찮아 죽겠다는 듯한 건성 그 자체의 반응에, 나는 어느새 빠져들고 말았다.

벌써 11월이다. ……졸업까지, 넉 달 남았다.

자유 등교 기간이 있으니, 실제로는 더 짧을 것이다.

생각하면 할수록, 시간이 없다. 선배는 남을 잘 챙겨주니까 대학에서도 친구가 잔뜩 생길 것이며, 술자리에도 얼굴을 비추다 예쁜 여자 대학생과 만나면…… 고등학생 때의 귀찮게 치근대는 후배 따위는 금방 잊을 것이다.

……그건, 싫어.

선배를 딱히 좋아하는 건 아냐. ……그래도 그건, 싫어.

어쩌면 스즈링은 나에게 기회를 준 것일지도 모른다. 자기 앞가림도 못하면서 시골 엄마처럼 진전 좀 있냐며 캐물어대는 그 천재녀가, 나에게 베푼 자비일지도 모른다.

이 기회에 어떻게든 해봐라, 하고 말이다.

건방을 떨며, 기회를 준 것일지도 모른다. —그렇게 생각하니, 왠지 열받네.

아무튼, 이대로 졸업시킬 수는 없다.

왜냐하면, 이기고 도망가게 두는 것 같으니 말이다. 한 번 정도, 한 번 정도는— 나를, 진심 어린 눈길로 바라봐줬으면 한다.

항상 의욕 없는 저 눈을, 진심이 어리게 만들고 싶다.

"—그럼, 놀러 다니지도 못하겠네요."

그렇다면, 나도…….

까불지도, 장난스럽지도, 얼버무리지도 않으며—.

—진심을 담아, 말하는 편이 나으려나.

"선배, 실은—."

—같이, 여행을 가줬으면 해요.

……하고, 말할 생각이었다.

마음을 고쳐먹고 단도직입적으로, 진심을 담아 부탁할 생각이었다.

하지만— 끄아~! 갑자기 그런 게 가능할 리가 없잖아! 이제까지 항상 장난스럽게 커뮤니케이션을 해왔단 말이야! 갑자기 시리어스해지는 건 무리거든?!

"어? 실은— 뭔데?"

선배는 의아하다는 듯이 미간을 찌푸리며 나를 쳐다봤다.

"……으음~, 저기…… 실은, 그러니까, 실은 말이죠! 어제, 가챠로 대박을 쳤어요!"

"들었다고. 디스코드로 사진 보냈었잖아."

"아…… 그, 그랬죠. 으음…… 아, 맞다! 아페의 패치 노트 나왔잖아요? 업데이트 끝나면 같이 할래요?!"

"그건 괜찮은데, 그게 코스프레까지 하고 할 이야기야?"

"윽……."

어, 어쩌지, 어쩌지, 어쩌지. 얼버무리려고 하면 할수록, 할 말에서 멀어지고 있어~!

내 머리가 펑크날 징조를 보이기 시작했을 때, 선배는 찻잔의 내용물을 비운 후에 한숨 섞인 어조로 말했다.

"여행이지?"

"어?"

내가 깜짝 놀라며 고개를 들자, 선배는 찻잔을 내려놓으며 말했다.

"학생회 인수인계와 이어지는 행사 때문에 한동안 여유가 없었잖아. 여행을 좋아하는 쿠레나이라면, 슬슬 일을 벌일 거라고 생각했어. 무엇보다……."

선배는 나를 힐끔 곁눈질한 후, 입가를 살짝 말아 올렸다.

"네가 이렇게 머뭇대는 건, 나한테 부탁이 있을 때만이잖아. 스마트하게 여행을 권하고 싶었을 테지만, 빙빙 돌리기만 하지 본론을 말 못 해. 넌 이런 쪽으로 재능이 없으니까, 그냥 솔직하게 말하라고."

아니면, 하고 말한 선배는…….

나보다 훨씬 심술궂은 미소를 지으며, 나를 내려다봤다.

"나한테 같이 여행 가자고 말하는 게 그렇게 무서워? 완전 조무래기네."

"조……! 조무래기가 뭐예요, 조무래기가! 하나도 안 무섭거든요?!"

무서운 게 당연했다.

곧 있으면 선배는 사라질지도 모른다.

이제 다음 기회는 없을지도 모른다.

그런 생각이 드니, 무서운 게 당연했다.

그래도…….

"무섭지…… 않아요."

그러니까…….

나는 선배의 무릎에 올려둔 손에 체중을 싣듯이, 몸을 내밀었다.

진심을 담아…….

코앞에서, 선배의 눈을 응시하며…….

"선배."

나를, 고등학생 시절의 추억으로 만들지 마.

"함께— 여행 가고, 싶어요."

이리도 유메 ◆ 쓸쓸하게 하지 않는 방법

"뭐? 고베에 여행?"

아카츠키 양은 깨물고 있던 팥빵에서 입을 떼더니, 눈을 동그랗게 떴다.

"응. 쿠레나이 회장님의 제안으로…… 그래서, 연휴 때는 같이 못 놀아. 미안해."

내가 두 손을 맞대자, 마키 양은 「그렇구나~」 하며 책상에 팔꿈치를 올려놓더니…….

“선약이 있으면 어쩔 수 없네. 그것보다, 이리도 양은 학생회 사람들과 사이가 좋은 것 같아.”

“같이 여행을 갈 정도다 아이가.”

나스카 양이 느긋하게 도시락을 먹으며 말했다.

“이리도는 낯을 가리니까 괜찮을지 모르겠다며, 미나미가 참 걱정했었데이~.”

“어? 그래……? 그, 그것보다 나, 낯가리는 것처럼 보여……?”

“딱 봐도 그렇잖아~.”

“딱 봐도 그렇데이~.”

드…… 들켰어……? 그럼 입학 직후에 필사적으로 이미지를 유지하려 했던 건 대체……?

“안 그래? 앗키~!”

“어? 아~, 응! 맞아!”

아카츠키 양은 그제야 팔빵을 깨물더니, 다람쥐처럼 오물오물 씹어먹으며 말했다.

“학생회는 좀 엄격한 것 같았거든! 하지만 체육제 때 이야기를 나눠보니, 의외로 상냥한 사람들 같았다니깐~. 나도 친해졌어!”

“그건 앗키~의 커뮤니케이션 능력이 끝내줘서잖아!”

“거기 사람들 전원과 친해진 기가?”

“여자애 전원과 말이야~.”

어? 아소 선배나 아스하인 양과 가까워진 건 알고 있었지만, 쿠레나이 회장과도……?

어, 어느새……. 아카츠키 양의 붙임성은 상상을 초월하는 것 같다.

“때때로 LINE 보내기도 해~. 아스하인 양은 좀처럼 답장을 안 주지만 말이야.”

그 정도로도 『친해졌다』고 단언할 수 있는 점이 바로 진정한 커뮤니케이션 강자인 근거일까 하면서 체념하고 있을 때, 아카츠키 양이 팥빵을 삼킨 후에 입을 열었다.

“선물 기대할게, 유메! 그 회장님이 기획한 여행이라면, 아마 끝내줄 거야!”

“응. 기억해둘게.”

아카츠키 양의 표정은 평소처럼 밝다.

하지만, 나는 안다. 항상 밝고, 누구와도 친구가 되며, 스마트폰의 알림이 멎을 때가 없는 그녀가, 실은 누구보다도 외로움을 많이 탄다는 것을…….

……생각해보니, 아카츠키 양과 한동안 같이 놀지 않았던 것 같은 느낌이 들었다.

학생회는 물론 중요하지만, 그에 버금가거나 혹은 그 이상으로 아카츠키 양이 소중한데도 말이다.

"다들, 무사히 여행 권유를 마친 것 같은걸."

방과 후, 학생회실에 전원이 모이자 쿠레나이 회장이 나와 아소 선배를 쳐다보며 그렇게 말했다.

"생각보다 시간이 걸리긴 했지만, 이 정도면 충분히 예상 범위 안이군. 유메 양, 멤버가 늘어난 것도 딱히 문제없어. 그가 홀로 참가하게 되면 고립된 느낌이 강하게 들 테니 말이지."

"감사합니다."

히가시라 양의 참가는 바로 승낙됐다. 하지만 미즈토가 히가시라 양의 동행을 조건으로 내건 것은『대화를 나눌 상대가 없어서 쓸쓸하니까』같은 이유에서가 아니다.

요즘 들어, 히가시라 양은 일러스트를 본격적으로 그리는 것 같다.

원래는 라이트노벨의 표지나 삽화를 흉내 내며 캐릭터만 그렸는데, 요즘 들어 배경에도 흥미를 느끼기 시작하면서 인터넷으로 다양한 자료를 뒤져보기 시작했다고 한다.

하지만 그것도 한계가 있으며, 분위기 있고 비일상적인 경치를 그리려 해도 잘 상상이 안 된다고 한다. 그도 그럴 것이 히가시라 양의 가족은 기본적으로 인도어 쪽 취미를 지니고 있어서 여행을 거의 안 간다고 한다.

마침 히가시라 양은 그런 이야기를 미즈토에게 했다고 한다.

그래서 내 제안을 받아들이기로 한 것이다. —근처라고는 해도 온천은 충분히 비일상적인 로케이션이며, 히가시라 양에게 영감을 주기에도 괜찮을지도 모른다고 미즈토는 생각했으리라.

……그 남자는 대체 뭐야? 히가시라 양의 담당 편집자야?

뭐, 좋아. 애초에 단둘이 여행을 가는 것도 아니잖아! 하지만 이렇게 되면, 그 남자는 히가시라 양과 쭉 행동할 것 같네……. 어쩌면 좋지…….

"되게 거들먹거리면서 이야기하는데 말이야~."

아소 선배가 따지듯이 쿠레나이 회장에게 말했다.

"그러는 스즈링은 죠한테 같이 여행 가자고 말했어? 코스프레 하고~!"

"일부러 말할 필요도 없지. 죠는 언제나 나와 함께니까 말이다."

왠지 약았어…….

아소 선배와 함께, 나는 입술을 삐죽 내밀었다. 당사자인 하바 선배는 평소와 마찬가지로 배경이 되어서 묵묵히 학생회 업무를 보고 있었다.

"자, 이걸로 참가자는 여덟 명이 됐는데—."

"어? 잠깐만 기다려 주세요."

이 말을 한 건, 자기와 상관없는 일이라는 듯이 컴퓨터 앞에 앉아 있던 아스하인 양이었다.

"여덟 명…… 혹시, 저도 포함되어 있나요?"

"음? 당연히 포함되어 있는데…… 혹시 여의치 않은 사정이라도 있어?"

"아, 아뇨……. 회장님과 여행을 가는 건, 매우, 저기, 매력적이지만……."

우물쭈물 그렇게 말한 아스하인 양은 머뭇거리며 하바 선배 쪽을 쳐다봤다.

"……남자와 같이, 가는 건 좀……. 죄송하지만 저는 불참하는 쪽으로—."

"안~ 돼~!!"

말을 끊듯, 아소 선배가 아스하인 양을 끌어안았다.

"란란도 가자~!! 안 그럼 재미없단 말이야!!"

"저기, 선배. 그래도 말이죠……."

"같이 온천에 들어가자~! 씻겨주기 하자~! 찌찌 구경시켜 달라고~!"

"자기 욕망을 대놓고 털어놓지 마세요! 하바 선배도 있거든요?!"

보다시피 학생회는 여자애가 대부분인 공간이기에 남자가 끼어들기 어려운 화제가 자주 거론되지만, 하바 선배가 거북해하는 모습은 본 적이 없다. 산전수전 다 겪은 이의 분위기가 느껴졌다.

"어차피 돈은 스즈링이 낼 거니까~, 안 가면 손해거든~? 사랑하는 스즈링이 기획한 여행이거든~?"

“하, 하지만…… 듣자 하니 학생회 이외의 남학생도 같이 간다면서요…….”

“괜찮아~! 유메찌의 동생이니까, 경박한 애일 리가 없어! 안 그래?”

“아, 네. 만약 아스하인 양에게 이상한 짓을 하려고 하면, 제가 책임지고 자근자근 밟아버릴게요.”

히가시라 양 같은 케이스도 있는 만큼, 만일의 사태가 벌어질 수도 있다. 아스하인 양도 미즈토를 전교 1등을 다투는 상대로서 의식하고 있을 테니— 경쟁심이 확 뒤집히며 다른 감정으로 바뀌는 경우도 이 세상에는 있다. ……생각하면 할수록, 내가 미즈토를 의식하기 시작한 계기와 비슷해서 무섭다!

“자, 유메찌도 이렇게 말하잖아?”

“아니, 그래도 남자란 점에는 변함없잖아요! 남자와 여행이라니—.”

“(—하루 종일 스즈링과 있을 수 있거든?)”

아소 선배가 아스하인 양의 귓가로 입을 가져가더니, 악마처럼 속삭였다.

“(아침부터 밤까지, 24시간 같이 있는 거야. 아침의 잠이 덜 깬 얼굴도, 한밤중의 잠든 얼굴도, 전부 얼마든지 볼 수 있거든? 이런 건 다른 애들은 아무도 알지 못할걸?)”

“윽……. 저, 저는 그런, 삐뚤어진 눈길로—.”

"(스즈링의 등, 씻겨주고 싶지 않아?)"

"으으으으으……!!"

엑소시스트에게 정화 당하며 괴로워하는 귀신 들린 사람처럼, 아스하인 양은 힘들어했다.

아스하인 양의 쿠레나이 회장을 향한 감정은 존경을 넘어 신앙의 영역에 도달했다는 것을 나도 알고 있다. 좋아하는 이에게 다가서고 싶다고 생각하는 건, 딱히 연애에만 한정된 이야기가 아니다.

"(아마 후회될 거야……. 홀로 남아서 보내는 연휴……. 아~, 지금쯤 스즈링과 함께 온천에 들어갔어야 하는데~, 하면서……)"

"—하아, 정말! 알았어요! 알았다고요! 가면 될 거 아니에요!"

"만세~!!"

아소 선배는 왜 이렇게 타인의 욕망을 자극하는 것이 능숙한 걸까…….

"그럼, 란 양도 참가하는 걸로 알면 되지?"

방금의 그 악마의 속삭임을 들은 건지 못 들은 건지 모르겠지만, 쿠레나이 회장은 태연한 표정으로 그렇게 말하더니…….

"이걸로 참가자는 여덟 명. 여자애 다섯 명에 남자애 세 명이다. 그리고, 좀 상의할 게 있는데……."

""""어?""""

"실은 잡은 방이 6인실과 4인실이거든. 가능하면 남녀 한 명씩만 더 권유한다면 딱 좋을 것 같다만—."

두 명. 남녀 한 명씩.

이 멤버에 포함되는 거라면, 신뢰할 수 있는 상대여야만 한다. 가능하면 학생회 멤버와 면식이 있고, 초면일지라도 여행 분위기를 망가뜨리지 않을 인재…….

내 뇌리에는 가장 친한 친구의 얼굴, 그리고 그 애의 소꿉친구가 떠올랐다.

그 두 사람이라면, 조건에 딱 맞아떨어진다.

문제는—.

"……어? 이리도 양, 왜 쳐다보는 거예요? 죄송하지만, 저한테는 부를 만한 지인이 없어요."

—문제는, 그중 한 명이 아스하인 양이 질색할 경박남이라는 점이다.

뭐, 됐나.

"회장님. 그렇다면 적당한 사람이—."

미나미 아카츠키 ◆ 속죄하는 광대

착각하지 마. 유메한테 권유해달란 부탁을 받았을 뿐이야!

"……."

츤데레다.

반론의 여지가 없는 완벽한 츤데레다.

"하아…… 어쩌지……."

나는 베개를 꼭 끌어안은 채, 침대 위에서 데굴데굴 굴렀다.

학생회장이 주최하는 여행에, 유메가 같이 가자고 말해줬다.

그 말 자체는 참 기뻤다. 유메가 자기를 두고 가버리는 것 같아 쓸쓸했던 만큼, 더욱 기뻤다. 듣자마자 바로 오케이했다.

하지만, 문제는 유메가 내건 조건이다.

—남자 방에 한 명이 비니까, 카와나미에게 같이 가자고 해.

음성 통화 중이었지만, 단언할 수 있다.

유메는 그 말을 하며 히죽댔을 게 틀림없다.

공부 합숙 때부터지만, 유메는 나와 카와나미가 그렇고 그런 사이라고 의심하고 있어! 웃으면서 이야기를 나눌 사이가 아닌데! 섬세하면서 부정적인 관계인데! 괜한 관심 가지며 부추기지 마! 내가 항상 함부로 입을 놀린 탓이겠지만! 그리고 사랑 이야기를 좋아하는 점도 참 귀여워!

"……하아."

어떤 식으로 말을 꺼내면 좋을까.

평범하게 말하는 건 안 된다. 그도 그럴 것이 그 남자는 자타공인의 자의식 과잉— 내가 같이 여행을 가자고 말하면, 괜한 착각에 빠지면서 연애 감정 알레르기가 발병할 게 뻔하다.

타인이 자신에게 연애 감정을 품었다는 것을 눈치채면 두드러기가 생기거나 구역질을 하는, 그 녀석의 성가신 체질을 알고 있는 건 나쁜이다.

성가신 점은 상대방이 실제로 그런 감정을 품고 있지 않을지라도, 그 녀석이 그렇게 느껴버리면 아웃이라는 점이다.

……나 말고 다른 사람이 같이 여행을 가자고 한다면, 아무런 문제도 없을 텐데 말이지.

나는, 뭐— 적어도 옛날에 그 녀석에게 그런 감정을 품었다는 걸 들통났거든.

겸사겸사 밝히자면, 그 실연을 아직도 바보처럼 질질 끌고 있다는 것도 들켰어.

그러니 걔한테 호감만 잔뜩 품고 있는 거야. 머리부터 발끝까지 그 애를 향한 감정으로 가득 차 있는 거지.

아, 물론 그 녀석의 관점에서 봤을 때의 이야기거든?

"어떻게 하지~."

이렇게 뒹굴뒹굴하는 사이에, 다른 사람이 해결해준다면 좋을 텐데 말이지~.

시간적으로는 유예가 거의 없다. 가능하면 오늘 안에 이야기를 마쳐 달라고 유메가 말했다.

하지만 여자애가 남자애에게 같이 여행 가자고 말하는 건, 평범하게 생각해보자면 흑심을 잔뜩 품고 있는 것 같잖아. 게다가 온천이라며? 아침부터 밤까지 욕실에서 꽁냥꽁냥하자~, 란 의미네! 유메는 대체 어떻게 이리도한테서 오케이를 받아낸 거야?!

지나친 생각인 걸까. 단둘이 가는 것도 아니고, 이리도와 히가시라 양 같은 친한 멤버들도 참가하잖아. 너무 의식하면서 권유하면, 거꾸로 흑심을 품고 있는 것처럼 보일지도—.

—띠링.

스마트폰에서 소리가 나자, 나는 반사적으로 손을 뻗었다.

〈밥 먹었어?〉

나는 흠칫하며 그대로 굳어버렸다.

카와나미에게서 온 것이었다.

〈안 먹었으면 같이 패밀리 레스토랑 가자〉

나는 잠시 정지되어 있었지만, 이미 읽음 표시가 떴다. 빨리, 그리고 자연스럽게 대꾸하지 않았다간 의심을 사고 만다.

〈또야~. 슬슬 질리지 않아?〉

〈네가 음식을 준비해준다면 고려 정도는 해줄 수 있거든?〉

이 자식은 정말……. 그딴 체질인 주제에, 왜 이렇게 도발하는 듯한 소리를 늘어놓는 거지?

시비를 건다면 받아주자. 나는 반격의 메시지를 보냈다.

〈내 요리 안 먹고는 못 살게 되어도 몰라♪〉

〈안 어울리는 소리 하네〉

구역질하는 이모티콘이 달린 메시지를 본 나는 입술을 살짝 내밀었다. 나, 마음만 먹으면 귀여운 척 정도는 할 수 있거든?

그건 그렇고, 이 정도로 농담티 팍팍 내면 이 녀석도 괜찮은 걸까. 하긴, 이 정도도 안 된다면 일상생활에 지장이 있을 것이다.

"……아, 그래."

농담으로 치부해버리면 되는 구나.

"기다리게 해서 미안♪"

"오…… 오오?"

맨션의 현관에서 만난 카와나미는 나를 돌아보자마자 희귀 짐승이라도 본 듯한 표정을 지었다.

나는 현재, 완벽하게 변신을 마쳤다.

프릴이 잔뜩 달린 블라우스와 평소 거의 입지 않는 치마 차림에, 포니테일 또한 풀고 머리카락을 늘어뜨렸다. 신발 또한 여자 느낌 물씬 나는 동그란 로퍼를 신은 나는 머리부터 발끝까지 어디 내놔도 부끄럽지 않은『여자애』그 자체였다.

한동안 딱딱하게 굳어 있던 카와나미는 입가를 부르르 떨며…….

"너…… 대체 얼마나 지기 싫어하는 거야……."

"어울려?"

그 말을 무시한 나는 카와나미를 올려다보며 확 다가섰다.

"어. 울. 려?"

"아…… 그래, 어울려. 역시 네 키에는 로리콤이 좋아할 느낌의 옷이 어울리네."

"후후후후후."

죽고 싶냐~?

이건 『대학교 신입생 환영회에서 풋풋한 신입생을 포장해 가려고 하는 여자』 코스프레거든~?

마음속의 살의는 숨긴 나는 귀여운 발소리를 내며 카와나미의 옆에 섰다.

"그럼, 가자~."

"계속하는 거냐! 그리고 말꼬리 되게 늘어뜨리네. 디테일에 너무 신경 쓰는 거 아냐~?"

"(느낌이 중요하거든. 안 그래~?)"

"귓속말하지 마!"

너무 들러붙지는 않으면서, 체온이 아슬아슬하게 느껴지는 거리를 유지한 채, 패밀리 레스토랑을 향해 걸어갔다.

좋아.

이 모드라면, 내가 뭘 해도 진심으로는 받아들이지 않는다. 여행 이야기도 꺼내기 쉬울 것이다. 나는 천재!

단골 패밀리 레스토랑에 들어가서, 점원의 안내를 받으며 테이블석에 앉았다. 자연스럽게 벽 쪽에 앉은 나는 메뉴를 손에 든 채 「으음」 하며 고개를 갸웃거린 후…….

"소프트 치킨 치즈구이로 할래."

"그 옷차림의 여자애가 주문할 음식은 아니네."

"응~? 치즈 귀엽잖아~."

"일단 『귀엽다』라는 말을 해두면 그럴듯할 거라고 생각하는 거 아냐~?"

들켰다.

뭐, 그럴듯하면 충분하다. 카와나미는 햄버그스테이크와 밥을 주문했고, 나는 스마트폰을 만지작거리기 시작했다.

쌓여 있는 알림을 눈으로 확인하고, 몇 개의 그룹 토크를 살피며 대답을 했다. 유메는 이렇게 여러 개의 잡담에 동시에 대처하는 걸 『신들린 솜씨』라고 말했지만, 나는 이미 익숙했다. 오히려 자기가 끼지 않은 화제가 있으면 불안한 탓에, 자연스레 대화에 끼게 된다.

맞은편에 앉은 카와나미도 마찬가지인지, 찬물을 홀짝이면서 스마트폰을 조작하고 있었다. 초등학생 때는 성격이 거의 정반대였는데, 환경이라는 녀석은 정말 강력하다 싶었다.

유메와 같이 있을 때는 스마트폰을 만지작거리면서도 대화를 이어갔다. 1분 1초라도 시간을 헛되이 하고 싶지 않아서다.

하지만 이 녀석과 있을 때는 조용할 때가 많다. 서로가 그것을 거북하게 느끼지 않았다. 당연한 듯이 여겼다.

마치 헤어지기 직전의 커플…… 혹은, 가족일까.

문뜩 이런 생각이 들었다. 서로가 멋대로 굴 뿐이라면, 왜 같이 식사하러 온 것일까. 연락도 하지 않고, 만나지도 않고, 각자가 따로 패밀리 레스토랑에 오더라도 괜찮을 것이다. 그런데 왜 우리는 당연한 듯이, 같은 테이블석에 앉아 있는 걸까?

과거의 그 이유는, 이웃사촌이니까.

그다음 이유는, 연인 사이니까.

그럼 지금은?

소꿉친구, 란 관계는 파국을 맞이한 순간에 소멸했다. 지금 우리는 옛 소꿉친구이자 옛 연인— 즉, 예전 관계의 잔상에 지나지 않는다.

가을에 굴러다니는 매미 껍질처럼, 지금의 우리는 속이 텅 비어 있었다.

그런 비유가 머릿속을 스치자, 문뜩 이런 생각이 들었다.

그러고 보니, 매미 껍질이 안 보이게 되는 건 언제부터일까.

지금은 벌써, 11월이다—.

"슬슬 겨울옷을 꺼내야겠는걸."

카와나미는 스마트폰을 쳐다보면서 혼잣말을 하듯 말했다.

"이미 쌀쌀한 수준을 넘어섰어. 욕조 안에 들어가 있으면 행복할 지경이라니깐."

잔상은, 영원토록 남지 않는다.

남는 것은 상처뿐이다. 내가 이 녀석에게 준 상처뿐이다.

그것을 기뻐할 정도의 뻔뻔함은, 이제 남아 있지 않다.

나는 딱히 예전으로 돌아가고 싶지 않고, 앞으로 나아가고 싶다는 생각도 없지만…….

속죄하고 싶다고는 생각하고 있다.

"그렇다면……."

방법 따위 모른다.

그저, 이대로는 안 된다는 것만은, 틀림없다.

"나와 같이, 온천에라도 갈래?"

카와나미는 내 얼굴을 쳐다보더니, 빈정거리듯 입술을 일그러뜨렸다.

그래.

그걸 위해서라면, 나는 얼마든지 광대가 될 수 있어.

이리도 유메 ◆ 자문(自問)

"유메~! 그 일 말인데, 오케이야!"

학교에서 아카츠키 양이 그렇게 말하자, 나는 기쁜 나머지 두 손바닥을 맞댔다.

"이야기가 잘됐구나! 역시 아카츠키 양, 행동력 있네!"

"에이, 그냥 같이 가자고 하는 데 시간 걸릴 게 뭐 있어~."

"……."

그렇겠죠.

시간도, 코스프레도 필요 없겠죠.

"그건 그렇고, 대인원이네~."

그렇게 말한 아카츠키 양은 하나~ 둘~ 셋~ 하며 손가락을 접더니…….

"총 열 명이지? 완전 수학여행이네."

"응. 다 같이 움직이는 건 힘들 테니까, 현지에서는 몇 명씩 흩어져서 행동할 거라고 회장님이 말했어. ……둘만의 시간, 만들어줄까?"

"그건 내가 읊을 대사거든~?!"

놀리듯이 그렇게 말한 아카츠키 양은 「하지만」 하고 중얼거리며 옆을 힐끔 쳐다봤다.

"어쩌면— 부탁하게 될지도 몰라."

그녀의 시선은 미즈토와 이야기를 나누고 있는 카와나미를 향했다.

나는 퍼뜩 그걸 눈치채고 물었다.

"저…… 정말이야?"

"응."

아카츠키 양이 머금은 미소에서는 어딘가 성숙한 느낌이 감돌았다.

"이번에는— 좀, 진심일지도 모르겠어."

직접적으로 들은 것은 아니다.

아마 아카츠키 양은 눈곱만큼도 그런 생각을 하고 있지 않을 것이다.

하지만 나는, 자연스럽게 생각하고 말았다.

—나는, 진심인 걸까.

무의식적으로, 입술을 매만졌다.

인적 없는 신사에서, 하늘을 수놓는 불꽃에 비치며, 결의를 담아 포갰던 그 입술을…….

나는, 진심인 걸까.

진심으로— 무언가가 되려 하는 걸까.

이국정서의 패럴렐 데이트

하바 죠지 ◆ 찬란하지 않은 소망

나는 이 세상에 태어난 후, 배경 속에서 사는 것을 승낙했다.

인파 속에 섞이거나 군중 속에 숨지 않더라도, 그냥 가만히 있어도 사람들의 의식에서 벗어나는 겉모습 혹은 분위기를 지녔다. 타고난 운명의 문제라고 설명할 수밖에 없는 그 체질 탓에, 나는 곤란했던 적은 있더라도 고민한 적은 한 번도 없었다.

나에게는 딱 안성맞춤이다.

누군가의 시야에 들어가지 않는, 사람들의 사각지대야말로 아무런 장점 없는 나에게 가장 편안한 장소다. ―그것이야말로 내 유일하면서도 최대의 장점이라고 할 수 있다.

스포트라이트는 필요 없다.

왜냐하면, 이 세상에는 뛰어난 인간(배우)이 얼마든지 있다.

예를 들어, 남의 품속으로 파고드는 것이 출중하게 뛰어난 인간.

예를 들어, 자신의 결점과 마주하는 것을 관두지 않는 인간.

예를 들어, 몸이 깎여 나가는 듯한 노력을 당연하게 여기는 인간.

예를 들어— 타인을 끌어당기는 카리스마를, 당연한 듯이 지닌 인간.

스포트라이트는 그런 이들에게 필요하다. 빛을 받으면 받을수록, 그들이 지닌 찬란함이 더욱 돋보인다.

나 따위가 빛을 받아봤자, 텅 비어 있는 속이 드러날 뿐이다.

그러니 나는 엑스트라 캐릭터면 된다. 배경 속에서 살고 싶다. 그것이 나의, 가장 큰 소망이다.

하지만…….

—나와 함께 학생회에 들어가자, 하바.

누구보다도 찬란히 빛나고 있는, 나와 가장 동떨어져 있는 그녀만이, 나를 배경에서 끄집어내려 했다.

하바 죠지 ◆ 하나같이 보통내기가 아닌 여행자들

약속 장소에 일찍 가봤자 좋은 것은 없다. 어차피 남들은 나를 못 찾을 테니, 일행이 모이기 위한 표식 역할도 못 한다. 그러니 시간에 딱 맞춰 도착해서, 이미 모여 있는 멤버 사이에 은근슬쩍 합류한다. 그게 평소 방식이었다.

"—오. 왔구나, 죠! 여기다, 여기!"

물론 그것은 쿠레나이 스즈리가 없을 때의 이야기다.

전 세계에서 사람들이 모여드는 교토역의 중앙 개표구 앞에서, 바로 나를 찾아낸 쿠레나이 씨는 크게 손을 흔들었다.

그런 아름다운 목소리로 불리자, 나한테 시선이 모이는 것 같아 안절부절못했다. 나는 약간 빠른 발걸음으로, 지하로 이어지는 에스컬레이터 옆에 모여 있는 일행과 합류했다.

쿠레나이 씨의 사복 차림을 보는 건 좀 오래간만에 본다. 하반신을 반바지와 스타킹으로 감싸서 아름다운 각선미를 드러내는 어른스러운 코디네이트다. 반면, 상반신에는 헐렁한 블라우스를 걸쳐서 어린애 같은 느낌을 자아냈다. 잘은 모르지만, 일부러 이렇게 다른 이미지의 옷을 입은 점에서 쿠레나이 씨의 센스가 느껴졌다.

쿠레나이 씨는 작게 땋은 머리카락을 시계추처럼 좌우로 흔들면서, 장난기 어린 미소를 머금었다.

"평소보다 좀 빠른걸. 여행이 너무 기대되어서 기다릴 수가 없었던 걸까?"

"……멤버를 생각하면, 약속 시간보다 좀 더 일찍 모일 거라고 판단했을 뿐이에요."

내 목소리는 작아서 주위의 잡음에 가릴 정도지만, 쿠레나이 씨는 즐거운 듯이 웃음을 흘렸다.

"그럼 성실한 동행인들에게 감사해야겠는걸. 평소보다 일찍 죠의 얼굴을 보게 됐으니 말이다."

또 이 사람은 이런 느끼한 말을 아무렇지도 않게 했다. 그것도 가장 가까운 곳에 있는 나에게만 겨우 들릴 음량으로 말이다.

「어때?」 하며 반응을 살피듯 쳐다보는 에메랄드빛 눈동자로부터, 나는 도망치듯 고개를 돌렸다. 이 자리에 모인 멤버를 확인하겠다는 구실로 말이다.

이 자리에 있는 이들은 나와 쿠레나이 씨 말고 세 명이었다. 아소 씨, 아스하인 양, 호시베 전 회장이다. 학생회에서 자주 보는 이들이다.

아소 씨는 평소와 마찬가지로 아스하인 양을 꼭 끌어안고 있었으며, 아스하인 양은 평소처럼 귀찮다는 듯이 그런 그녀를 떼어내고 있었다. 호시베 선배는 안내판 옆에서 울타리에 기댄 채, 하품을 하며 스마트폰을 만지작거리고 있었다.

집합 시각은 아침 아홉 시— 꽤 이른 시간이지만, 전 회장은 저래 봬도 시간을 지키는 타입이다. 오히려 의외인 점은 또 한 명의 학생회 멤버— 이리도 양이 아직 오지 않았다는 점이다.

"유메 양은 다른 멤버를 인솔해서 이곳으로 향하고 있다는군."

내 심리를 멋대로 읽은 쿠레나이 씨가 그렇게 말했다.

"아침에 잘 못 일어나는 동생을 깨우는 데 시간이 걸리나 봐. 전철 시간까지는 도착하겠지."

이리도 양의 동생— 이리도 미즈토인가.

직접 이야기를 나눠본 적은 없지만, 나는 그 1학년을 일방적으로 거북하게 여긴다. 매사를 남 일처럼 여기는 듯한 표정을 지으면서도, 중요한 순간에는 묘한 존재감을 발휘한다.

—질투일까, 아니면 동족 혐오일까. 나도 어느 쪽인지 모르겠지만, 그의 얼굴을 보기만 해도 가슴속이 술렁거렸다.

"아. 양반은 못 되겠는걸."

"앗! 유메찌~! 이쪽이야, 이쪽!"

오가는 군중 사이에서, 긴 흑발을 지닌 여자애가 두 사람을 데리고 이쪽으로 뛰어오고 있었다.

이리도 양은 살짝 흐트러진 숨을 고르더니, 미안하다는 듯한 표정으로 쿠레나이 씨를 쳐다봤다.

"죄송해요, 회장님. ……좀 늦었어요."

"괜찮다. 전철을 놓치지만 않으면 된다고 말했을 텐데?"

나는 은근슬쩍 쿠레나이 씨의 뒤편으로 이동하면서, 이리도 양이 데려온 두 인물을 쳐다봤다.

한 명은 문화제 실행위원회에서 본 적이 있는 인물이다. 이리도 미즈토. 시원하고 갸름한 얼굴로 작게 하품을 하고 있었다. 머리카락이 엉망인 것을 보면, 진짜로 아침에 잘 일어나지 못하는 것 같았다. 요즘 들어 여자애들 사이에서 인기가 있는 건, 이런 면을 지녔기 때문일까.

다른 한 명은 처음 보는 여자애였다. 약간 촌스러운 느낌의 여자애이며, 이리도 미즈토의 옆에 찰싹 붙어 있었다. 덩치는 작은 편이 아니지만, 부모에게 찰싹 붙어 있는 새끼 사슴 같은 모습이 그녀를 실제 덩치보다 작아 보이게 했다.

히가시라 이사나였던가……. 이리도 미즈토와 사귄다는 소문이 있는 여자애다. 직접 만나는 건 처음이지만, 저 모습을 보니 사실일지도 모른다는 생각이 들었다. 겁을 먹은 건, 초면인 사람이 많아서일 것이다. 전형적인 낯가림쟁이의 분위기를 뿜고 있었다.

우리도 그렇지만, 옷가지 같은 커다란 짐은 미리 숙소인 여관으로 보내뒀다. 그래서 세 사람 다 빈손에 가까울 정도로 짐이 적었다.

"아, 유메찌. 저 두 사람이 걔들이야?"

어느새 다가온 아소 씨가 이리도 양의 뒤편에 있는 두 사람에게 흥미를 보이자, 이리도 양이 「앗」 하며 몸을 옆으로 빼더니…….

"소개할게요. 이쪽은 제 의붓동생인—."

"동생이 된 적은 없어."

"—하아, 그래. 의붓남매인 이리도 미즈토예요."

이리도 미즈토는 가볍게 고개를 숙였다. 적절하게 타인과 거리를 두는 태도다.

하지만 커뮤니케이션 능력이 끝내주는 아소 씨는 그런 태도를 개의치 않으면서, 「흐음~」 하고 그를 뚫어지게 쳐다보더니…….

"그러고 보니 전에 본 적이 있는 것 같아. 가까운 데서 보니 귀엽게 생겼네."

"……선배. 금지예요."

그렇게 말한 이리도 양은 의붓동생을 지키려는 듯이 그의 앞쪽으로 손을 뻗었다.

아소 씨는 시치미 떼듯 고개를 갸웃거리더니…….

"뭘 말이야?"

"소악마 금지!"

"너무하네~. 내가 아무 남자한테나 꼬리치는 여자처럼 보여~?"

"옛날에 하바 선배에게 꼬리쳤다는 이야기를 들었거든요?!"

그랬나? 하고 말한 아소 씨는 노골적으로 시치미 떼는 태도를 보였다. 이때는 나도 어떤 태도를 보이면 좋을지 알 수가 없었다.

은근슬쩍 시선을 돌려보니, 아소 씨의 뒤편에 있는 아스하인 양이 적의에 찬 시선을 이리도 미즈토에게 보내고 있었다.

전교 1등인 이리도 양에게 경쟁심을 불태우고 있는 만큼, 전교 2등인 이리도 미즈토 또한 아스하인 양에게 있어서는 라이벌이다. 대놓고 시비를 걸지 않는 건, 아마 상대가 남자라서이리라.

"그리고, 이쪽이 히가시라 양이에요."

이리도 양이 소개하자, 촌스러운 인상의 여자애가 이리도 미즈토에게 들러붙은 채 「자, 잘 부탁드립다아아아아아……」 하고 우물쭈물 말하며 고개를 숙였다.

"응, 잘 부탁해~! 나는 아소 아이사야!"

"잘 부탁하지. 나는 쿠레나이 스즈리다."

아소 씨와 쿠레나이 씨는 인사를 건네더니—.

—쓰윽.

두 사람의 시선이, 빨려드는 것처럼 히가시라 양의 가슴으로 향하는 것을 알 수 있었다.

"……호오. 대단한걸."

"소문을 들었지만, 이건 정말……."

나는 신사의 매너를 지키기 위해 함부로 남의 몸을 뜯어보지 않지만, 그녀들은 주저 없이 대놓고 쳐다봤다. 갑자기 골동품 감정 전문가가 된 듯한 표정을 짓더니, 「으~음」이나 「호오……」 같은 점잔 빼는 듯한 신음을 흘렸다.

아무리 여자끼리라도 좀 심하지 않나…… 하고 생각했을 때였다.

"선배님들. 외람되지만 주의를 드리자면, 여성의 가슴을 뜯어 보는 건 같은 여자끼리라도 무례한 행동이에요."

두 사람의 뒤편에 있던 아스하인 양이 한숨 섞인 목소리로 그렇게 말했다.

두 사람은 그 말을 듣고 뒤를 돌아보더니…….

"이야, 미안하다. 나조차도 압도당하고 말았거든."

"어떻게 안 쳐다봐! 누구라도 쳐다볼 거야! 나는 단언할 수 있어!"

"그건 변명이 안 되잖아요……."

아스하인 양이 어처구니없다는 표정을 짓고 있을 때, 나는 이미 눈치챘다.

아스하인 양의 조그마한 체구에 어울리지 않는 저 가슴을, 흥미로운 듯이 쳐다보는 인간이 있다는 것을…….

"OH……."

히가시라 양이 감탄에 찬 목소리를 흘렸다.

"리얼 로리 글래머……."

"누가 로리 글래머라는 거죠?!"

그 말을 놓치지 않은 아스하인 양이 두 눈을 부릅뜨며 히가시라 양에게 따졌다.

히가시라 양은 흠칫하며 어깨를 부르르 떨더니…….

"죄, 죄송해요! 정확하게는 트랜지스터 글래머라고 하죠?!"

"그런 문제가 아니에요! 당신도 초면인 사람이 자기 가슴을 언급하면 불쾌할 거잖아요?!"

"저, 정말 죄송해요……! 애니나 게임에서만 본 에로 보디라서 무심코……!"

"에……?! 로, 오오오오……?!"

"으아, 으아아아아."

얼굴이 시뻘게진 채 분노 게이지가 상승 중인 아스하인 양 앞에서, 히가시라 양은 버벅거리는 기계가 됐다. 이리도 양은 필사적으로 중재하려 했다.

아하. 아무래도 저 애는 괜한 소리를 하는 타입인 것 같았다.

이리도 양이 돌봐주기는 하겠지만, 그래도 앞날이 걱정되는걸…….

그러는 사이, 마지막 두 사람이 인파를 헤치며 이곳에 도착했다.

"기다리게 해서 죄송합니다~!"

활기찬 목소리로 그렇게 외치며 뛰어온 이는, 아스하인 양과 비슷한 몸집을 지닌 포니테일 헤어스타일의 여자애였다. 그 뒤편에는 밝은색 머리카락을 지닌 잘생긴 남자애가 보호자라도 되는 듯한 느긋한 발걸음으로 쫓아오고 있었다.

포니테일 여자애는 쿠레나이 씨의 앞에 서더니, 깊이 고개를 숙였다.

"미나미 아카츠키예요! 오늘 잘 부탁드립니다!"

"하하. 아카츠키 양은 운동부 타입이구나. 초면도 아니니까, 그렇게 체면 차릴 필요 없다."

"헤헤헤. 여러 부의 도우미를 하다 보니 몸에 뱄거든요~."

쿠레나이 씨는 어느새 저 미나미 양이라는 1학년과도 친해진 것 같았다. 쿠레나이 씨도 교우관계가 넓은 편이지만, 미나미 양은 그 이상일지도 모른다.

"안녕하세요~, 카와나미라고 해요. 잘 부탁함다~."

이어서 또 한 명의 남자애— 카와나미 코구레가 가볍게 고개를 숙이며 인사를 건넸다.

쿠레나이 씨는 미소를 머금으며 말했다.

"음. 쿠레나이 스즈리다. 잘 부탁해. 아카츠키 양과는 소꿉친구라지?"

"뭐, 가장 적절한 표현을 찾자면 그렇게 되려나요."

미나미 양이 무시무시한 미소를 머금었다.

"흐음~? 카와나미~, 그럼 가장 부적절한 표현은 어떤 거야~?"

"……주인과 노예, 겠지."

"어느 쪽이 노예인지 떠올리게 해줄까~?"

"바, 바보, 하지 마! 오늘은 사람들이 있다고!"

사람들이 없는 곳이었다면 어떻게 되었을까. 일단 저 두 사람이 꽤 친밀한 것은 명백해 보였다.

두 사람은 인간관계를 신경 쓰는 타입인지, 나를 비롯한 선배 한 명 한 명에게 인사를 했다. ……아스하인 양만은 한 걸음 뒤로 물러나면서, 카와나미와 인사를 나누는 것을 피했다. 확실히 아스하인 양이 꺼릴 듯한 타입이다. 내가 보기에는 프렌들리할 뿐, 경박해 보이지는 않지만 말이다.

"호시베 선배죠? 소문 익히 들었어요."

"어차피 변변치 않은 소문 아냐?"

"에이, 그 정도면 무용담이죠."

카와나미는 호시베 선배와도 거리낌 없이 인사를 나눴다. 선배는 덩치가 크고 헤어스타일도 좀 불량한 느낌이라 다들 처음에는 꺼리기 마련이지만, 그에게는 그런 개념이 없어 보였다. 저런 사람이 남자들 중에 한 명 있다니, 솔직히 다행이다.

이것으로 멤버가 전부 모였다.

나는 쿠레나이 씨의 뒤편에서, 안내판 앞에 모인 아홉 명을 둘러봤다.

어느새 자연스럽게, 이리도 양이 모은 1학년 다섯 명과 우리들 학생회 다섯 명으로 나뉘어 있었다.

1학년 그룹은 이리도 양이 중심이 되면서, 거기에 카와나미와 미나미 양이 핵심을 이루고 있는 느낌이다. 남은 두 명, 이리도 미즈토와 히가시라 양은 한 걸음 물러난 곳에서 소곤소곤 이야기를 나누고 있었다.

이리도 양은 그런 두 사람에게 계속 말을 걸며, 대화에 끌어들이려 했다. —아니, 자기가 이야기에 끼려고 하는 느낌이었다. 그리고 그녀가 그런 기척을 보일 때마다, 카와나미와 미나미 양이 은근슬쩍 서포트를 해줬다.

저 다섯 명의 관계를 왠지 알 것 같았다. 둘만의 세계에 있는 것 같지만, 실은 저 두 사람— 이리도 미즈토와 히가시라 양이 저 다섯 명의 중심인 것이다. 다른 세 사람은 거기에 들러붙어 있다고나 할까, 휘둘리고 있는 인상이다.

……평범하게 사이좋은 그룹은 아니구나.

그에 비해, 이쪽— 우리들 학생회 그룹은 단순하다고 할 수 있다. 평소처럼 아소 씨는 호시베 선배에게 들러붙었고, 아스하인 양은 쿠레나이 씨에게 숭배의 눈길을 보내고 있다. 평소와 다른 점은 아스하인 양이 때때로 이리도 미즈토에게 적의를 보내거나, 카와나미에게 경계심 섞인 시선을 보내거나, 히가시라 양을 보며 당황한 것 같은 표정을 짓는 것 정도다.

이 멤버로 2박 3일을 보내는 건가—.

"—어때?"

쿠레나이 씨가 갑자기 시야에 들어와도, 나는 동요하지 않았다.

물론 심장은 크게 뛰었지만, 표정과 태도에서 감정이 드러나지 않게 하는 데는 익숙했다.

쿠레나이 씨의 눈동자는 호기심으로 가득 차 있었다. 어찌 된 건지, 이 사람은 내가 타인을 어떻게 보고 있는지를 비정상적으로 알고 싶어 했다.

"……솔직하게 말해도 될까요?"

"응."

"아홉 명은 너무 많군요."

그렇게 말하자, 쿠레나이 씨는 난처하다는 듯이 쓴웃음을 머금었다.

"당연한 듯이 자기를 빼지 마."

어쩔 수 없잖아.

내 눈에 나 자신은 비치지 않는다.

내가 비치는 건, 당신의 그 고성능인 눈동자뿐이다.

이리도 미즈토 ◆ 확실치 않은 건

인사를 나눈 우리는 교토 역에서 JR 교토선을 타고 서쪽으로 향했다.

연휴 첫날이지만, 운이 좋았는지 전원이 모여 앉을 자리가 비어 있었다. 박스석 창가에 내가 앉자, 이사나는 떨어지지 않겠다는 듯이 내 옆에 재빨리 앉았다. 맞은편에 유메가 앉자, 그녀의 옆자리가 비었다.

카와나미와 미나미 양을 비롯한 다른 일곱 명은 비어 있는 다른 자리로 향했다. 하지만 이 차량의 좌석은 전부 2인석이기에, 한 자리가 비고 만다.

그 결과, 조그마한 체구의 학생회 여학생(아스…… 뭐였더라)이 통로 한가운데에 서서 주위를 두리번거리고 있었다.

"아스하인 양. 이쪽이야."

유메가 부르자, 조그마한 여자애 — 아스하인? — 가 다가왔다. 그녀는 나와 이사나를 굳은 표정으로 번갈아 쳐다보더니, 가볍게 눈인사를 보내며 유메의 옆에 앉았다.

덩치가 작고, 약간 딱딱한 인상을 지닌 여자애였다. 복장은 간소한 셔츠에 조끼, 그리고 청바지 차림이며, 단발머리라 그런지 보이시한 느낌이 감도는 것 같기도 했다. 단언을 못 하는 건, 그녀의 몸매가 사람들의 눈길을 끌 정도로 여성적이기 때문이리라. 힐끔 쳐다보니, 옆에 앉은 이사나가 그녀의 가슴 쪽을 뚫어지게 쳐다보고 있었다.

"으음…… 아까 인사 나눴지? 이쪽은 아스하인 양. 내 학생회 동기야."

유메가 눈치를 발휘해 소개해줬지만, 당사자인 아스하인 양은 「……안녕하세요」 하며 고개만 살짝 숙였을 뿐이다. 이유는 모르겠지만, 나는 쳐다보는 눈길에서 적의가 느껴지는걸…….

유메의 동기라면 같은 1학년인가. ……잠깐만? 들은 적이 있는 것 같은데…….

"아."

생각났다.

"전교 3등이구나."

"으~!!"

"워워! 아스하인 양, 워워~!"

아스하인 양이 벌떡 일어서려 하자, 유메가 그녀의 어깨를 눌렀다.

"정말! 말 좀 가려가면서 해!"

유메가 나를 노려보며 그렇게 말했다.

"아스하인 양에 관해서는 전에 이야기해줬잖아?! 잊은 거야?!"

"아, 미안해. 잊었어."

"정말~!!"

시험 순위가 항상 전교 3등이며, 1등과 2등인 우리를 적대시하고 있다…… 였던가? 그다지 흥미가 없어서 기억에 남아 있지 않았다.

"……여유 부릴 수 있는 것도 지금뿐이에요."

아스하인 양은 부모 원수라도 보는 듯한 눈길로 나를 노려봤다.

"기말고사에서는 제가 이길 거예요. 여친에게 정신이 팔린 사람에게, 제가 질 리 없으니까요!"

"여친?"

"옆에 있잖아요!"

아스하인 양이 손가락으로 가리킨 내 옆 사람— 이사나는 손가방 안에서 꺼낸 감자스틱 과자의 뚜껑을 따고 있었다.

"얘는 내 여친 같은 게 아냐."

"……그런가요?"

"응. 거짓말 아냐."

"미즈토 씨, 과자 먹을래요?"

"응."

"아~."

"거짓말이잖아요!!"

너무하네. 이래 봬도 거짓말은 거의 하지 않는 타입이라고. 오독오독.

이사나가 내민 감자스틱을 반쯤 무의식적으로 먹는 나를, 아스하인 양은 미심쩍은 눈길로, 그리고 유메는 쓴웃음을 머금은 채 쳐다봤다.

나와 이사나는 주위 사람을 이해시킬 생각이 이제 눈곱만큼도 없지만, 앞으로 사흘 동안 함께 지낼 사람에게 계속 오해를 사는 것도 귀찮다. 좀 세세하게 설명해주도록 할까.

"얘는 나 말고는 친구가 없어서, 나한테 이렇게 들러붙는 것뿐이야. 애완견 같은 거라고 생각하면 돼."

"앗~! 그 말은 좀 너무한 거 아니에요?!"

"착하다, 착해."

내가 머리를 쓰다듬어주자, 이사나는 「끄응……」 하는 소리를 내며 얌전해졌다. 이거 보라고.

내가 이어서 이사나의 귓불을 주물러주자, 아스하인 양은 흥이 가신 듯한 눈길로 쳐다봤다. 전혀 납득하지 않은 것 같다.

그러자 유메는 쓴웃음을 머금으며 중재하듯 이렇게 말했다.

“이 두 사람은 항상 이런 느낌이야. 마음은 이해하지만, 진짜로 거짓말이 아냐.”

“……사이가 좋을 뿐, 사귀지는 않는다는 거군요.”

“뭐, 그렇게 생각하면 돼.”

간단히 말하자면 말이지.

아스하인 양은 나와 이사나를 번갈아 쳐다보더니, 중얼거리듯 말했다.

“그런 확실치 않고, 형편 좋기만 한 관계는…… 불건전하다고 생각하는데요.”

한순간…….

그야말로 한순간, 몸이 딱딱하게 굳어지는 느낌이 들었다.

……역시 전교 3등. 말이 매서운걸.

대뜸— 정론을 늘어놓잖아.

이사나와의 관계에 관해서는 완전히 핀트가 어긋났다. 나와 이 애의 관계는 『친구』— 적어도 우리는 확실하게 결론을 내리고 있다.

확실치 않은 건…….

확실하게 결론을 내리고 있지 않은 건—.

힐끔 쳐다보니, 유메 또한, 표정이 굳은 것처럼 보였다.

“저기~.”

분위기가 한순간 딱딱해졌을 때, 그것을 전혀 눈치 못 챘을 이사나가 머뭇거리며 입을 열었다.

"……과자, 먹을래요?"

이게 어떤 타이밍인지는 이사나만이 알 것이다.

내가 알고 있는 사실은 이사나가 아스하인 양을 향해 천천히 과자 한 개를 내밀었다는 것과, 그런 뜬금없는 행동 때문에 분위기가 다른 이유로 굳어졌다는 것뿐이다.

아스하인 양은 눈앞에 있는 과자를 힐끔 쳐다보더니…….

"……아뇨, 괜찮—."

"너무 빼지 말아요."

"우읍?!"

이사나는 감자스틱을 아스하인 양의 입에 찔러 넣었다. 그러자 아스하인 양은 햄스터처럼 그 과자를 오물오물 씹어 먹을 수밖에 없었다.

"우헤헤. 귀여워요……."

그 모습을 본 이사나는 황홀한 표정을 지으며 그렇게 중얼거렸다.

아무래도 쭉, 이 타이밍을 노리고 있었던 것 같았다.

초면인 사람을 남의 집 애완동물처럼 여기지 마.

카와나미 코구레 ◆ 부족한 것이 없는 지금

약 50분가량의 전철 여행은, 나에게 있어 매우 유익했다.

뭐야. 학생회라고 해도 고지식한 집단인가 했더니, 곳곳에서 냄새가 풀풀 나잖아. 특히 저 아소라고 하는 선배의 전 회장인 호시베 선배를 향한 화살표는, 초면인 나도 알아볼 수 있을 만큼 노골적이야.

장난삼아 놀리는 것처럼 보이기도 했지만, 내 눈은 속일 수 없다. 곳곳에서 어렴풋이 드러나는 진심 어린 멋쩍음, 진심 어린 기쁨— 소악마 행세로 숨기고 있는 연심이, 정말 갸륵하고 귀여웠다.

"크크큭……."

"어? 징그러워."

옆에 앉은 아카츠키가 질린 듯한 눈길로 쳐다봤지만, 용서해주겠다. 이 녀석이 이 여행에 권유해주지 않았다면, 학생회의 내부 사정을 알지 못했을 테니 말이다.

올해 학생회는 미소녀 천지라서 매우 인기지만, 팬에게는 비보가 되겠는걸. 하긴, 누구라도 연애를 할 거면 가까운 상대를 고를 것이다. 뭐, 나 같은 예외도 있겠지만—.

"다들, 내리자~."

고베역 앞의 산노미야역에서 내린 후, 밖으로 나갔다.

교토 타워가 자리하고 있는 교토역 앞에 비하면 별다른 특색 없는 상업 빌딩만 줄지어 있는 마을 같지만, 낯선 풍경이라는 점만으로도 낯선 고장에 왔다는 감각이 샘솟았다. 무엇보다 빌딩이 매우 컸다. 교토에는 이렇게 커다란 빌딩이 없거든.

"여관에 가기 전에 어디 들리기로 했던가?"

내가 묻자, 아카츠키가 스마트폰 화면을 보여주며 말했다.

"이인관(異人館) 마을에 갈 거야. 옛날에 지어진 서양식 건물이 잔뜩 있대."

"흐음. 서양식 건물이구나. 이리도 양이 좋아하겠는걸."

"맞아. 셜록 홈스의 방을 재현한 곳도 있나 봐~."

재미있겠네. 홈스라면 나도 어릴 적에 읽은 적이 있어.

"—우왓?! 이게 뭐야?! 저, 저기 좀 봐! 무지 세련된 스타벅스가 있네?!"

"아앙? 야, 너무 가까워서 안 보이— 우와, 진짜잖아!"

나는 아카츠키가 보여준 사진을 보고 눈을 치켜떴다. 딱히 세련된 카페를 좋아하는 건 아니지만, 서양식 건물을 개조해서 만든 그곳은 마치 영화의 무대 같았다.

"저기, 저기, 여기 가보자~! 다른 사람들도 데리고 말이야~!"

"좋지! 방구석 폐인들에게 스타벅스에서 주문하는 법을 가르쳐주자고!"

오예~! 하며, 둘이서 의욕을 끌어올렸다.

옛날부터 어울려온 만큼, 이럴 때는 죽이 잘 맞았다. 요즘에는 이리도 양에게 이상한 짓을 하지도 않는지라 경계할 필요가 줄어들면서, 예전의 편한 관계로 되돌아가고 있는 느낌이 들었다.

솔직히 말해, 이 애의 옆은 참 편했다.

그러니 귀여운 커플만 감상할 수 있다면, 나는 충분히 만족한다.

호시베 토도 ◆ 혼자 있는 건 허락 못 한다

후배들의 여행에 동행하는 건, 이번이 처음이 아니다. 일단 최연장자지만, 쿠레나이가 있으면 여러모로 편하다. 그 애가 진두지휘를 해주는 것이다. 그녀를 학생회로 영입한 과거의 내 혜안에는, 지금도 경의를 표할 지경이다.

편하게 대학교에 들어가려고 추천 수험을 따냈지만, 대학교 입학이 확정되고 나니 이도 저도 아닌 느낌이 들었다. 수험 무드가 된 교실에 녹아들지 못하고, 같은 학년 녀석들은 하나같이 필사적으로 공부하고 있기에, 같이 놀자는 말을 꺼내기 어려웠다. 기분전환이 될지도 모르지만, 수험 걱정이 없는 내가 그런 말을 꺼내면 비꼬는 것처럼 들릴지도 모른다.

그 결과, 어울릴 수 있는 이들이라고는 이미 은퇴한 학생회의 후배들뿐이다. 하아~, 아무리 생각해도 나는 참 쓸쓸한 녀석이야.

……참 오래간만인걸. 홀로 남겨진 것 같은 느낌이 드는 건 말이야.

어깨가 망가졌을 때와는 비교도 안 되지만—.

“그럼 조를 짜서 따로 행동하자.”

산노미야역에서 산 쪽으로 이어지는 언덕을 15분쯤 올라갔을 때였다. 서양식 건물이 줄지어 있는 곳이 어렴풋이 보이기 시작했을 때, 쿠레나이가 일행에게 티켓을 나눠주며 그렇게 말했다.

“길은 그렇게 넓지 않으니까, 열 명이 뭉쳐서 움직이기 힘들거든. 두세 그룹으로 나뉘어서 행동하자.”

사전 준비도 철저하게 한 것 같았다.

뭐, 그룹은 자연스럽게 정해질 것이다. 우리들 학생회 그룹과, 이리도가 모은 1학년 그룹. 딱 5 대 5이기도 하니 말이다.

혹은, 뭐— 혼자서 돌아보는 것도 나쁘지 않으려나.

그렇게 생각하며 하품을 하는 내 팔을, 갑자기 누군가가 움켜잡았다.

“—선배!”

“어?”

내 팔을 아래쪽으로 쑥 잡아당긴 이는 바로 아이사였다.

좋게 말하면 청초한, 나쁘게 말하면 정신적으로 문제 있어 보이는, 그런 하늘거리는 인형 옷 같은 걸 입은 그녀는 착 가라앉은— 결의에 찬 눈으로, 내 얼굴을 올려다보고 있었다.

그리고 말했다.

"아이사와— 둘이서 돌아보지 않을래요?"
"뭐?"
아이사는 절대 놓지 않겠다는 듯이, 내 손을 꼭 끌어안았다.

이리도 미즈토 ◆ 연애가 인생의 전부는 아니다

억지로 호시베 선배를 끌고 가는 아소 선배를 배웅한 후, 유메는 옆에서 중얼거렸다.
"선배도 이번에는 진심인 걸까……."
"진심?"
"아, 그게…… 아무것도 아냐."
유메는 웃으면서 얼버무리려 했지만, 저 모습을 보면 누구라도 상상이 될 것이다.
학생회도 의외로 가벼운 조직인걸. 쿠레나이 선배도 회계와 꽁냥거렸잖아. 진짜로 고지식한 사람은 저 조그마한 체구의 여자애— 아스하인 양뿐인 것 같다. 남 일이지만, 그래도 마음고생이 심하지 않을지 걱정됐다.
"뭐, 저 두 사람은 그냥 내버려 두는 편이 좋겠지."
쿠레나이 선배는 그렇게 말하면서 유메를 쳐다봤다.
"유메 양은 그들과 함께 갈 거지?"
"아…… 네."
"그럼 이쪽은 죠와…… 란 양, 어떻게 하겠어?"

아스하인 양은 쿠레나이 선배와 유메를 번갈아 쳐다보면서 「으음……」 하고 잠시 망설인 후…….

"그럼, 회장님과 함께……."

"그래? 그럼 갈까."

회계와 단둘이 다니지 못해도 괜찮은 걸까?

그런 괜한 생각을 할 짬을 주지 않으려는 듯이, 쿠레나이 선배는 우리를 향해 말했다.

"그럼 다들, 점심에 언덕 아래편에 있는 스타벅스에 모이자. 2층에 다 같이 들어갈 수 있는 공간이 있으니 거기로 와라."

그렇게 말한 쿠레나이 선배는 아스하인 양, 회계와 함께 이동했다.

카와나미는 그들을 배웅하면서 입가를 슬쩍 말아 올렸다.

"결국, 익숙한 멤버만 남았네."

남은 건 나, 유메, 이사나, 미나미 양, 카와나미, 이렇게 다섯 명이다. 뭐, 무난한 그룹 편성일 것이다.

"뭐, 괜찮잖아~! 오늘 처음 만난 사람들과 갑자기 집단행동을 하려면 여러모로 마음이 쓰일 거야! 안 그래? 히가시라 양."

"으음…… 저는 미즈토 씨만 있으면 아무래도 상관없지만요."

"그러고 보니 너, 전철 안에서 의외로 말수가 많던걸. 초면인 사람도 있는데 말이지."

"이야~. 그 애, 낯가림도 싹 날려버릴 몸을 지니고 있었거든요~."

음. 초면인 사람에게 성희롱을 할 바에야 낯가리는 편이 낫지 않았을까.

미나미 양은 미묘하게 쓴웃음을 머금으며 말했다.

"그에 버금가는 몸을 지닌 사람이 그런 말을 하는 것도 좀……."

"초면에 갑자기 가슴을 움켜쥔 사람이 그런 말을 하는 것도 좀 그렇지 않아? 아카츠키 양."

"에헷☆"

미나미 양은 혀를 살짝 내밀었다. 내 주위의 여자애는 왜 하나같이 내면이 성희롱 아저씨 같은 걸까?

"그런데, 어디부터 돌아볼까?"

카와나미가 스마트폰으로 이인관 마을의 지도를 보면서 그렇게 말했다.

"이리도 양은 가보고 싶은 곳이 있다고 했지?"

"아, 응. 맞아. 영국관이라는 곳인데……."

"그럼 거기부터 가자고. 이 근처인 것 같거든."

"오케이~! 가자~!"

발랄한 목소리로 그렇게 외친 미나미 양이 걸음을 내딛자, 우리도 그 뒤를 따랐다.

바로 그때, 이사나가 내 옷자락을 잡아당기면서 작은 목소리로 이렇게 말했다.

“(미즈토 씨, 미즈토 씨.)”

“(왜 그래?)”

“(괜찮은 거예요? 미즈토 씨도…… 유메 양과 단둘이 다니고 싶잖아요?)”

무슨 소리를 하는가 했더니…… 이 애가 무슨 소리를 하는 거야.

“(저기, 내가 누구를 위해서 이번 여행에 온 거라고 생각하는 건데?)”

“(네? 유, 유메 양을 위해서 아닌가요……?)”

“(나는 그 정도로 연애에 빠지진 않았거든? 네 취재에 도움이 될 것 같아서 온 거랬잖아.)”

“(어엇……?)”

“(너에게 같이 여행을 가자고 한 건 바로 나야. 그러니 너를 알아서 하란 듯이 내팽개칠 수는 없어. 그게 책임이란 거잖아.)”

그래야 마땅하니 말이다.

이사나는 한동안 눈을 껌뻑이더니, 「후헷」 하고 얼빠진 웃음을 흘리면서 앞 머리카락을 만지작거렸다.

“(고, 고마워요……. 그, 그럼, 인정사정없이 들러붙을게요.)”

“(상식의 범주 안에서 부탁하겠어.)”

그렇게 말한 이사나는 바로 나와 어깨를 맞댔다. 이것은 상식의 범주에서 벗어난다는 생각이 들지만…… 뭐, 됐다.

어차피 이 그룹 안에서는 일상적인 일이다.

확실히 나는 유메를 좋아하지만, 그렇다고 해서 모든 행동 기준이 그녀에게 맞춰지진 않는다.

균형을 잡으며 나아가고 싶다. —예전의 실패를 되풀이하지 않기 위해서도 말이다.

이리도 미즈토 ◆ 명탐정은 역시 미소녀야 한다.

하얀 벽에는 서양화나 판타지 애니에서나 본 창문이 달린 벽이 몇 개나 있다. 2층 건물인 이곳은 미스터리물에 나오는 서양 저택에 비하면 작지만, 그래도 일본의 마을 안에 있는 곳치고는 충분히 이국정서가 넘쳐흘렀다.

"우와! 이거, 자유롭게 입어봐도 돼?!"

문 안으로 들어가 보니, 입구 옆에는 모자걸이와 옷걸이가 있었다. 그곳에는 다양한 색상의 사냥 모자와 인버네스 코트— 셜록 홈스의 의상이 걸려 있었다.

"와아~! 귀여워~! 저기, 유메는 어느 색깔을 입어볼래?!"

"으음…… 정석은 베이지지만, 빨간색이나 파란색도 꽤 귀여워……."

"히가시라 양은?! 문화제 때의 케이프도 잘 어울렸잖아~!"

"어엇?! 저도 입나요?!"

미나미 양이 이사나도 끌고 가더니, 여자들끼리 옷걸이에 걸린 의상을 고르기 시작했다. 남겨진 나와 카와나미는 그 모습을 뒤편에서 바라보며…….

"색깔만 좀 다를 뿐인데, 되게 즐거워하네."

"너는 흥미 없어?"

"분위기에 따라 달라질 것 같은걸. 네가 안 입는다면 나도 안 입겠어."

"배려해줘서 고마워."

"뭐, 모자와 코트는 아무래도 상관없지만, 파이프는 좀 멋진걸~! 홈스는 파이프를 물고 있는 이미지가 있잖아!"

"날라리 같은 이미지인 네가 파이프를 물어봤자 꼴사나워 보일 뿐일걸?"

"말 좀 완곡하게 하면 어디 덧나냐!"

아무래도 상관없는 이야기를 나누는 사이, 여자애들이 돌아왔다.

앞장을 선 미나미 양은 껑충껑충 뛰듯이 케이프를 흔들었다.

"헤헷~♪두 사람이 보기에 어때? 응?"

미나미 양이 고른 것은 파란색 인버네스 코트였다. 인버네스 코트란 간단히 말해 어깨 근처를 감싸는 케이프가 달린 코트를 말하는데, 체구가 작은 미나미 양이 그것을 입으니 코트라기보다 판초우의 같아 보였다.

그런 의미에서 귀엽다고 할 수도 있겠지만, 지금은 내가 나설 차례가 아닐 것이다.

카와나미는 신음을 흘리면서 미나미 양을 꼼꼼히 뜯어본 후…….

"나쁘진 않은걸? 비 오는 날의 초등학생 같아 보여."

"비옷 걸친 꼬맹이 같단 소리잖아!"

"아얏!"

아니나 다를까, 정강이를 그대로 걷어차였다.

미나미 양의 뒤편에서, 두 여자애가 머뭇거리며 내 쪽으로 다가왔다.

"훗훗훗…… 오래 기다렸지?"

빨간색을 베이스로 한 사냥 모자와 인버네스 코트를 걸치고, 우쭐대는 듯한 표정을 짓고 있는 이는 유메였다.

한편, 흰색 인버네스 코트를 걸친 이사나는 고개를 갸웃거리면서 손가락으로 그 옷을 만지작거리고 있었다.

"어때? 괜찮지?!"

유메는 탐정 복장을 한 자신을 자랑스레 보여줬다. 코트와 모자도 체크무늬가 들어가 있어서 꽤 캐주얼한 분위기지만, 이건 뭐랄까—.

"……이건, 셜록보다는 밀키에 가깝지 않나요……?"

이사나가 작은 목소리로 중얼거렸다.

어느 작품을 이야기하는 건지는 모르겠지만, 하고 싶은 말이 뭔지는 알 것 같다.

색깔 탓에(덕분에?) 코스프레 느낌이 한층 강했다.

시설 측에서 준비한 것이지만, 미스터리의 산뜻한 분위기와는 어울리지 않는 색채가 아닐까. 이걸로 괜찮은 거냐, 미스터리 마니아.

유메는 점잔 빼는 표정을 지으며 내 발치를 내려다보더니…….

"당신은 아프가니스탄에서 군의관으로 활동했죠?"

"안 했는데?"

"에헷. 한 번쯤 인버네스 코트를 입어보고 싶었어. ……에헤헤……."

빙글빙글 몸을 비틀면서 코트 자락을 휘날리고 있는 유메는 정말 즐거워 보였다. 어린애처럼 들떠 있었다. 평소의 성실한 이미지 때문인지, 그 모습은 정말—.

"저기, 말이야. ……멋져?"

유메는 기대에 찬 눈길로 나에게 물었다.

멋지다, 기 보단…….

귀여운 느낌에 가깝다고…… 생각하는데 말이다.

"……왠지, 머리가 좋아 보이는걸."

나는 본심을 억누르면서 무난한 대답을 선택했다.

유메는 환하게 웃으며 「고마워!」 하고 솔직하게 말하더니, 스마트폰을 꺼내서 미나미 양을 향해 들었다. 사진을 찍으려는 것 같았다.

……본심을 말하는 편이 좋았을까.

하지만 나는 이미, 솔직하게 말하는 방법을, 완전히 잊고 말았다.

이리도 미즈토 ◆ 책 너머에만 있었던 것

"어어엇?! 처, 천장에서 얼굴이……?!"

"홈스가 어딘가를 들여다보는 시추에이션—『머스그레이브 전례문』일까? 하지만 그건 지하실을 들여다보는 장면이었고, 왓슨과도 아직 만나지 않았는데……."

"오오~! 여기가 홈스의 방이구나! 어라? 마네킹이 두 개 놓여 있는데, 어느 게 홈스야? 양쪽 다 코트를 안 걸쳤네."

"실내에서 코트를 걸칠 리가 없잖아, 아카츠키 양. 애초에 이 옷차림은 삽화가의 창작—."

"이 벽의…… 탄흔? 뭐지? 『VR』이라고 적혀 있는 것처럼 보이네. 버추얼 리얼리티?"

"빅토리아! 당시의 영국 여왕! 그건 홈스가 심심풀이 삼아 벽에 총을 쏜 흔적이야!"

영국관의 2층— 그 층 전체가 셜록 홈스 세계의 재현 공간인 그곳에서는 유메가 오타쿠다움을 유감없이 발휘하고 있었다.

평소 우등생 행세를 하는 이 애가 이렇게 오타쿠다움을 드러내는 건 드문 일이다. 그 정도로 이 저택의 고딕풍 분위기와 홈스 세계를 재현한 공간에 감격한 것이리라.

……하지만 내 기억이 옳다면, 유메는 홈스보다 크리스티나 퀸의 작품을 더 좋아했던 것으로 기억하는데— 뭐, 홈스는 미스터리와 명탐정을 좋아하는 이에게 있어서 단순한 취향을 초월한 존재니까 상관없으려나.

저택 안을 얼추 둘러본 후, 이번에는 정원으로 나갔다.

"오오…… 정말 그럴듯한 정원이네~."

다양한 종류의 초목과 꽃이 심어진 화단을, 하얀 돌이 깔린 보행로가 둘러싸고 있었다. 미나미 양의 말대로 그럴듯한 서양풍 정원이지만, 안쪽에는 런던의 지하철역 — 베이커 스트리트역 — 을 재현한 구역이 있었다.

흰색 지붕 아래에는 대합실 벤치 의자가 놓여 있었다. 왼쪽에는 검은색 인버네스 코트를 걸친 셜록 홈스의 실물 크기 패널이 세워져 있다.

그 구역을 본 이사나는 벽 쪽의 벤치에 앉더니 「휴우~」 하고 한숨 내쉬었다.

"좀 쉴까. 언덕도 올라왔잖아."

"그래. 나도 좀 걷다 지친 것 같아……."

걷다 지친 게 아니라 들떠서 지친 거잖아.

나와 유메가 이사나가 앉은 벤치에 앉자, 미나미 양은 「예이~! 찍어줘, 찍어줘~!」 하고 인싸 느낌 마구 내면서 홈스 패널 옆에 섰다. 카와나미가 그런 그녀를 스마트폰으로 찍어주는 모습을 보고 있을 때였다.

"으음……."

옆에 있는 이사나가 손가방 안에서 태블릿을 꺼냈다.

그리고 카메라를 켜더니, 정면에 펼쳐진 정원과 영국관이 담긴 사진을 한 장 찍었다. 그리고 찍은 사진을 잠시 응시하던 그녀는 다른 애플리케이션을 켜더니, 태블릿 케이스의 펜 홀더에서 펜을 꺼냈다.

그리고 무릎 위에 태블릿을 올려놓고, 화면 위에서 펜을 놀리기 시작했다.

"여기서 그리는 거야?"

"그냥 러프만요~."

겨우 십여 초 만에, 태블릿의 화면 안에 서양식 저택의 윤곽이 떠올랐다. 그리고 이사나는 주저 없이, 세세한 장식을 그리기 시작했다.

"흠흠……. 이런 식으로 그리면 서양풍이 되는 거네요……."

저택 안을 둘러볼 때도, 이사나는 벽이나 천장의 디자인과 장식품 등을 살피면서 세세하게 사진을 찍었다. 그림에 필요한 것이 어떤 정보인지, 감각적으로 알고 있는 것처럼 말이다.

"……."

나는 딱히 편집자나 프로듀서가 아니라 일반적인 고등학생에 지나지 않지만…… 왠지 알 수 있다.

재능이 있는 인간인지, 아닌지를 말이다.

그녀는 틀림없는 전자라고, 논리적이지 않은 부분이 말하고 있다. 현재의 작품이 아니라 사고능력의 방향성, 행동 기준, 그런 부분을 종합적으로 평가해서, 히가시라 이사나가 천재라는 부류에 속한다고 판단했다.

재능이 싹트는 데는 빠른 것도, 느린 것도 없다. 초등학생 시절부터 콩쿠르에서 상을 휩쓰는 천재도 있는가 하면, 성인이 된 후에 처음으로 펜을 쥐었는데도 시대를 대표하게 된 천재도 있다.

그녀는 고등학교 1학년 때에 재능이 싹튼 게 아닐까.

평범한 오타쿠로서 기존 작품의 모방에 만족하던 정열이, 자신의 기술 향상에 초점이 맞춰진 이 시기 — 나중에 생각해봤을 때, 자신의 전환기로서 떠올리는 터닝 포인트 — 나는 지금, 그 순간을 보고 있는 게 아닐까.

점점 해상도가 상승하고 있는 서양 저택의 그림에서, 언제부터인가 눈을 떼지 못했다. 평범한 네모에 기둥이 달리고, 창문이 달리고, 베란다가, 난간이, 깊이가 생기더니—.

바로 그때, 이사나와 반대편에 둔 손을, 누군가가 움켜잡았다.

세게는 아니다. 잡아당긴 것도 아니다. 그저 가볍게 포개듯이, 차가운 감촉에 손이 휩싸였다. 그 감촉에 정신이 퍼뜩 든 나는 그쪽을 돌아보았다.

유메가 자신의 무릎을 쳐다보며, 내 손에 자신의 손을 포갰다.

마치, 나를 이 자리에 묶어두려는 듯이.

아무 말도 하지 않으며, 나를 쳐다보지도 않으며…….

"……."

"……."

유메는 아무런 주장도 하지 않았다. 자신의 생각, 호소를, 시선에 담지도 않았다.

하지만 이것은, 내가 멋대로 한 망상일 것이다.

그녀의 얼굴이— 어딘가, 쓸쓸해 보였다.

……나는 지금, 그녀를 두고 가려 한 것일까?

알 수 없다. 즉시 판단을 내릴 수가 없었다. 이것은 내 부정적인 망상에 지나지 않을까? 아니면 이사나의 재능이 진짜라고 판단한 것처럼, 내 본능이 뭔가를 종합적으로 보고 그렇게 판단한 것일까?

그저, 내 안에는 두 가지 사실이 있다.

하나는, 이리도 유메를 분명히 좋아한다는 것이다.

그리고 다른 하나는— 그것과는 전혀 다른 의미에서, 히가시라 이사나에게 매료되고 있다는 것이다.

내 지정석은 언제 어디서나 변함없다. 집단의 최후미. 앞에서 걷는 이들의 등을 볼 수 있는 위치. 그러니 지금도 나는 쿠레나이 씨와 아스하인 양의 등을, 두 걸음 정도 뒤편에서 응시하고 있다.

쿠레나이 씨는 온화하게 후배에게 말을 건넸고, 아스하인 양은 긴장한 목소리로 동경하는 선배의 말에 맞장구를 쳤다. 쿠레나이 씨는 남과 친해지는 속도도 천재급이지만, 반년 넘게 그런 그녀를 동경해온 아스하인 양은 아직도 이런 대화에 익숙해지지 않은 것 같았다.

그렇게 몇 분 정도 걸었을 때였다. 좁은 골목 같은 언덕을 올라가자, 원통 모양의 탑 같은 것을 갖춘 서양식 저택이 보이기 시작했다.

추리 소설에 나올 법한, 그런 서양식 저택이다. ―하얀 외벽에는 비늘 같은 타일이 촘촘하게 달려 있었으며, 그래서 『비늘 집』이라 불리는 것 같다. 이름까지 추리 소설 느낌이다.

이곳을 찾는 건 몇 명의 기묘한 손님뿐이지는 않았다. 대학생으로 보이는 집단이나 노인회 같은 관광객 그룹이 우리보다 앞장서서 저택 안으로 들어가고 있었다.

우리도 이어서 문을 통과하고, 관광객 행렬에 서서, 접수를 마친 후, 저택의 앞뜰에 들어섰다.

앞뜰 한복판에는 사람만 한 멧돼지 동상이 놓여 있었다.

쿠레나이 씨와 아스하인 양은 올곧게 깔린 자갈길을 걸으며 멧돼지 동상에 다가갔다.

"포르체리노……."

아스하인 양이 동상 옆에 세워진 간판을 보며 중얼거렸다.

쿠레나이 씨도 마찬가지로 간판을 쳐다보며 말했다.

"코를 만지면 행운이 찾아온다는군. 봐. 코만 하도 만져서 반짝거려."

"아, 정말이네요. 여기만 금칠이 된 것 같아요……."

"포르체리노 씨도 질색할지도 모르겠네. 그러니 배려하는 마음으로 살며시 만져주도록 할까."

"쿠레나이 회장님은 행운이 필요 없을 것 같은데요……."

"그렇지도 않아. 네가 이 여행에 같이 와준 것— 아니, 란 양과 만난 것도 나에게 있어서는 행운 이외의 그 무엇도 아니거든."

"어, 그, 그렇지는……!"

항상 드는 생각이지만, 쿠레나이 씨는 남자로 태어났더라도 인기가 많았을 게 틀림없다. 용케도 저런 느끼한 대사를 진지하게 늘어놓는다 싶었다. —게다가 그게 농담이 아니란 점이 바로 쿠레나이 스즈리란 인물의 대단한 점이다.

……정말, 농담이 아니라니깐.

다시 생각해봐도, 아스하인 양이 같이 와줘서 정말 다행이다. ―만약 쿠레나이 씨와 단둘이 행동하게 됐다면, 대체 어떤 『농담』에 휘둘리고 있을까.

한동안 멧돼지의 코를 쓰다듬던 두 사람이 물러나자, 이번에는 내가 동상 앞에 섰다.

나는 딱히 이런 관광지의 미신을 믿지 않지만― 모처럼 여기까지 와서 만지지 않고 간다면 손해 본 느낌이 들 것 같았다.

나는 살며시, 금색으로 벗겨진 멧돼지의 코를 향해 손을 뻗었고―.

옆에서 쑥 뻗어온 손과 함께, 코끝을 만졌다.

"……어?!"

손을 뻗은 쿠레나이 씨가 코앞에서 내 얼굴을 들여다보며 입술 가장자리를 말아 올렸다.

"이걸로, 우리 둘 다 행운이 찾아오겠는걸."

멧돼지의 코에 닿은 내 새끼손가락에, 자신의 새끼손가락을 포개면서…….

"자― 어떤 행운을 바라지?"

내 낯빛을 즐기듯, 크큭, 하고 웃었다.

여러 가지 생각이 순간적으로 뇌리에서 휘몰아쳤지만, 그중 어느 것도 내비치지 못한 나는 쿠레나이 씨에게서 눈을 돌리면서 겨우겨우 차분한 목소리로 답했다.

"……저로서는 상상도 안 되네요."

"그래. 『맡기겠다』는 거군."

쿠레나이 씨는 동상에서 손을 떼더니, 다시 뒤돌아섰다.

그리고…….

"(끝내주는 행운을 약속해주지. 기대해라.)"

달콤한 목소리를 내 귓가에 남긴 후, 아스하인 양을 쫓아갔다.

"……."

뒤늦게 동상에서 손을 뗀 나는 두 사람을 뒤쫓으면서, 희미하게 감촉이 남아 있는 새끼손가락을 손바닥으로 감싸 쥐었다.

—착각하지 마. 착각하지 마. 착각하지 마.

쿠레나이 씨는 나에게만 보이게 손을 등 뒤로 돌리더니, 새끼손가락만 세워서 들고 있었다.

호시베 토도 ◆ 아무런 소원도 없는 텅 빈 마음

"가보고 싶은 곳이 있어요, 선배!"

나와 팔짱을 낀 아소가 그대로 나를 잡아끌며 어딘가로 향했다.

학생회에서 처음 만났을 때부터, 아소는 이런 느낌이었다. 미움받는 것을 두려워하지 않으며, 주저 없이 타인의 품속으로 뛰어들었다.

남의 주목을 받아야 마음이 진정되는 성격일 것이다. 그도 그럴 것이 『남들에게 떠받들어지고 싶어서 학생회에 들어왔다』 하고 대놓고 말할 정도다. 하지만 하바에게 지나친 짓을 했다가 쿠레나이에게 혼나고 난 후로는 표적을 나로 바꾸고 말았다.

성가시다고 생각한 적은 물론 있지만 — 아니, 항상 그렇게 생각한다 — 그래도 거절하지 못하는 것이 이 후배의 불가사의한 점이었다.

뭐랄까…… 그 쿠레나이의 옆에서 1년 동안 학생회 멤버로 활동한 것으로 알 수 있다시피, 딱히 미덥지 않은 건 아니지만— 내버려 뒀다간 어떻게 될지 알 수 없는 분위기 또한, 동시에 가지고 있다.

나 같은 녀석에게 들러붙어 있는 것만 봐도, 친구가 적다는 건 바로 알 수 있다. 내가 졸업하고 나면 어쩔 작정인 걸까? 남 일인데도 불구하고 걱정이 될 지경이다.

덕분에 나까지 학생회에 의존하고 있는 듯한 처지가 되고 말았다. —처음에는 어떻게 굴러가는지만 좀 둘러볼 생각이었으며, 이렇게 오래 눌러앉아 있을 생각은 없었는데 말이다.

하아, 지금은 수험 공부에 몰두하고 있는 작년 서무가 어엿하게 느껴질 지경이다.

"인터넷에서 봤는데, 소원을 이뤄주는 파워 스폿이 있대요!"

숨결이 느껴질 정도로 몸을 밀착한 아소가 들뜬 목소리

로 그렇게 말했다.

나는 「아하~」 하면서 납득했다.

"파워 스폿이라. 뭐, 너라면 그런 걸 좋아하겠지."

"어? 왜요."

"너, 중학생 때 흑마술 같은 거에 빠졌지 않아?"

"빠진…… 적, 없는데요?"

"눈 돌리지 말고 말해."

아소는 동요한 것처럼 시선을 이리저리 돌리더니, 곧 귀여운 척을 하듯 입술을 삐죽 내밀었다.

"어쩔 수 없잖아요! 여자 중학생은 다 그렇단 말이에요! 공책에 마법진을 그리거나, 그로테스크한 호러물에 빠진다고요! 선배도 팔에 붕대를 감았을 거 아니에요!"

"요즘 그렇게 노골적으로 중2병에 걸리는 애가 어디 있냐고. ……나는 농구하느라 그런 쓸데없는 자기 과시에 빠질 짬이 없었다고."

"하아~. 잘나신 사람이라 참 좋았겠네요. 이성한테도 무지 인기가 많았을 것 같아요."

"글쎄. 잘 기억 안 나."

"거짓말~. 농구부니까 여자들을 마구 건드리고 다녔을 거잖아요."

"말도 안 되는 편견을 퍼뜨리고 다니지 마."

아소는 픕 하고 웃더니, 내 눈을 올려다봤다.

"뭐, 선배한테 여친이 없었다는 것 정도는 안다고요."

"함부로 알지 말라고."

"누구라도 알걸요? 지금의 선배를 본다면요."

여친이 없을 것 같은 촌스러운 애라는 소리인가? 개인적으로는 그 정도까진 아니라고 생각하는데 말이야.

아소가 내 팔을 더 꼭 끌어안자, 나는 가볍게 고개를 갸웃거렸다.

그러면서 좁은 언덕을 올라가자, 아소의 목적지인 서양식 저택에 도착했다.

입구 양옆에 도깨비가 초롱을 들고 있는 조각상이 놓여 있는 기묘한 저택이었다. 아무래도, 원래 있던 서양식 저택을 이용해서 만든 미술관 같아 보였다.

"여기에 뭐가 있는데?"

"『새턴의 의자』예요."

아소는 마녀 같은 웃음을 흘렸다.

"앉은 사람의 소원을 이뤄준다고 하는 사연 있는 의자죠……."

"새턴이라, 꽤 그럴듯한 이름인걸."

"참, 악마 사탄이 아니라 로마 신화의 새턴이에요. 토성의 영어 발음과 같아요."

"아~, 그쪽이구나……."

"농경의 신인가 봐요."

갑자기 흉흉함이 확 사라졌다.

"이루고 싶은 소원이라도 있어?"

"후후. 선배 생각에는 무엇일 것 같아요?"

"글쎄……. 『1만 RT 되게 해주세요』라든가?"

"선배는 아이사를 관심병 환자라고 생각하는 거 아니에요?"

"당연히 그렇게 생각하지."

"너무해! 아이사를 봐주는 사람은 선배만으로 충분한데……."

"흥."

코웃음을 치며 그 말을 흘려넘긴 후, 우리는 건물 안으로 들어갔다.

입구 정면에는 계단이 있고, 좌우에 각각 방이 있었다.

오른쪽 방에는 뒤틀린 동물 같은 기묘한 조각이 선반 위에 줄지어 놓여 있었다. 한밤중에 본다면 섬뜩할지도 모르겠다.

그리고 왼쪽 방에는 아소가 보러온 의자가 있는 것 같았다.

"저거구나……."

안쪽 방으로 이어지는 통로 양옆에 호화로운 빨간색 쿠션 의자가 하나씩 설치되어 있었다.

확실히 옥좌 같은 분위기를 지닌 의지다. 다가가 보니, 등받이 위와 팔걸이에 정교하게 조각이 되어 있었다. 팔걸이의 팔을 얹는 부분 아래쪽에는 갓난아기 조각이 몸을 동그랗게 만 채 앉아 있었다. 사전에 설명을 듣지 않았다면, 악마의 의자라고 해도 덜컥 믿어버렸을 것이다.

"오른쪽 의자가 여성용, 왼쪽 의자가 남성용이래요~."

"흐음. 언뜻 보기에는 별반 다르지 않아 보이는데 말이야."

"동시에 앉아요, 동시에!"

타이밍과 연관이 있는 걸까?

의아해할 여유도 주지 않으려는 것처럼, 아소는 오른편에 있는 의자 앞에 섰다.

"하나, 둘, 셋~!"

아소의 목소리에 맞춰, 쿠션 위에 앉았다.

호화로운 쿠션은 예상대로 내 체중을 흡수해줬다. 하지만 이렇게 조각이 잔뜩 된 의자에 앉으니 심정적으로 불편했다.

반대편을 보니, 등을 꼿꼿이 편 채 의자에 앉은 아소가 두 손을 가슴 앞에 모으고 있었다. 아, 그래. 소원을 비는 건가. ―나도 일단 소원을 비는 편이 좋겠지.

"……."

몇 초 동안 생각을 해보니, 한숨을 내쉬고 싶어졌다.

왜냐고?

마음속을 뒤져봤지만― 그 어떤 소원도 나오지 않아서다.

"선배. 소원 빌었어요?"

손을 내린 아소는 나를 쳐다보며 물었다.

"그래."

"어~, 가르쳐주세요!"

"싫어."

생각하기에 따라선 나는 현재에 만족하고 있다고도 할 수 있겠지만—.

—나는, 자기 자신이 공허할 뿐이라는 느낌만을 받았다.

나는 의자에서 일어났다. 더 앉아 있어도, 나에게는 의미가 없다.

이어서 아소도 자리에서 일어나더니, 통통 튀는 듯한 발걸음으로 나에게 다가왔다.

"선배는 그다지 욕심이 없어 보여요. 게임도 무과금으로 하고요."

"시끄러워. 그러는 너는 뭘 빌었는데?"

"어~? 알고 싶어요……?"

아소는 놀리듯이 히죽거리더니, 약 올리듯 뜸을 들였다.

"그럼 퀴즈예요! 제가 어떤 소원을 빌었게요~?"

"『유명해지고 싶다』 아냐?"

"틀렸어요."

"『부자가 되고 싶다』지?"

"틀렸어요! 아이사는 그런 오리지널리티 제로인 여자가 아니거든요?!"

아소는 일부러 볼을 부풀리며 토라진 척을 했다. 고등학생 여자애가 할 행동이 아니거든?

"오리지널리티 같은 거창한 게 있는 거야?"

"으음, 잘 생각해보니 흔한 소원인 것 같기도……. 아, 하지만 현시점에서 이 소원을 빈 사람은 아이사뿐일지도 몰라요."

"흐음?"

"선배, 말했죠?"

장난꾸러기처럼 입가를 치켜올리더니…….

마치 유혹하듯 가느다란 손가락으로 내 얼굴을 가리키며…….

아소는 말했다.

"선배가 이성에게 인기 없다는 건— 잘 알고 있거든요."

그 말의 의미를 바로 이해하지 못한 나는 미간을 살짝 찌푸렸다.

"뭐? 그게 무슨 의미야?"

"무슨 의미일까요~♪"

웃음을 흘린 아소는 기분 좋은 듯이 앞장서서 걸음을 옮겼다.

내가 이성에게 인기 없다는 걸 알고 있다. 그리고 그런 소원을 빌 사람은 아소뿐…….

"……."

나는 생각을 중단했다.

그런 생각을 할 에너지가, 나에게는 없었다.

이인관을 얼추 돌아본 후에 향한 스타벅스는 사진으로 본 대로 그야말로 별세계였다.

안 그래도 세련된 스타벅스를 세련된 서양식 저택을 개조해서 만들었으니, 세련되지 않을 리가 없다. 이세계 애니메이션에서 볼 법한 샹들리에, 창문, 난로, 램프— 곳곳에 테이블이 놓여 있고, 거기서 손님이 커피를 마시는 모습은 상류층의 살롱에 들어온 듯한 느낌을 자아냈다.

유일하게 눈에 익은 카운터에서 주문을 마친 후, 2층으로 올라갔다.

목적지는 거대한 리빙룸이다. 8인용 테이블이 가운데에 놓여 있으며, 안쪽 벽에는 칠판만 한 커다란 그림이 걸려 있었다. 양옆에는 눈높이까지 쌓인 서양 서적의 탑이 있었다. 그야말로 의도적인 연출이었다.

"세, 세련돼요……! 너무 세련되네요……!"

우리도 물론 감동했지만, 히가시라는 아예 눈까지 반짝이고 있었다. 애 같은 오타쿠에게는 일반적인 스타벅스 같은 평범하게 세련된 공간보다, 이런 픽션 느낌 물씬 나는 공간이 더 친숙할지도 모른다.

"저기, 창가로 가보자~!"

"오~! 소파 배치도 세련 그 자체……!"

창가는 부채꼴 형태로 약간 움푹 파인 느낌이었으며, 그에 맞춰 소파와 원형 테이블이 설치되어 있었다. 마피아 보스가 보통 저런 곳의 한가운데에 앉아 있잖아.

이리도가 아무 말 없이 가장자리에 앉자, 이리도 양이 즉시 그 옆에 앉았다. 이리도 양은 예전보다 적극적인걸. 전에는 어깨가 닿는 것도 거부하는 느낌이었는데, 지금은 속눈썹이 보일 듯한 거리에서 이리도의 얼굴을 응시하며 말을 건네고 있다.

그 결과, 자기 지정석을 잃고만 히가시라가 「으음……」 하며 멀뚱멀뚱 서 있었다. 재라면 이리도 남매 사이에 껴서 이리도의 옆자리에 앉을지도 몰라……. 그렇게 생각해서 말을 걸려고 했지만…….

"히가시라 양은 이쪽!"

그 전에 아카츠키가 히가시라의 손을 잡더니, 포물선 형태로 놓인 소파의 한가운데에 털썩 앉았다. 그러자 히가시라는 「아, 네」 하며 아카츠키의 오른편에 앉았다.

나도 이리도의 반대편— 아카츠키의 왼편에 앉으면서, 소꿉친구에게 귓속말을 했다.

"(취지를 바꾼 거냐?)"

"(어~? 무슨 소리야? 친구의 행복을 바라는 건 당연한 일이잖아?)"

영 수상쩍은걸~. 이리도와 히가시라를 이어주는 걸 이

애가 포기하지 않았다고 생각했는데…….

아카츠키는 나를 힐끔 쳐다보더니, 씨익 웃었다.

"(이상한 생각 말고, 평소처럼 변태 같이 구경이나 하지 그래? 모처럼 쟤들이 단둘이 있게 해줬잖아.)"

수상해…….

이리도 양이 깔깔 웃는 소리가 들렸다. 즐거운 듯이 몸을 쑥 내밀며 이야기를 하는 이리도 양과 달리, 이리도는 상대의 얼굴을 똑바로 바라보지는 않고 힐끔힐끔 시선만 보내며 퉁명하게 이야기했다. 이 두 사람의 관계에서— 서로를 향한 관심이 은연중에 드러나고 있는 듯한, 그런 애틋함이 느껴졌다.

하지만, 나는 옆을 쳐다보고 말았다.

크림이 잔뜩 토핑된 프라푸치노를, 빨대로 빨아 먹고 있는 꼬맹이의 얼굴을…….

초등학생 때의 사이가 좋았던 시절에도, 중학생 때의 사귀던 시절에도, 헤어지고 서로를 피하던 시절에도, 화해하고 다시 교류하게 된 후에도— 이 애가 무슨 생각으로 행동하는지를, 얼추 알 수 있었다.

그러니, 처음일지도 모른다.

무슨 생각을 하는지 모르겠다고, 생각한 것은 말이다.

"어~?! 우와! 여기, 완전 대박! 여기서 촬영하고 싶어~!!"

들뜬 아소 씨, 그리고 모르는 사람 행세를 하는 호시베 선배가 합류해서 열 명 전원이 모였다.

이대로 여기서 점심 식사를 마친 후, 오후에는 숙소가 있는 아리마 온천으로 향할 예정이다.

숙소에서는 남녀가 따로 방을 쓰는 만큼, 그곳에 도착하면 어깨에 들어간 힘을 뺄 수 있을 것이다. 이 집단의 여기저기에서 사랑의 화살표가 교차되고 있는 만큼, 여러모로 힘들었다. ─게다가 쿠레나이 씨와 너무 오래 같이 있다간, 그녀가 무슨 짓을 벌일지 모르는 것이다.

"(어때?)"

"우왓?!"

갑자기 누군가가 귓가에 숨결을 불어 넣자, 나는 무심코 비명을 질렀다.

옆을 쳐다보니, 쿠레나이 씨가 재미있다는 듯이 웃음을 흘렸다.

"이야, 재미있는걸. 매사에 관심이 없는 너도, 귀는 약점인가 보지?"

"……그런 짓을 당하면, 누구라도 놀랄 거예요."

"정말 놀랐을 뿐이려나? 최대한 에로틱하게 숨결을 불어

넣었는데 말이다."

"놀랐을 뿐이에요."

그렇다. 이 정도로 심장이 빨리 뛰었다간…… 몸이 버티지 못한다.

나는 쿠레나이 씨에게서 시선을 뗐다. 아스하인 양은 아소 씨에게 희롱을 당하느라 정신이 없는 탓에, 이쪽에 관심을 줄 겨를이 없었다. 그 틈을 노린 건가.

"그런데, 어때?"

쿠레나이 씨는 나와 어깨를 맞대면서 말했다. 그저 어깨가 닿아 있을 뿐이지만, 어깨의 부드러움과 매끄러움, 호리호리함, 그리고 여자 특유의 달콤한 체취가 충분히 느껴졌다.

"뭐가…… 어떻다는 거죠?"

"아침에도 물었잖아? 이번 멤버는 어때?"

"따로 행동했는데, 뭘 알 수 있겠냐고요……."

"너라면 그런 상황에서도 알아낸 게 있을 텐데?"

이 사람은 나를 명탐정으로 착각하고 있는 게 아닐까. 그런 역할이 어울리는 건 본인일 텐데…….

"……저 1학년 그룹은 꽤 복잡하군요."

"흐음?"

창가에 포물선 모양으로 놓인 소파에 앉아 있는 1학년 다섯 명을, 쿠레나이 씨는 힐끔 쳐다봤다.

"이리도 양은 명백하게 이리도 미즈토를 좋아하고, 이리도 미즈토 또한 마음이 없지는 않아 보여요. 저 두 사람은 올해부터 의붓남매가 된 것 같으니, 그런 일도 충분히 있을 수 있겠지만…… 두 사람의 사이의 거리로 볼 때, 단순히 서로에게 마음이 있을 뿐인 건 아닌 듯하군요."

"흐음, 그렇다면……?"

"서로에게 마음이 있는 건 틀림없지만, 선을 긋고 있달까. ―『좋아한다』는 건 알 수 있지만 『사귀고 싶다』는 건지는 알 수 없다, 같은 느낌이랄까요."

감정은 보이지만, 관계를 구축할 의지가 느껴지지 않는다. ―물론 이것은 나의 일방적인 인간 관찰에서 비롯된, 일방적인 억측에 지나지 않는다.

"그럼, 그녀는? 가슴이 큰― 히가시라 이사나 양이었던가?"

"그 애는 더 모르겠어요. 저 같은 애가 파악할 수도 없는 괴짜군요. 이리도 미즈토를 좋아하는 건 틀림없지만, 그렇다고 이리도 양까지 포함해 삼각관계냐면 그런 느낌은 아니고― 뭐랄까, 가치 기준이 완전히, 철저하게, 다른 게 아닐까 싶은 분위기예요."

"그럼 남은 두 사람은 어떻지? 내가 보기엔, 저 두 사람도 꽤 괜찮은 분위기 같은데 말이야."

"실례지만, 쿠레나이 씨는 참 안목이 없네요."

"응?"

"저들은 헤어진 커플이에요. 헤어진 후에 친구로서 사이

좋게 지내는 타입의 커플이죠."

서로를 깊이 알고 있으며, 평범한 남녀라면 꺼릴 일도 꺼리지 않는다. 그런데도 곳곳에서 불가침 영역 같은 것이 느껴졌다. 틀림없는 헤어진 커플이다. 단언할 수 있다.

"그래……. 소꿉친구인데도, 그렇게 될 수 있는 건가. 꿈도 희망도 없는걸."

애니메이션과 만화는 사귀는 것으로 끝나지만, 실제로는 그 후에 헤어질 가능성도 있다. 당연한 이야기다.

자신이 그런 상황에 부닥쳤을 때를 생각하니, 섬뜩하지만 말이다.

"헤어진 상대를 저 정도로 편하게 대할 수 있는 건, 뛰어난 커뮤니케이션 능력 덕분이겠죠. 저 두 사람, 아마 교내에 상당한 네트워크를 지니고 있을 거예요. 친분을 쌓아두면 나중에 편리할 테죠."

"너는 장래에 정치가의 비서가 되는 편이 좋겠는걸."

"추천해주시는 건 고맙지만, 토사구팽당하는 건 사양하고 싶어요."

쿠레나이 씨는 웃음을 터뜨렸다. 이 사람은 어째선지, 내가 건방진 소리를 하면 할수록 기뻐하는 경향이 있다.

"그건 그렇고, 너는 정말 다른 사람만 쳐다보는걸."

"이제 와서 무슨—."

말을 이으려는 내 입에, 빨대가 꽂혔다.

쿠레나이 씨가 들고 있는 라테 음료의 빨대다.
"때로는 자기 자신을 살펴보는 것도 좋지 않으려나?"
쿠레나이 씨의 커다란 눈동자에, 내 얼굴이 비쳤다.
어디서나 볼 수 있는, 공장에서 찍어낸 것처럼 평범한, 알맹이가 없는 내 얼굴이 말이다.
그것을 알면서도— 나는 빨대에서 입을 떼며 말했다.
"……어떻게 말이죠?"
"알면서 시치미 떼기는……."
내 얼굴은, 당신의 눈동자에 비치고 있다.
나에게 보이지 않는 내 모습이, 당신을 보면 비쳐 보인다.
확실히, 그건, 알고 있다.
쿠레나이 씨는, 방금 내가 물었던 빨대를, 보란 듯이 얇은 입술로 물면서…….
"오늘 밤— 혼자서 어느 장소로 와줬으면 해."
"……어느 장소?"
"응."
빨대를 살짝 빨아서 라테를 조금 마신 후, 옅은 미소를 자신만만하게 머금으며— 나를 쳐다보더니…….
"밀회를 하자. 다른 사람에게는 비밀이다."
당당하게, 그렇게 말한 것이다.
그 얼굴이 너무나도 멋지고, 눈부신 나머지— 나는, 아무 말도 할 수가 없었다.

온천 여정 사춘기 사건

쿠레나이 스즈리 ◆ 자신만만한 미소의 이면

“밀회를 하자. 다른 사람에게는 비밀이다.”

당당히 그렇게 말한 나는 그대로 자리에서 일어선 후, 죠에게 등을 보이며 그 자리를 벗어났다.

그리고, 실내 장식을 감상하듯 벽 쪽으로 이동한 후…….

“하아…….”

아무에게도 들리지 않을 만큼 작게, 한숨을 내쉬었다.

하지만…….

“—스즈링?”

“읏!”

갑자기 누군가에게 어깨를 잡힌 바람에 놀라며 뒤돌아보니, 심술궂은 눈빛을 머금은 아이사와 유메 양이 내 얼굴을 쳐다보며 히죽거리고 있었다.

“다 봤거든~? 죠한테 무슨 말을 한 거야~?”

“방금 한숨을 내쉬었죠?! 긴장한 것처럼! 대체 무슨 말을 한 건가요?!”

"어, 잠깐, 그건……!"

이익! 정말 하이에나 같은 애들이다! 남이 열심히 무게를 잡고 있는데……!

"어라~? 얼굴이 벌게졌네~?"

"회장님, 귀여워요~!"

"시, 시끄러워! 아, 아무 일도 아니란 말이다!"

죠에게 들키면 어쩌냐고! 정말! 이 가게, 냉방이 너무 약한걸!

이리도 유메 ◆ 전국시대의 연애결혼

기타노 이인관 마을을 벗어난 우리는 신코베역에서 지하철을 탔고, 전철을 몇 번 갈아타면서 아리마 온천으로 향했다.

"저기 봐, 유메! 로손 편의점이 파랗지 않아!"

"어, 진짜네. 교토의 맥도날드 같아."

역에 도착한 우리는 갈색 간판의 로손 편의점이라고 하는 불가사의한 가게를 보고 들떴다. 경관 보호 차원에서 저런 것이리라.

역에서 강을 따라 언덕을 올라가다 보니 전통과 역사가 느껴지는 고풍스러운 가게가 보였고, 호텔로 보이는 커다란 건물이 어렴풋이 보이기 시작했다. 서서히 온천지의 분위기가 느껴지는 것 같았다.

그 도중에, 우리는 강에 걸린 커다란 다리 앞을 지났다. 신호등의 도로 표지를 보니, 『타이코바시』[#1]라고 적혀 있었다.

"타이코라면…… 도요토미 히데요시인가요?"

회장에게 문뜩 물어보자, 회장은 「응」 하며 고개를 끄덕였다.

"아리마 온천은 도요토미 히데요시가 자주 온 곳이거든. 오사카성에서 그렇게 멀지도 않잖아?"

"아하……."

"탕치(湯治)라는 걸 하러 왔다고 해. 부부가 이 온천의 단골이었던 거지."

그렇게 말한 회장은 타이코바시 옆에 있는 광장을 손가락으로 가리켰다. 별생각 없이 지나쳤지만, 이 광장에는 단상 위에 앉은 도요토미 히데요시로 보이는 조각상이 있었다.

"조금만 더 가면 네네바시라고 하는 것도 있다고 해."

"네네— 도요토미 히데요시의 아내 이름이네요."

"그래. 거기에는 네네의 조각상이 있는데, 도요토미 히데요시의 조각상과 멀리서 마주 보고 있다고 하지."

회장의 말대로 조금 더 걸어가 보니 난간이 빨간색인 다리가 있었으며, 그 옆에는 기모노를 입은 여성의 조각상이 세워져 있었다. 그리고, 도요토미 히데요시의 조각상이 있는 방향을 쳐다보고 있었다.

#1 타이코바시 타이코(太閤)는 도요토미 히데요시를 가르키는 경칭. 그 경칭이 붙은 다리를 타이코바시라 부른다.

"견우와 직녀네요. 강을 사이에 두고 마주 보고 있다니……."

"정략결혼이 기본인 전국시대에 연애결혼을 한 흔치 않은 부부니 말이지—. 처음에는 신분 차이 때문에 가족에게 꽤 반대를 받았다고 해."

"그런가요……."

가족에게 반대— 가문의 힘이 지금보다 훨씬 강했던 시대에, 가문의 뜻을 밀쳐내면서까지 결혼을 했다는 것은 그만큼 서로를 사랑했다는 의미일까…….

"뭐, 그 후에 출세한 히데요시는 첩을 마구 늘려댔지만 말이야."

"어."

"하도 바람을 피워대니까 네네도 열받은 나머지 노부나가에게 상소를 올렸단 이야기도 있을 정도지."

"우와……."

강하다.

역시 천하를 거머쥔 자의 아내 정도 되면 행동력이 다르다. 툭하면 움츠러드는 나와는 그야말로 하늘과 땅만큼 차이가 나…….

좀 궁금해져서 스마트폰으로 검색해보니, 네네의 상소에 노부나가가 답하는 편지가 남아 있다고 한다. 그 내용을 간략하게 정리하자면 『그 대머리에게 당신 이상 가는 아내가 있을 리 없으니, 정실답게 질투하지 말고 당당하게 있어 줘으면 한다』 같은 느낌이었다.

질투하지 말고, 당당히…….

나는 뒤편에서 걷고 있는 미즈토와 히가시라 양을 힐끔 돌아보았다.

히가시라 양이 스마트폰으로 찍은 사진을, 미즈토가 그녀와 어깨를 맞댄 채 같이 보고 있었다. 어깨는 물론이고 자칫하면 볼까지 닿을 것 같을 만큼 몸을 밀착시키고 있어서, 모르는 사람이 보면 — 아는 사람이 봐도 — 연인 사이처럼 보였다.

질투 따위, 한다.

아니, 선망이라고 해도 과언이 아닐 것이다.

미즈토와 같이 사는 내가, 왜 다른 여자애에게 거리감으로 뒤지는 걸까. 이미 익숙해졌다지만, 때때로 그런 의문이 — 불안이 — 머릿속에서 고개를 들 때가 있다.

히가시라 양은 좋아하고, 그녀에게 미즈토가 필요하다는 것도 안다.

다가가지 말라고 명령할 자격이 나에게 없다는 것도…… 안다.

알지만, 때때로 부러워서 견딜 수가 없을 때가 있다.

왜 내가, 저 자리에 있으면 안 되는 건데? ……하고 말이다.

……이러면 안 되는데 말이야. 여행까지 와서 구질구질한 고민을 하기 시작했어.

지금은 여행을 즐기자. 그걸로 됐잖아.

히가시라 이사나 ◆ 언제나 전장 한복판

"이사나. 너는 저쪽이야."

숙소에 도착해서 미리 보내둔 짐을 프런트에서 찾은 후, 우선 그 짐을 각자의 방에 옮겨두기로 했어요.

그래요. ―남자는 남자 방으로, 여자는 여자 방으로.

불초, 히가시라 이사나는 외람되지만 생물학적으로는 여자랍니다.

생리로 고생할 때도 언제나 찌찌를 볼 수 있으니 됐나~ 하며 자기가 여자라는 사실에 납득한 저지만, 이번만큼은 남자였으면 좋겠다고 생각했어요.

"오오~! 좋네~! 수학여행 때가 생각나~!"

"아이사. 우선 짐부터 확인해. 떠드는 건 그 후에 해도 돼."

"회장님. 짐은 이 근처에 모아서 두면 될까요?"

모…… 모르는 사람과 같은 방에서…….

유메 양과 미나미 양도 같이 있지만, 오늘 처음 만난 사람과 같은 방에 묵는다는 건 저한테 좀 하드 모드예요! 고립되어서 지냈던 여름 공부 합숙 때를 떠올린 저는 안절부절못하며 이유도 없이 주위를 계속 둘러봤어요.

미즈토 씨가 있다면 확 들러붙어서 지내면 되는데! 커뮤니케이션 능력이 별로라서 남한테 의존하기만 하는 저 자신이 한심하지만, 마음먹기에 따라 성격이 달라질 수 있다면 아무도 고생하지 않을 거라고요.

"히가시라 양, 짐 확인은 끝났어?"

유메 양이 상냥히 말을 걸어주자, 「우, 우와앗……」 하고 거동 수상자 같은 대답을 하고 말았어요.

하지만 유메 양은 개의치 않으며…….

"혹시 없는 물건이 있으면 말해. 프런트에 확인해볼게."

저는 고개를 끄덕였지만, 실은 마음이 무거웠어요. 만약 없는 물건이 있더라도, 저는 이런 상황에서 말을 꺼내지 못하거든요……. 남한테 말을 건다는 행위 자체가 너무 고난이도라서, 짐 좀 없어져도 괜찮아 같은 식으로 생각하고 말아요.

다행히 가방에서 없어진 물건은 없어요. 가방 안에는 갈아입을 옷과 책뿐이니까, 없어질 만한 물건이 없기도 하고요.

하지만 혹시 모르니 방구석에 앉아서 가방 안을 살펴봤어요. 엄마에게 도움을 받아서 챙긴 짐 안에는 문고 서적, 갈아입을 옷, 스마트폰과 태블릿의 충전기, 그리고 속옷—.

어라?

뭔가, 낯선 물건이…… 뭐죠? 이 빨간 천…….

가방에서 꺼내 펼쳐보니, 바로 브래지어였어요.

"어엇?"

그것도 레이스가 달린 데다 안이 비쳐 보이는, 무지 에로

틱한 브래지어예요. 이, 이게 뭐죠?! 너무 비치는 거 아니에요?! 이래서는 다 보일 것 같은데요……?!

그러고 보니 피치 못할 사정으로 최근에 브래지어를 전부 새로 마련했는데, 이런 엉큼한 용도밖에 없는 걸 산 기억이 없어요. 왜, 왜 이런 게……?!

"호오~?"

바로 뒤편에서 목소리가 들려오자, 저는 흠칫하며 뒤를 돌아봤어요.

미나미 양이 뭔가 알겠다는 듯한 표정으로, 제가 들고 있는 음란 브래지어를 내려다보고 있었어요.

"히가시라 양이 참 재미있는 걸 가져왔네~."

"아, 아니, 이, 이건 말이죠……."

"어~? 왜 그래~?"

제가 얼버무리려고 할 때, 투사이드업 헤어스타일의 선배(아소 씨? 였던가요)가 흥미를 보이며 다가왔어요.

그리고 제가 손에 든 물건을 보더니, 눈을 확 치켜떴어요.

"어?! 이게 뭐야?! 에로해~! 거대해~!"

"히가시라 양도 승부 속옷을 가지고 있구나~!"

"아, 아뇨……! 아니에요! 이, 이건, 제가 챙긴 게……!"

"어~? 그럼 다른 사람의 물건이 섞인 거야? 이 크기면, 설마 란란……?"

"히가시라 양, 좀 줘봐~."

"앗."

미나미 양은 제가 대답을 하기도 전에 브래지어를 낚아채더니, 벨트 쪽에 달린 태그를 눈으로 확인했어요.

"끄억?!"

그리고, 경악하고 말았어요.

"뭐, 뭐야뭐야? 앗키~, 왜 그래~?!"

"H75……."

"뭐?"

미나미 양이 허무에 찬 표정으로 태그를 보여주자…….

"끄어어억?!"

아소 선배 또한, 두들겨 맞은 것처럼 몸을 뒤편으로 젖혔다.

"어…… 엣찌, 컵……?"

"엣찌컵이, 뭐야……?"

"엣찌……?"

"엣찌……?"

두 사람은 함께 내 가슴을 내려다보더니…….

"""……엣찌해……."""

그런 의미가 아니거든요?!

확실히 엣찌하기는 하지만 엣찌가 아니라 에이치거든요?!

"어? 잠깐만, 앗키~. H는 언더와 얼마 차이였더라?"

"확실히 26, 27센티미터……."

"어? 어? 그럼 언더가 75니까…… 바스트는 100센티미터

오버인 거네?"

"그, 그렇게 크진 않아요……! 전에 쟀을 때는 98센티미터—."

""구십팔?!""

입체적으로 리액션을 할 때마다 깜짝깜짝 놀라니까, 그러지 좀 마세요…….

미나미 양과 아소 선배는 내 가슴을 뚫어지게 관찰하더니…….

"……이런 브래지어가 필요한 사람이 또 있을 것 같지는 않지만…… 란란! 브래지어 사이즈 좀 가르쳐줘!"

아소 선배가 뒤돌아보며 그렇게 말하자, 이야기를 듣고 있었던 듯한 아스하인 양이 질색을 하며 대답했어요.

"……F60인데요."

""""에프 육십?!""""

이번에는 저도 참전했어요.

60센티미터? 허리가 아니죠? 언더 바스트를 말하는 거죠? 아무리 키가 작아도…… F60…… 그런 사이즈, 처음 들었어요…….

아소 선배는 현기증이 난 것처럼 머리를 감싸쥐었어요.

"으극……! 앗키~. 나, 머리가 이상해질 것 같아……!"

"선배, 정신 바짝 차려요! 왕찌찌에 지면 안 돼요!"

두 사람이 정체불명의 대미지를 받고 괴로워하는 사이, 저는 아스하인 양의 찌찌를 멍하니 쳐다봤어요. 에로해요…….

아스하인 양이 부끄러운지 도망치자, 저는 미나미 양이 들고 있는 화려하고 음란한 브래지어를 다시 쳐다봤어요.

사이즈로 볼 때, 제 것이 틀림없는 것 같아요. 하지만 어느새 이런 게……?

가방 안을 다시 쳐다보니, 옷가지 사이에 끼어 있는 종이를 발견했어요.

잡아당겨서 꺼내 보니, 그것은 제 앞으로 온 메모였어요.

『치트 아이템 넣어뒀으니까, 결판을 내고 와. 엄마가.』

엄마……. 짐을 싸면서 몰래 이런 걸…….

딸의 첫 체험을 이렇게 신경 써주는 어머니가 이 세상에 또 있을까요?

"여러분! 승부 속옷을 챙겨온 자는 즉각 신고하십시오!!"

"우리가 공정하게 평가를 내리겠어~!!"

"참고로 저, 아소 아이사는 시꺼먼 녀석으로 준비해왔어요!!"

"어엇?! 선배, 남 말 할 자격 없는 거잖아요!!"

어느새 미나미 양과 아소 선배의 야단법석에 휘말리면서, 낯가리고 있을 겨를이 없었어요.

참고로 회장님의 속옷은 전부 에로틱했다니까요.

"인생에서 승부하지 않는 날은 없으니 말이다."

""진심으로 존경합니다~!!""

"잠시 동안의 작별이에요, 선배…… 훌쩍."

"되지도 않는 연기 하지 마, 인마."

이번에도 냉랭한 태도를 보이는 선배를 향해 혀를 쏙 내민 후, 나는 여자 그룹과 합류했다.

오후에는 각자 온천 마을을 산책하기로 했으며, 자연스레 남녀로 나뉘었다. 선물과 먹거리도 좋지만, 여자로서는 역시 온천이 필수 불가결! 어차피 혼욕은 못 하니까, 이렇게 남녀가 따로 행동하는 편이 낫다는 쪽으로 결론이 났다.

뭐, 때로는 떨어져서 지내는 시간도 필요한 것이다. 그동안 내일에 대비한 작전도 짤 수 있고 말이다. ……하지만 만약 짬이 난다면, 선배와도 단둘이서 산책하고 싶네— 하고 말해둘 걸 그랬나.

"저렴하게 이용할 수 있는 공중목욕탕이 있으니까, 우선 거기부터 가볼까."

사전 조사를 완벽하게 해온 스즈링을 따라서, 목조 건축물이 줄지어 있는 마을을 걸었다. 온천 마을에는 유카타 차림의 커플이 걸어 다닌다는 이미지가 있지만, 의외로 다들 평상복을 입고 있었다. 언덕이 많아서 나막신을 신고는 걷기 힘들 것이다. 그런 점에 대해서도 스즈링이 사전에 설명해줬다.

“그건 그렇고, 아이사는 오늘 꽤 힘내고 있는걸.”

스즈링은 의미심장한 웃음을 흘리면서 나를 쳐다봤다.

“응~? 뭐가~?”

“평소보다 훨씬 적극적으로 공세를 펼치잖아. 그렇게 당당히 호시베 선배를 끌고 갈 줄은 생각도 못 했다.”

오전 일을 이야기하는 것 같다. 그 정도 일로 칭찬을 받으니, 오히려 자존심에 상처를 입는 것 같았다.

“뭐~. 오늘은 좀 진심이거든.”

“진심인가요……?”

그렇게 물은 이는 유메찌였다. 귀여운 후배이자 제자 앞에서, 나는 당당한 태도로 말했다.

“선배는 3학년이잖아? 수험도 끝났고, 해가 바뀌면 자유등교라서 언제 만날 수 있을지 알 수 없으니까. ―그 전에, 내 매력을 깨닫게 해주자~ 같은 거랄까?”

“솔직하게 말해. 『졸업하면 잊혀질 것 같아 무섭다』고 말이지.”

헛소리 마! 나 같은 귀여운 후배를, 여자와 인연 없는 선배가 잊을 리가 없잖아!

……이제까지라면 그렇게 말했을 것이다.

“뭐…… 맞아. 그렇기도, 해.”

충고대로 솔직하게 말하자, 놀란 표정을 지은 스즈링이 짜증 날 정도로 커다란 눈동자를 껌뻑거렸다.

"이번에는…… 진짜로 진심이구나."

"그렇게 말했잖아."

나는 이제까지, 특정한 누군가가 자신을 좋아해 주기를 바란 적이 없다.

가능한 한 많은 사람에게 떠받들어지고 싶다. 누구라도 좋으니 나를 마구 칭찬해줬으면 한다. 그런 욕망이 있어서 SNS를 하거나, 얌전해 보이는 남자에게 말을 걸기도 했다. 진짜로…… 누군가. 다른 사람은 아무래도 좋으니까, 이 사람에게만은— 그런 생각을 한 적은, 아마, 단 한 번도 없을 것이다.

그것을 사랑이라고 부르면 왠지 지는 것 같아서, 아직 부끄럽지만— 그래도 내 안에는 숨길 수 없는 공포와 욕망이 깃들어 있다.

선배를, 그 누구에게도 빼앗기고 싶지 않다.

선배가, 나만을 봐줬으면 한다.

가볍게 여겨져도 좋다. 아니, 쭉 가볍게 여겨줬으면 한다. 나를. 나만을.

지금 내가 있는 장소를, 다른 누군가가 차지하는 것을, 견딜 수 없다.

이런 식으로 생각하게 된 것은, 언제부터일까—.

"—자. 잘 보도록, 솔로 제군! 이 내가 남자의 공략법이라는 걸, 이 사흘 동안 똑똑히 보여주겠어!"

"정말 완벽하게 실패 플래그를 세우고 있는걸."

"재수 없는 소리 하지 마!"

죠는 졸업하지 않는다고, 여유 부리기는!

"……힘내세요, 선배. 저…… 진짜로, 응원할게요."

"유메찌~! 고마워~! 역시 믿을 건 후배뿐이라니깐!"

내가 꼭 끌어안자, 유메찌는 쓴웃음을 머금었다.

한순간, 그 표정 안에 뭔가를 생각하는 듯한 진지한 기색이 섞인 것 같지만— 내 착각이라고 여기며, 금방 잊어버렸다.

이리도 유메 ◆ 보통 여자는 이런 이야기를 하지 않지만,
보통이 아닌 애들도 있다

—진심.

아카츠키 양은 말했다. 『이번에는, 좀 진심』이라고.

아소 선배는 말했다. 『오늘은, 좀 진심』이라고.

『좀』이라는 말로 얼버무리기는 했다. 하지만 웬만해선 진심을 보이지 않는 두 사람이 『진심』이라는 말을 쓴 시점에서, 그것은 상당한 각오가 동반됐다는 의미다.

두 사람은 무엇을 위해 진심이 된 것일까. 아소 선배는 호시베 선배가 졸업하더라도 같이 있기 위해서다. 그럼 아카츠키 양은? 아직은 특별히 뭔가를 하는 것 같지 않지만, 분명 카와나미와 관련이 있을 것이다.

양쪽 다 지금 이대로도 가까워 보이지만, 그래도 『진심』이 됐다.

나는 어떨까— 하고, 몇 번째인지 모를 질문을 나 자신에게 던졌다.

나는…… 진심인 걸까?

나는…… 진심이 될 필요가 있다고, 생각하는 걸까?

"—유메~! 옷 벗는 게 되게 느려터졌네~!"

혼자만의 생각에서 벗어나 보니, 눈앞에는 알몸인 아카츠키 양이 있었다.

두려움을 모르듯 당당히 두 발로 선 그녀는 어깨에 수건을 걸치고 있었다.

"아카츠키 양…… 몸을 가리지 않는 거야?"

"왜~? 여자끼리잖아!"

히히히, 하고 아카츠키 양은 약간 엉큼한 웃음을 흘렸다. 그 말이 맞지만, 그래도 사람들 앞에서 이렇게 우뚝 서 있는 건 좀 아니란 생각이 들었다.

우리는 여탕 탈의실에 있었다. 이제부터 온천에 들어갈 것이니, 당연히 옷을 벗어야만 한다. 하지만 나는 생각에 잠긴 데다…… 남과 같이 목욕한 적이 거의 없었기에, 옷장 앞에서 잠시 머뭇거리고 말았다.

남들의 시선을 피하기 위해 옷장 쪽으로 돌아서서 서둘러 셔츠를 벗었는데— 세상에는 그런 감정을 지니지 않은 사람도 있는 것 같았다.

“부끄럽다고 생각하니까 부끄러운 거야! 여기서는 알몸인 게 당연한 거니까, 태연한 표정으로 옷을 벗어!”

“그건 알지만…….”

“벗어! 빨리 벗어! 자, 빨리! 보여달라고!”

“방금 보여달라고 말했지?!”

때때~로 아카츠키 양은 동성답지 않은 발언을 할 때가 있다니깐……. 그게 농담이라는 건 알고 있는 데다, 요즘 들어서는 좀 줄기도 했지만 말이다.

“그럼 나 먼저 들어간다.”

당당하게 행동하고 있는 건 아카츠키 양만이 아니었다.

쿠레나이 회장도 주저 없이 알몸이 되더니, 탱글탱글한 엉덩이를 보여주며 욕실을 향해 걸어갔다.

그 뒷모습을 본 나는 약간 감동하고 말았다.

저 쿠레나이 회장의 알몸을 봤다는 사실에, 그리고 잡티 하나 없는 새하얀 피부가 소름 돋을 정도로 아름답다는 사실에도 그러했지만…… 무엇보다 저 몸가짐, 걸음걸이, 움직임이 너무나도 자연스러웠으며, 남의 주목을 받는 것을 당연히 여기는 인간 그 자체였기 때문이다.

실제로 아카츠키 양은 눈을 가늘게 뜨며 회장의 엉덩이를 뚫어지게 쳐다보고 있었다.

“회장님 말인데…… 덩치는 작지만, 몸매가 끝내주네. 가슴

크기는 평범하지만, 그래서 저 순산형인 엉덩이가 돋보—."
"그만해."
나는 아카츠키 양의 눈을 팔로 가렸다. 머지않은 장래에, 공중목욕탕에서는 목욕 가운을 걸치는 게 당연해질지도 모른다.
"그러는 앗키~도 몸매가 꽤 좋잖아!"
그렇게 말한 이는 알몸으로 수건만 어깨에 걸친 아소 선배였다.
선배는 아카츠키 양의 몸을 뜯어보더니…….
"호리호리하고, 조그마하면서, 군살이 하나 없이 탄탄한 걸 보니…… 혹시 운동이라도 하는 거야?"
"때때로 운동부의 도우미를 할 뿐인데요~. 그것보다~."
이번에는 아카츠키 양이 아소 선배를 쳐다보며 히죽거렸다.
"선뷁~는 완전 모델 체형이잖아요! 대체 왜 그딴 괜한 짓거리를 하는 거예요!"
"괜한 짓거리라고 하지 마! 좋아서 하는 거니까 그걸로 됐잖아!"
지뢰 느낌 물씬 나는 복장과 브래지어에 가득 넣어둔 대량의 허영심을 벗어던진 아소 선배는 늘씬한 장신 슬렌더여서, 모델이나 수영 선수를 연상케 했다.
알몸인데도 음란하다기보다 예술적이었다. 누드화나 밀로의 비너스를 연상케 했다. 특히 잘록한 허리는 같은 여자로서 기적적이라는 생각마저 들 정도였다.

"선뭬~, 부활동 같은 거 안 하죠? 그런데 허리가 왜 이렇게 잘록한 거예요?!"

"흐흥. 그렇지? 허리가 가늘어지면 상대적으로 가슴이 커지려나~ 싶어서 엄청 노력하거든!"

"진짜 대단함다! 완전 리스펙트임다!"

갑자기 부하처럼 행동하는 아카츠키 양의 칭찬에 우쭐한 아소 선배는 다양한 포즈를 취했다. 아카츠키 양은 양손으로 카메라 모양을 만들더니, 「좋네~! 좋아~! 찰칵찰칵!」 하고 말하기 시작했다.

그 모습을 본 건지, 당황한 표정을 짓고 있던 히가시라 양이 나한테 다가와서 소곤소곤 말했다.

"(저기…… 유메 양. 저분은…….)"

"(긁어 부스럼 만들 필요 없어, 히가시라 양.)"

아소 선배의 허영심을 몰랐던 히가시라 양은 저 급격한 몸매의 변형에 충격을 받은 것 같았다. 「우와……」 하면서 낮디낮은 언덕을 응시하고 있었다.

그건 그렇고…… 역시 미소녀 학생회란 소리를 듣는 만큼, 아소 선배와 쿠레나이 회장도 몸매가 끝내줬다. 히가시라 양과 아스하인 양은 말할 것도 없고, 아카츠키 양도 운동을 해서 그런지 건강미 넘치는 몸매를 지녔다.

내 주위 여자들은 레벨이 너무 높아.

이런 사람들과 함께 목욕하려니 좀 주눅이 드네……. 나는 그런 생각을 하면서, 등 뒤로 손을 돌려 브래지어를 풀었다.

“저기, 앗키…….”

“네, 선뷔…….”

“유메찌 같은 애가…….”

“네. 성실하고 청초한 애가…….”

“벗으면 끝장나는 몸매를 지니고 있으면…….”

“무지막지하게 흥분된다니까요…….”

갑자기 오한을 느낀 나는 허둥지둥 수건으로 가슴팍을 감쌌다.

“어찌 보면 가장 음란하다니깐.”

“유메는 안 벗어도 가장 음란하다고요, 선배!”

“무슨 소리를 하는 거야?!”

후배와 친구에게 서슴없이 음란한 눈길을 보내지 말아줬으면 한다!

꺄아~! 화났어~! 하고 어린애처럼 외친 두 사람은 그대로 욕실을 향해 도망쳤다. 정말…… 저 두 사람, 묘한 시너지를 이루고 있어서 손쓸 수가 없다.

나도 욕실에 들어갈 준비를 마쳤지만, 남은 두 사람— 히가시라 양과 아스하인 양은 아직 옷을 다 벗지 않았다. 히가시라 양은 상반신에 브래지어만 걸친 상태에서 꼼짝도 하지 않았고, 아스하인 양은 겉옷만 벗은 상태였다.

"두 사람 다 왜 그래? ……혹시, 부끄러운 거야?"

그러고 보니 전에 히가시라 양이 『여자끼리 있는 데서도 알몸이 되는 건 부끄럽다』 같은 말을 했었는데— 아스하인 양도 같은 타입인 걸까.

아스하인 양은 블라우스의 단추를 손에 쥔 채, 입을 꼭 다물었다.

"아…… 아뇨. 부끄럽기는요. 목욕탕에서 알몸이 되는 건 당연한 일이잖아요. 반드시 뒤따라갈 테니까, 이리도 양 먼저 들어가세요."

"그렇구나……. 그럼 알았어."

이런 데서 지기 싫어하는 성미를 발휘하지 않아도 될 텐데 말이다. 내가 훈훈한 심정으로 그렇게 생각하는 사이, 아스하인 양은 블라우스의 단추를 하나하나 풀기 시작했다.

다른 한 사람, 히가시라 양은 상반신은 브래지어 차림에 하반신은 치마 차림이라고 하는 어중간한 상태에서 등 뒤로 손을 돌린 채 악전고투를 펼치고 있었다.

"죄, 죄송한데요……. 이 브래지어, 새로 산 거라 후크의 위치를 모르는데……."

"그래? 풀어줄까?"

"부, 부탁드릴게요……."

나는 히가시라 양의 등 뒤로 이동해서, 새하얀 등을 가로지르고 있는 브래지어의 벨트 부분을 쥐었다.

이 브래지어…… 후크가 세 개나 됐다. 가슴 사이즈에 맞춰 벨트의 길이를 조절할 수 있는 것이다. 게다가 지금은 가장 짧은 쪽에 후크가 걸려 있다……. 혹시, 앞으로 가슴이 더 커지는 걸까?

내가 약간의 경외감을 품으면서, 후크를 풀자—.

—철푸덕!

그런 소리가, 들린 듯한 느낌이 들었다. 아니, 말도 안 된다. 브래지어라는 구속구에서 해방된 가슴이 중력의 영향을 받았다고, 그런 소리가 날 리 없다. 아니, 하지만, 방금, 분명…….

"휴우~. 고마워요~."

"으, 응……."

무시무시한 무언가를 본 듯한 느낌이 든 나는 도망치듯 욕실로 향했다.

……그러고 보니…….

알고 지낸 지 반년이 다 되어가지만…… 히가시라 양의 알몸은, 본 적이 없네…….

이리도 유메 ◆ 네 개의 열매

"우와~! 물이 황금색이야~!"

아카츠키 양이 커다란 욕조에 담긴 물을 내려다보면서 들뜬 목소리로 그렇게 외쳤다.

그 물은 황금색이라기보다 다갈색에 가까웠으며, 바닥이 전혀 보이지 않았다. 가볍게 샤워를 마친 나는 발끝부터 천천히 담근 후, 손에 들고 있던 수건을 욕조 가장자리에 뒀다.

"휴우……."

기분 좋아……. 오늘 꽤 걸으면서 쌓인 피로가 온몸에서 빠져나가는 느낌이 들었다. 축 늘어져 있는 모습을 남에게 보여주는 것도 부끄러운 만큼, 다갈색 물이 가슴 아래를 가려주는 것도 좋았다.

"하아~. 극락이네, 극락……."

"선배, 아저씨 같아요."

"괜찮잖아. 온천에 왔는걸~. 앗키~는 알아? 이 온천, 일본서기에도 나와."

"일본서기요? 그건 역사가 아니라 신화잖아요."

"일본서기에서 신대가 그려지는 건 총 30권 중에서 처음 두 권뿐이지."

머리 위에 수건을 올려둔 쿠레나이 회장이 위키피디아에 실려 있을 법한 말을 했다.

아소 선배는 턱까지 물에 담근 채 말했다.

"아무튼, 극락이라고 해도 돼~. 신도 이 온천에 들어왔을 거잖아……."

호시베 선배를 함락시키고 말겠다! 하며 아까까지 의욕을 불태운 사람답지 않게, 완전히 긴장이 풀려 있었다. 어쩌면 에너지를 모으고 있는 걸지도 모른다.

아카츠키 양은 욕조 가장자리에 걸터앉더니, 뒤편을 돌아보았다.

"그런데, 히가시라 양과 아스하인 양은 어쩌고 있어?"

"아마 곧 올 거야."

두 사람 다 양반은 못 될 것 같았다.

탈의실 방향에서 여자애 두 사람이 자욱한 김 속을 걸으며 이쪽으로 오고 있었다.

히가시라 양은 나보다 키가 약간 크다. 그래서 옆에 서 있는 아스하인 양이 더 작아 보였다.

하지만, 존재감은 그야말로 막상막하였다.

왜냐하면—.

출러~엉— 출러~엉—.

"저, 저기…… 왜 그러는 거죠?"

"아무것도 아니에요."

"그럼 왜 쳐다보는 거냐고요!"

위에서 쳐다보는 히가시라 양의 눈길을 피하려는 듯이, 아스하인 양은 몸을 비틀었다.

그런 그녀의 움직임에 맞춰, 히가시라 양도 몸을 기울였다.

그런 일거수일투족에 맞춰, 흔들리고…… 파도치는—.

출러~엉— 출러~엉—.

""""……""""

네 개의 열매가 다가오는 광경을 본 우리는 아무 말도 못했다.

크다는 건 알고 있었다. 부드럽다는 것도, 만져본 적이 있어서 알고 있다.

하지만— 거기에 새하얀 피부와 아무리 흔들려도 원래대로 되돌아오는 탄력이 더해지자, 그것은 미지의 영역이었다.

히가시라 양도, 아스하인 양도, 저렇게 크고 무거워 보이는데도 전혀 지지 않았다. 무엇에? 중력에 말이다.

범종 형태라고 할까, 히가시라 양의 가슴은 동그랗고 중량감을 뽐내는 형태를 지녔다. 한편 아스하인 양은 밥그릇 형태라고나 할까, 아름다운 반구체가 매끄러운 원형을 자아내고 있었다. 밥그릇이라기보단 커다란 국그릇급이지만 말이다.

그런 네 개의 새하얀 열매가 나란히 서서 물풍선처럼 위아래로 흔들리더니 원래 형태로 되돌아오고 있었다.

엄청난 박력이었다. 정신을 차리고 보니, 우리는 출렁거리는 찌찌에 맞춰 눈을 위아래로 움직이는 기계가 되어 있었다.

"기다리게 해서 죄송해요~."

히가시라 양이 느긋한 어조로 그렇게 말하더니, 우리의 눈앞에서 무릎을 가지런히 모으며 앉았다. 그리고 상반신을 굽힌 순간, 범종 형태의 가슴이 살짝 아래편으로 처지는 모습이 눈에 들어왔다.

그 옆에서는 아스하인 양이 물통으로 물을 퍼서 자기 몸에 끼얹고 있었다. 그 물방울이 빛을 받으면서, 그녀의 아담한 몸을 찬란히 빛나게 했다.

"영차."

히가시라 양도 마찬가지로 몸에 물을 끼얹었다. 통을 어깨 높이까지 들어 올리자, 한쪽 가슴이 팔뚝에 걸리더니 말캉거리며 눌리는 광경을 나는 목격하고 말았다.

수학 문제로 나와도 될 만큼 아름다운 포물선을 그리고 있는 가슴에서 물방울이 방울져 떨어지는 모습을, 나는 욕조 안에서 올려다봤다.

"어? 저기, 왜 그러세요……?"

히가시라 양과 아스하인 양은 그제야 우리의 상태를 눈치챈 것 같았다.

하지만, 나는 아무 말도 하지 않았다.

그저, 인체의 기적을 숭배할 수밖에 없었다.

단 한 사람…… 그 기적에 도전하는, 용사가 나타날 때까지 말이다.

"히가시라 양……."

신음하는 듯한 목소리로 그렇게 말한 이는 바로 아카츠키 양이었다.

아카츠키 양은 히가시라 양의 옆으로 다가가더니, 진지한 표정으로 말했다.

"찌찌…… 만져봐도 될까요?"

"네에?"

히가시라 양은 당혹스러워하면서, 눈을 깜빡였다.

한편, 아카츠키 양은 숭배하는 듯한 눈길로 히가시라 양의 열매를 응시하며 말했다.

"이건 결코, 엉큼한 마음에서 비롯된 행동이 아닙니다……. 그저, 저의…… 인간 본래의 감이 말하고 있어요. 이걸…… 이걸 만질 수만 있다면, 뭔가가 달라질 것이다! ……하고요."

"그 뭔가가…… 대체 뭐죠……?"

"이제까지 달라지지 않았던, 뭔가……. 운명…… 숙명…… 인생…… 인간의 지혜가 미치지 못하는 뭔가에 의해 결정되어 있던, 뭔가가……."

"으, 으음……."

때때로, 아카츠키 양은 천재일지도 모른다는 생각이 든다.

마침 나도 그런 생각을 하고 있었다.

"히가시라 양, 나도……."

"어엇?! 유메 양도요?!"

"사, 살짝 눌러보기만 할게! 손가락으로! 응?!"

허둥지둥 요구 조건을 하향 수정하니, 거꾸로 엉큼한 짓을 하는 듯한 느낌이 들었다.

"란란…… 이쪽으로 좀 와봐."

"……싫어요."

새 엄마가 데려온 딸이 전 여친이었다
8권 발매 기념 초판 한정 특전

[NOT FOR SALE]

"부탁이야! 조금만이면 돼!"

"거절하겠어요! 왠지 불길한 예감이 들어요!"

"란 양. ……이쪽으로 와주지 않겠어?"

"회, 회장님까지……?!"

아스하인 양 쪽에서도, 신도들의 탄원이 시작됐다.

만화에서 흔히 보는 장면……『어~?! 너, 가슴이 커진 거 아냐~?』 같은 바로 그거다. 그런 광경은, 현실에선 존재하지 않는다.

실제로는…… 더 엄숙하기 때문이다.

거대한 존재는 신앙의 대상이 되기 마련이다. 나라에 거대한 불상이 건립된 것도 자명한 이치다. 그렇기에 거대한 찌찌는, 그에 걸맞은 신심을 가지고 만져야만 한다.

히가시라 양은 난처한 표정을 지은 끝에, 부끄러운지 눈길을 돌렸다.

"저, ……정, 그렇다면……."

허락이 떨어졌다.

나는 아카츠키 양과 얼굴을 마주하며, 고개를 끄덕였다.

"그럼……."

"하나씩……."

"어?!"

나는 오른쪽에, 아카츠키 양은 왼쪽에, 각자 손을 내밀었다.

물기를 머금은 새하얀 피부에, 살며시 손가락을 댔다. 전혀 힘을 주지 않았다. 그런데도, 쏘옥하며 손가락이 파고들었다.

"……오……", "……오오……", "오오, 오, 오오오.", "오, 오오오오?"

감동과 경탄과 당황이 섞인 목소리가, 우리의 입에서 새어 나왔다.

이게 뭐야……. 이게 뭐야. 이게 뭐야!

한도 끝도 없이 파고 들어갔다. 한도 끝도 없이 형태가 변했다. 그러면서, 원래대로 되돌아가려 하는 탄력이 느껴졌다.

아름다움이란, 겉모습과 소리에만 깃드는 것이 아니다. 감촉에도 깃드는 것이다.

"하앙……! 조, 좀 상냥하게…… 흐읏?! 저, 젖꼭지는 안 돼요! 금지, 금지!"

그렇다. 젖꼭지는 안 된다. 묘사를 자제하자.

모세의 십계에 따르면, 우상 숭배는 나쁜 짓인 것 같으니 말이다.

그저 『아름답고 귀여웠다』라고만 알면 충분하다.

"하아……."

온천에 몸을 담갔을 때보다 더 큰 한숨이, 내 입에서 새어 나왔다.

"왠지, 오늘부터 인생이 달라질 것 같아……."

감동에 휩싸인 채 천장을 올려다보는 내 옆에서는, 표정이 약간 필사적인 아카츠키 양이 아까 히가시라 양의 본존을 만졌던 손을 자기 가슴에 비벼대고 있었다. 아름답고 거대한 가슴과 연관된 어떤 인자를, 자기한테 옮기고 있는 것이다.

히가시라 양은 지친 표정을 지으며, 신성한 몸을 다갈색 물에 담가서 숨겼다.

"하아…… 여자끼리 이러는 게 당연한 건가요……? 만화에서나 벌어지는 일인 줄 알았는데요……."

"으음……."

"글쎄……?"

나와 아카츠키 양은 시선을 피했다. 그런 우리의 눈에, 아소 선배에게 잡힌 아스하인 양이 감식이라도 하듯 표정이 진지한 쿠레나이 회장에게 가슴을 주물러진 탓에 얼굴을 새빨갛게 붉히고 있는 모습이 들어왔다.

보통은 이런 짓을 하지 않을 것 같지만…… 저 가슴은 보통이 아니거든…….

"이제 알겠어요. 미즈토 씨는 꽤 자제해줬던 거네요~."

"""뭐?"""

히가시라 양이 아무렇지 않게 그런 말을 하자, 나와 아카츠키 양은 일제히 그녀를 쳐다봤다.

"자…… 잠깐만. 그게 무슨 소리야? 혹시……."

"혹시 이리도가 히가시라 양의 가슴을 만진 적이 있는 거야?"

"있는데요."

그…… 그 남자! 진지한 표정으로! 히가시라 양과는 친구일 뿐이라고 했으면서! 찌찌는 마구 주물러댔던 거구나!

"아. 하지만 좀 사고에 가까웠거든요? 바로 손을 뗐고요."

"사고라…… 흐음……."

"대박~."

반년 넘게 한집에서 살면서도 그런 사고가 일어난 적 없거든? 1년 반 동안 사귀었던 시기를 포함하더라도, 걔가 내 가슴을 만진 적은 한 번도 없거든?!

"그렇게 같이 지내다 보면 그런 사고가 한두 번쯤은 일어날 거예요~. 뭐, 저는 신경 안 써요."

일어나지 않는다니까 그러네!

"저기, 히가시라 양은—."

—미즈토의 알몸을 본 적 있어?

……란 발언을, 나는 겨우겨우 삼켰다.

큰일 날 뻔했다. 쓸데없이 경쟁심을 불태워서 입을 잘못 놀릴 뻔했다. 자칫하면 다른 분쟁이 발생하며 내가 타깃이 될 뻔했다.

……하지만, 본 적이 없을 거야. 같이 목욕할 기회는 아마 없었을 거잖아. 그러니 나뿐이야. 미즈토의 가장 소중한 부분을 아는 건, 나뿐……. 후후, 후후후…….

"그런데, 미나미 양은……."

히가시라 양은 커다란 가슴을 물 위에 띄워서, 고래 등처럼 위쪽만 드러나게 한 상태에서 말했다.

"그 경박남과는 이웃사촌에 소꿉친구죠~? 그럼 그렇고 그런 해프닝도 한두 번쯤은 일어난 적 있지 않아요?"

"아."

그걸 물어보는구나— 하고 생각한 나는 몰래 전율했다.

아카츠키 양과 카와나미의 그런 이야기는 이제까지 일부러 물어보지 않았다. 그렇게 물리적으로 가까운 거리에서 10년 넘게 생활해왔으니, 사고가 한두 번쯤 일어났을 게 당연했다. 혹은 사고가 아니라, 고의일 수도……. 하지만 나는, 친구의 그렇고 그런 일에 관해 캐물을 용기가 없었다.

나는 긴장에 사로잡힌 채, 아카츠키 양의 안색을 살폈다.

그러자 아카츠키 양은 의미심장한 미소를 머금었다.

"글쎄……. 어떨 것 같아?"

"그건 뭔가 해프닝이 있었던 사람이 보일 반응이라고 생각하는데요."

"그건 그래~. 하지만 듣고 싶지 않잖아? 그 녀석이…… 거북한 상황에 직면했을 때, 어떤 식으로 눈치 못 챈 척을 했는가~ 같은 거 말이야."

"대놓고 있었다고 말하는 거나 다름없네요."

어, 뭐야? 거북한 상황이라니…… 좀 더 구체적으로 말해줘!

내가 그런 생각을 하고 있을 때, 히가시라 양이 멍한 목소리로…….

"미나미 양은…… 왠지……."

"응?"

"경험을 마쳤을 것 같아요."

얼어붙었다.

나만이. 온천물 안인데도. 딱딱하게.

경험.

그게 어떤 의미인지는, 나도 안다.

실오라기 하나 걸치지 않은 해방감이, 평소에는 넘지 못할 선을 넘게 해준 것일까. 무의식적으로 금기시해왔던 영역에, 히가시라 양이 발을 들였다.

확실히, 생각해본 적이 없지는 않다. 연애에 관해 여러모로 조언을 해주는 아카츠키 양이라면, 연애 경험이 있을지도 모른다고 생각했다. 게다가— 그렇게 가까운 곳에 남자애가 있는 만큼, 의심하지 않는 게 이상할 것이다.

나도, 사귀던 시기에, 미즈토와 동거했다면— 분명…….

나는 두근거리는 가슴을 물속에서 감싸 쥐며, 아카츠키 양의 표정을 살폈다.

"경험……."

아카츠키 양은 약간 난처한 듯이 웃더니, 입을 열었다.

대답은—.

"[redacted]어."

—『있어』인가, 『없어』인가.

그 대답은, 우리만의 비밀로 하기로 했다.

이리도 미즈토 ◆ 수제 수갑

"이 크로켓, 맛있네."

"점심을 가볍게 먹기 잘했네요~."

"그것도 쿠레나이의 계획이겠지. 걔는 자기 스펙을 노는 데서도 발휘하거든."

"오, 사이다 팔잖아. 사 올게요."

우리 남자 그룹은 주로 온천 마을을 산책하며 이것저것 사 먹고 있었다. 연관성 없는 오합지졸 군단이지만, 하루에 몇 번이나 목욕하는 취미는 없다고 하는 의견은 일치했다.

유명하다는 크로켓을 한 손에 들고 언덕을 내려가다 보니, 처마 밑에 사람들이 잔뜩 앉아 있는 곳이 있다. —멀리서 보고 그렇게 생각했지만, 다가가 보니 지면에 앉아 있는 게 아니었다.

족욕탕이었다.

아무래도 무료인지, 길을 가던 사람들이 신발과 양말을 벗고 석조 욕조에 발을 담그고 있었다.

"어라?"

온천 마을다운 풍경이라고 생각하며 방관자처럼 쳐다보고

있을 때, 대나무발 같은 것에 앉아서 족욕을 하고 있던 사람이 우리를 돌아봤다.

"어라, 선배잖아요~!"

"어, 뭐야. 너희구나."

뒤돌아본 이는 아소 선배였다. 유심히 보니 쿠레나이 회장, 아스하인 양, 미나미 양, 이사나, 그리고 유메도 석조 욕조에 발을 담그고 있었다.

우리가 별생각 없이 다가가자, 아소 선배는 통통 튀는 듯한 목소리로 호시베 선배에게 말을 건넸다.

"선배들은 온천에 들어갔어요~?"

"아니, 숙소에도 있으니까 아직이야."

"그래서 군것질하며 산책 중이에요? 남자애답네요. 우리는 이미 온천을 즐겼어요~."

듣고 보니, 머리카락과 피부가 매끄러워 보이……는 것도 같았다. 딱히 평소에 관찰하는 건 아닌지라, 차이점은 잘 모르겠지만 말이다.

"그럼, 족욕이라도 하고 가는 게 어떻겠습니까?"

그렇게 말한 이는 낮에 신고 있던 스타킹을 벗고, 물에 발을 담그고 있는 쿠레나이 회장이었다.

"마침 빈 자리도 있으니까, 넷 다 할 수 있을 겁니다."

호시베 선배를 향해 그렇게 말한 쿠레나이 회장은 옆에 있는 아소 선배와 거리를 벌려서 한 사람이 앉을 자리를 마련했다.

……아하, 어시스트하는 건가.

그걸 눈치챈 건지, 미나미 양도 힘찬 목소리로 말했다.

"괜찮겠네~! 카와나미와 이리도도 들어와~! 숙소에는 족욕탕이 없을걸~?"

"아~, 그것도 그러네! 모처럼 온천 마을에 왔으니까 발 좀 담가볼까!"

카와나미가 바로 그렇게 답하더니, 재빨리 신발과 양말을 벗고 바지를 걷으면서 미나미 양의 옆에 앉았다. 남자 중에서도 여자 옆에 앉아서 족욕을 하려는 사람이 나오게 해서, 다른 남자들도 뒤따르게 되는 분위기를 형성한 것이다.

이 소꿉친구들은 이럴 때 정말 호흡이 척척 맞는걸.

「뭐, 휴식 삼아서 적당하려나」 하고 말한 호시베 선배가 아소 선배의 옆에 앉자, 남은 나와 하바 선배도 멀뚱멀뚱 서 있을 수는 없게 됐다. ……어쩌면 하바 선배는 그럴 생각일지도 모르지만, 쿠레나이 회장이 앉은 채로 손을 뻗어서 그를 자기 쪽으로 잡아당겼다.

남자가 여자 사이에 앉다니, 마치 룸살롱 같다……. 마음속으로 한숨을 내쉰 나는 이럴 때는 이사나 옆이 딱이라고 생각하며 그녀가 있는 쪽으로 걸어가려 했지만…….

"이쪽이야."

그때 이미, 유메는 내가 앉을 공간을 만들어놨다.

옆에 앉은 이사나를 일부러 옆으로 이동시켜서, 자기 옆에 공간을 만든 것이다.

거기에 앉으면, 유메와 이사나 사이에 끼이게 된다……. 하지만 그 공간을 거부했다간, 의식하고 있다는 걸 들켜서 굴욕적일 듯한 느낌이 들었다.

즉, 외통수다.

여기까지 계산한 거라면 꽤 대단하다 싶었다. 마음속으로 항복한 나는 유메와 이사나 사이에 앉으면서 맨발을 물에 집어넣었다.

유메는 옆에서 내 얼굴을 들여다보며 말했다.

"어때? 기분 좋지 않아?"

온천수의 온기가, 발에 스며들었다. 근육에 쌓인 피로가 녹아내리는 것 같아서, 확실히 기분이 좋았다.

"뭐, 하루 동안 이렇게 걸은 건 오래간만이거든. 평범한 목욕물과 어떻게 다른지는 모르겠지만 말이야."

"온천은 더 기분 좋았어. 물이 황금색을 띠고 있었다니깐. —히가시라 양, 내 말 맞지?"

"맞아요~. 하암……."

이사나는 작게 하품을 했다. 눈도 몽롱했으며, 눈꺼풀 또한 계속 껌뻑거렸다.

"졸려?"

"아침에 일찍 일어난 데다…… 목욕도 했더니……."

“온천에서는 괜찮았잖아.”

“그건 유메 양이 못 자게 하니까…….”

“조, 좀 엉큼한 소리 하지 마! ……확실히 좀 엉큼한 짓이 었을지도 모르겠네.”

온천에서 대체 무슨 짓을 한 거야…….

이사나는 본격적으로 졸기 시작하더니, 서서히 내 쪽으로 몸을 기울였다. 어깨가 맞닿자, 따뜻한 체온이 느껴졌다. 온천에 들어갔기 때문이리라. 가까이에서 보니 머리카락도 부드러워 보였고, 볼 또한 갓난아기처럼 매끄러웠다.

“진짜로 잠들지 마. 등받이가 없으니까 지탱해주기 어렵다고.”

“힘내볼게요…….”

“아니…….”

결국 이사나는 내 어깨에 완전히 기댔다. 부드러운 머리카락이 내 볼과 목덜미에 닿았다. 목욕을 마친 사람 특유의 청결한 향기가 느껴졌다. 나는 어쩔 수 없이 이사나의 어깨에 팔을 두르면서 등받이 역할을 했다.

“나를 베개로 착각한 건 아니겠지…….”

“평소 행실 탓 아닐까? 함부로 여자애의 무릎을 베개 삼은 대가야.”

유메가 비난하는 듯한 어조로 그렇게 말하자, 「내가 한 게 아니라, 당한 거라고」 하고 반론했다. 나는 결코, 스스로 이사나에게 무릎베개를 해달라고 말한 적이 없다.

“뭐, 나도 심정은 이해해. 온천을 했더니 긴장이 확 풀려 버렸거든.”

“그렇게 기분이 좋았던 거야?”

“너는 평소에 집에서 씻을 때도 몸에 물만 적시고 말지만, 나는 목욕을 꽤 좋아하거든?”

유메는 물에 담그고 있던 발을 뻗듯이 살짝 들어 올렸다. 수면에서 나온 정강이가 물에 젖어서 빛났다. 나와 다르게 모공 하나 없는 새하얀 피부에 눈길이 쏠렸다. 그리고 살며시 말려 올라간 치마 아래에서 모습을 드러낸 무릎과 그 안쪽의 허벅지로 시선이 향하려 하자, 나는 강철 같은 의지로 자기 무릎을 향해 눈길을 돌렸다.

“기왕이면 너도 천천히 온천을 즐기지 그래? 피부가 매끈해질지도 몰라.”

그렇게 말한 유메는 립글로스를 살짝 바른 입술로 옅은 미소를 지었다.

유심히 보니 유메의 피부도 이사나와 마찬가지로 갓난아기처럼 매끈했고, 달아오른 것처럼 붉은 기운이 감돌고 있었다. ……뭐, 목욕을 마친 유메는 집에서도 얼마든지 볼 수 있다. 이제 와서는 그다지 신기하지도 않다. 하지만—.

“……그렇게 보고 싶어? 피부가 매끈해진 나를 말이야.”

“후후. 좀 보고 싶긴 하네.”

매우 평범하게, 지극히 자연스럽게, 이야기를 나누면서…….

내 손의 새끼손가락에, 유메의 새끼손가락이 살짝 닿았다.

닿은 부분을 통해 전류가 흘러들어온 것처럼 경련을 일으킬 뻔했다. 하지만, 우연일 것이다. 내가 약간 과잉 반응을 했을 뿐—.

"너는 피부가 깨끗하고 동안이니까, 온천을 즐기고 나면 여자애가 되어버리는 것 아냐?"

하지만, 떼지 않았다.

유메의 손가락은 명확한 의지를 품으며, 내 새끼손가락을 매만졌다.

"……옛날 만화냐고."

"그러고 보니 그런 작품이 있었어. 넷플릭스에서 봤던 것 같아."

처음에는 손톱 끝. 그리고 첫 번째 관절을 지나더니, 두 번째 관절을 만지작거렸다.

그리고 손가락 안쪽에 도달하더니, 손가락 사이에 자기 손가락을 집어넣으면서 서로의 새끼손가락을 얽히게 했다.

"옛날 애니메이션은 엄청 기니까, 한번 보기 시작하면 시간이 순식간에 흘러버린다니깐—."

유메의 새끼손가락은 내 손가락 사이의 틈새를, 후벼파듯 매만졌다.

뭔가를 갈구하고 있는 것만 같았다. 착각일지도 모르지만, 머릿속에서 사라지지 않는 그 해석이, 뇌세포를 마비시켰다.

시험해볼 필요가 있다. 이게 가벼운 장난인 건지, 아니면—.

나는— 약손가락을, 유메의 손가락 사이에 집어넣었다.

"—으응."

작은 목소리가, 들린 듯한 느낌이 들었다.

왠지 눈으로 직접 확인할 수는 없지만— 바로 옆에서, 마치…… 신음이 들려온 것만 같았다.

유메의 가느다란 손가락은 내가 기억하는 것보다 더 촉촉했다. 가운뎃손가락의 측면을 쓰다듬으면서, 아까 그녀가 했던 것처럼 손가락 사이의 틈새를 매만졌다. 그러자 흠칫한 것처럼, 방해가 되던 약손가락이 희미하게 들렸다. 마치 내가— 만지기 쉽도록 도와주듯이 말이다.

머릿속의 실 한 올이 끊어진 듯한 느낌이 들었다.

나는 손가락 끝으로 유메의 손가락을 뿌리 부분부터 손톱 끝까지 매만졌다. 그 후, 새끼손가락부터 서서히, 유메와 손을 포갰다.

주위의 소음이 머릿속에서 사라졌다.

손바닥에서 느껴지는 유메의 손은 역시 촉촉하고, 매끄러우며, 작았다. 자기 손이 크다고 느낀 적은 거의 없지만, 유메의 손이 완전히 내 손에 감싸인 이 순간만큼은 자신이 남자이고 그녀가 여자라는 것을 실감했다.

그것을 더욱 확인하고 싶어서, 손목을 향해 손바닥을 미끄러뜨렸다. 손목은 쥐기만 해도 부러질 것 같을 만큼 가늘었다. 엄지를 움직이자, 간단히 움켜잡을 수 있었다. 이러고 있으니, 마치 수갑이라도 채운 것 같았다. 내가 이러고 있는 한, 그녀는 도망칠 수 없다.

두근두근하는— 유메의 맥박이, 손가락을 통해 느껴졌다.

어느새, 우리 사이에서 대화가 끊겼다.

카와나미 코구레 ◆ 내 소꿉친구가 이렇게 협력적일 리가 없다

좋네!

나는 족욕탕을 둘러싼 달콤쌉싸름한 공간에서, 마음속으로 좋아요 버튼을 눌렀다.

이리도 남매는 말할 것도 없고, 아소 선배는 호시베 선배와 어깨를 맞대며 과감하게 어택하고 있었으며, 학생회장은 족욕탕 안의 맨발로 하바 선배의 발을 매만지며 놀리고 있었다. 히가시라가 이리도에게 기대서 자는 건 유일하게 마음에 안 들지만…….

남녀가 나란히 앉도록 유도한 보람이 있는걸. 여자애들 쪽에서 응해준 것도 좋았다. 남자들은 호시베 선배를 비롯해서 소극적이니까 말이야.

"기분 좋아 보이네."

옆에 있는 아카츠키가 그렇게 말했다. 나는 크큭, 하고 웃

음을 곱씹으며…….

"그야 이렇게 뜻대로 일이 흘러가니까 말이지."

"진짜 못 말린다니깐~. 커플이면 아무나 다 좋은 거야?"

"그럴 리가 없잖아~. 날라리 인싸 커플 따위에겐 관심 없어~. 역시 풋풋함이 중요하거든."

"그렇구나~. 그럼 학생회는 완벽 그 자체겠네."

"뭐 좀 되게 아는 것처럼 구네~. 그러고 보니 너는 대체 어느새 학생회 여자애들과 친해진 거야?"

"체육제 때에 응원단이었거든. 그 인연으로 꽤 친해졌어. 남들이 모르는 정보도 꽤 알고 있는 편일걸~?"

"뭐어……?"

뻔하디뻔한 미끼지만, 물지 않을 수 없었다.

미소녀 집단이 된 올해 학생회에는 당연히 온갖 소문이 흘러나오고 있었다. 하지만 멤버들이 하나같이 가드가 철저한 탓에, 확실한 정보는 학생들의 정보망까지 흘러나오지 않았다.

아카츠키는 히죽거리면서 말했다.

"알고 싶지 않아? 학생회의 연애 사정 말이야."

알고 싶다.

……하지만, 순순히 응하는 건 재미 없다. 앞으로 학생회 관련의 정보를 가지고 내 위에 서려고 할 게 뻔하다.

"무시하지 마. 나도 정보를 꽤 입수했다고."

"예를 들자면?"

"체육제 때, 아소 선배가 호시베 선배의 도시락을 만들어 줬다거나…… 문화제 때, 학생회장이 하바 선배와 함께 없어졌다거나……."

"흐음……. 그 정도구나."

"뭐?"

"여자는 말이지~. 친구한테는 별의별 이야기를 다 하거든?"

별의별, 이야기?!

무심코 아카츠키의 얼굴을 향해 뜨거운 시선을 보내고 말았다. 아카츠키는 「히히히」 하고 음흉한 웃음을 흘렸다. 젠장, 젠자앙……! 진짜 약아빠진 여자애야……!

"알고 싶어? 알고 싶지? 가르쳐줘~ 하고 말하면, 비장의 정보를 딱 하나만 서비스해줄지도 모르거든?"

"큭……."

"응~?"

아카츠키는 나와 어깨를 맞대더니, 귀를 쑥 내밀었다. 젠장……! 분하지만, 지금은 자존심을 굽힐 수밖에……!

"가…… 가르쳐, 줘……."

"후훗~!"

아카츠키는 환한 미소를 머금었다. 열받아~!!

"그럼, 아무한테도 알려주지 마."

아카츠키가 손짓하자, 나는 몸을 웅크리며 그녀의 입을

향해 귀를 내밀었다.

아카츠키의 숨결이 귓불을 간지럽히더니, 그녀의 속삭임이 내 고막을 흔들었다.

"(아소 선배 말인데……. 아마 이번 여행 중에, 호시베 선배에게 고백할 거야.)"

나는 눈을 치켜뜨며, 아카츠키의 얼굴을 다시 쳐다봤다.

여전히 히죽거리고 있지만, 농담하는 분위기가 아닌 것 같았다.

"……진짜야?"

"당연히 진짜지."

나는 호시베 선배의 옆에 앉아 있는 투사이드업 헤어스타일의 선배를 힐끔 쳐다봤다.

아소 아이사하면 남자를 애태우는 듯한 약삭빠른 언동으로 1학년 때부터 유명했다고 한다. 웬만한 여자애가 그러면 꼴사나울 뿐이겠지만, 저만한 미모를 지닌 사람이라면 어엿한 무기가 된다. 그 대가로, 여자들 사이에서는 비호감의 아이콘인 것 같았다.

하지만 그런 것치고는 특정 남성과 사귄다는 이야기는 들은 적이 없었다. 눈이 너무 높은 탓이라는 말은 들은 적이 있지만, 지금 생각하면 전 학생회장인 호시베 토도를 노리고 있기 때문이라는 설이 가장 유력했다.

호시베 선배도 성적이 우수하고 한때 운동부 소속이었던

데다 키도 큰 만큼, 의외로 꽤 인기가 있긴 할 것이다. 귀찮아서 여친을 만들지 않는다지만, 저렇게 스펙이 뛰어나면 그런 면 또한 『쿨』한 것으로 받아들여지리라. 여성에게 있어 호감 덩어리다.

남성에게 있어 호감 덩어리인 아소 아이사와, 여성에게 있어 호감 덩어리인 호시베 토도— 이 두 사람이 사귀게 된다면, 그야말로 화제의 커플 탄생이라고 할 수 있겠지만…….

"선배, 선배! 같이 사진 찍어요~!"

"어~? 귀찮아."

"그럼 멋대로 찍을게요!"

"너, 초상권이라는 걸 알긴 해?"

"자, 웃어요~!"

"……인터넷에 올리진 마."

아소 선배는 셀카를 찍는 척하면서 호시베 선배의 어깨에 손을 얹더니, 가슴을 최대한 댔다.

저 거리감…… 저 공세…… 확실히 그냥 놀리는 것이 아니라, 진심이 느껴졌다…….

"내 말 맞지?"

아카츠키가 의기양양한 어조로 그렇게 말하자, 나는 위화감을 느꼈다.

"너…… 무슨 속셈이야?"

"뭐가~?"

“나보고 변태 취급했었으면서, 왜 그런 정보를 주는 거냐고.”
수상하다.
이 녀석이 나한테 득이 되는 짓을 하는 걸 보면, 뭔가 속셈이 있는 게 틀림없다.
“아소 선배와는 친구 사이거든. 친구의 사랑은 응원해주고 싶어. 너한테 이야기를 해두면, 적절하게 어시스트를 해줄 거잖아?”
앞뒤는 맞지만…… 왠지, 미리 준비해뒀던 대답 같았다.
위화감은 여전히 남아 있었지만, 그 전에…….
“다들, 슬슬 이동하자. 여기를 계속 독점하고 있을 수도 없으니 말이다.”
학생회장이 그렇게 말하자, 아카츠키는 「네~」 하고 답하며 일어섰다.
내가 질문을 하기도 전에, 아카츠키는 「히가시라 양, 일어나~. 유메도 가자!」 하며 여자애들에게 말을 걸기 시작했다. 히가시라는 눈을 비볐고, 이리도 양은 「아, 응……」 하고 정신이 다른 데 팔린 듯한 투로 대답했다. 이미, 내가 말을 걸 틈은 없었다.
“선배~! 나중에 여관에서 봐요~!”
언덕 위쪽으로 사라지는 여자 그룹의 등을, 나는 그저 쳐다보고 있을 수밖에 없었다.
오늘, 아카츠키가 좀 이상해……. 뭐 잘못 먹기라도 했나……?

"하아……."

여자 그룹이 완전히 사라지자, 이리도는 깊은 한숨을 내쉬었다.

보아하니, 왠지 평소보다 얼굴이 벌건 것처럼 보였다.

"왜 그래?"

"아무것도 아냐……."

얼버무리듯 그렇게 말한 이리도는 아무 말 없이 발을 닦기 시작했다.

"우리도 슬슬 갈까."

호시베 선배가 그렇게 말하자, 우리도 족욕탕에서 이동하기로 했다.

호시베 토도 ◆ 관둬줄래요?

해가 기울기 시작할 때까지 온천 마을을 돌아본 후, 우리는 숙소로 돌아가서 온천을 즐겼다. 그리고 식사 시간이 될 때까지, 각자 자유롭게 지내기로 했다.

유카타 차림으로 로비의 라운지에 자리한 나는 스마트폰을 만지작거렸다. 후배들 사이에 섞여서 마을을 산책하는 것도 나쁘지 않았지만, 사람에게는 혼자만의 시간이라는 것이 필요하다. 고등학생이 이용하기에는 너무 고급스러운 이 여관의 분위기를 혼자서 맛보는 것도, 꽤 괜찮다 싶었다.

"선배~?"

하지만…….

귀에 익은 목소리를 듣고 마지못해 고개를 들어보니, 아소가 어느새 눈에 익은 미소를 머금으며 내 얼굴을 들여다보고 있었다. 눈에 익은 미소라는 건 바로, 예의 아양 떠는 얼굴이다.

"이런 데서 혼자서 뭐 하는 거예요?"

"아무것도 안 한다를 하고 있어."

"후훗. 안 어울려~."

그렇게 말한 아소는 천천히 자기 소매를 움켜잡더니, 몸 옆으로 흔들었다.

못 본 척을 하자, 내 눈앞으로 와서 몸을 숙인 아소가 내 얼굴을 들여다보며 또 소매를 흔들었다.

"선배? 선배~? 뭔가 할 말 있지 않아요~?"

……정말, 자기주장이 강한 애다.

아소는 나와 마찬가지로 유카타 위에 전통 겉옷을 걸치고 있었다. 아까 흔든 것은 붉은색 겉옷의 소매였다.

평소 지뢰계 느낌 물씬 나는 사복만 있는 이 애가 입으니, 평범한 유카타도 신선해 보였다. 멀쩡하게 있으면 꽤 봐줄 만한 외모를 지닌 애라니깐.

나는 빈정거리듯 입술을 일그러뜨리며 말했다.

“옷이 날개인걸.”

“세계 최강으로 귀엽다는 의미인가요?”

“초등학교 국어부터 다시 배워.”

“선배의 표현으로는 이게 맞잖아요~.”

명백한 오역이다.

아소는 허락도 받지 않고 내 옆에 털썩 앉았다. 나에게 도망갈 틈을 주지 않으며 붙어서 앉더니, 어깨가 닿을 만큼 거리를 좁혔다.

그리고…….

“(고생하셨어요, 선배♪)”

숨결을 불어 넣듯, 귓가에서 그렇게 속삭였다.

나는 고개를 갸웃거리며 몸을 뺀 후…….

“뭐가?”

“후배들을 인솔하느라 고생했을 거잖아요.”

“딱히 고생 안 했어. 오히려 카와나미 녀석에게 내가 인솔을 받았을걸?”

그 녀석을 빼고 세 명뿐이었다면 내가 인솔을 해야겠지만…… 카와나미가 적극적인 녀석인 덕분에 꽤 편했다.

“1학년인 카와나미가 솔선해서 움직일 수 있는 분위기를 만들어준 것만으로도 대단해요. 선배는 이러쿵저러쿵하면서도 남을 잘 챙겨주니까요.”

“칭찬하지 마. 너한테 칭찬을 받으면 속아 넘어가는 느낌이 들어."

"진심이에요."

갑자기…….

놀리는 것도, 어리광을 부리는 것도 아닌, 진지한 목소리가 들려왔다.

한순간, 누구의 목소리인지 혼란스러웠다. 하지만 고개를 돌려보니, 눈에 익은 후배의 얼굴이 보였다.

"저기, 선배. **저**, 진심으로 한 말이거든요? 진심으로— 선배가, 대단하다고 생각해요."

"왜 그래? 평소의 그 어처구니없는 1인칭은……."

"때로는 진심으로 말을 해두지 않으면, 선배도 진심으로 받아주지 않을 거잖아요."

그렇게 말하면서— 아소는 내 손과 자신의 손을 포갰다. 마치 내 손을 잡으려는 것처럼…….

"선배는 대단해요. 머리 좋고, 운동도 잘하는 데다, 사람을 보는 눈도 있죠. 게다가…… 아무리 제가 귀찮게 굴어도, 저를 밀어내지 않잖아요."

"……나름 밀어내는 편이라고 생각하는데 말이지."

"진심이 아니잖아요. 진심으로 거리를 둘 생각이라면, 은퇴한 후에도 학생회실에 얼굴을 비추지 않을걸요?"

"……."

은퇴 후에도 학생회실에 얼굴을 비춘 것은 후배들이 잘하고 있는지 신경 쓰여서다.

하지만…… 내 후임인 쿠레나이를 걱정한 것은 아니다. 부회장이었을 때부터 회장인 나보다 더 회장처럼 굴던 애다. 나보다 더 잘하리라는 건 알고 있었다.

그보다 더 걱정된 건—.

"저…… 이야기한 적이 있을지도 모르지만, 가족 중에서 첫째예요. ……에헷, 알기 쉽죠? 동생들만 챙기다 보니, 애정에 굶주렸다니까요."

"……나는 오빠 대신인 거냐."

"그래요. 믿음직한 오빠예요. 기쁜가요?"

"하나도 안 기뻐. 너 같은 동생이 있으면 되게 피곤할 것 같거든."

"그럼……."

아소의 손에 힘이 꼭 들어갔다.

"오빠— 관둬줄래요?"

그걸…….

그걸, 관두면…… 그다음은……?

아니, ……내가 무슨 생각을 하는 거지. 애초에 나는 이 애의 오빠가 된 적이 없다. 그저, 이 애의 눈이, 진지한 눈동자가, 마치 그다음을— 그 너머의 무언가를, 가리키고 있는 것만 같았다.

"어라~? 선배, 이상한 생각 하는 거 아니에요?"

"뭐……?"

정신을 차리고 보니, 아소의 얼굴에는 세상이 뒤바뀐 것처럼 심술궂은 미소가 되돌아와 있었다.

"오빠를 관둔다. —즉, 남자가 된다라는 거……?! 그런 생각을 했죠?"

"안 했어……."

"어라라? 목소리에 짜증이 섞였네요? 정곡, 찔린 건가요?"

"너 때문에 짜증 난 거라고!!"

내가 어깨를 밀자, 아소는 웃으며 몸을 일으켰다.

"그럼, 아이사는 이만 실례할게요! ……선배는 좀 더 솔직해지는 편이 좋을걸요?"

아소는 활기찬 발걸음으로 사라졌다.

나는 팔걸이에 얹은 손으로 턱을 괸 채 그 모습을 지켜보며, 미적지근하고 응어리진 마음에 휩싸였다.

재는 대체 뭐야…….

진심이 되든지 말든지, 어느 한쪽만 하란 말이다.

아소 아이사 ◆ 자랑할 때가 가장 즐겁다

"에헷~."

""""…….""""

호화로운 저녁 식사를 한창 즐기면서, 나는 계속 히죽거렸다.

맛있어? 그렇기도 했다.

하지만 그것보다 더 내 식욕을 돋우는 건, 머릿속에 보존해둔 선배의 얼굴이다.

"우헤헤~."

그 허를 찔린 듯한 표정! 나와 그런 관계가 될지도 모른다고, 조금은 기대했던 거야! 정말 못 말린다니깐! 그런 쪽으로는 관심 없는 척하지만, 선배도 어엿한 남자애군요! 그렇게 숨기지 않아도 되는데~!

"……아이사."

갑자기 스즈링이 젓가락을 내려놨다.

"응~? 왜 그래~?"

"이제 그만 털어놔라."

"뭘~?"

"자랑 말이다."

그 순간, 모두가 스즈링을 휙 돌아보았다.

"회, 회장님?! 괜찮겠어요?!"

"좋은 생각이 아니에요! 이 진수성찬이 맛없어질 게 틀림없어요!"

"역시 회장님~, 그릇이 넓네~."

잘은 모르겠지만, 다들 너무 무례한 거 아냐?

스즈링은 턱을 괴더니…….

"저렇게 놔두는 편이 더 밥맛이 떨어질 거다. 이참에 확

털어놓으라고 해서, 안줏거리로 삼는 편이 낫겠지."

"어~? 무슨 이야기야~? 아이사는 모르겠어~♪"

"됐으니까 호시베 선배와 무슨 일이 있었는지 이야기해라!"

꺄아~ 무서워~♪ 왜 화내는 걸까~? 좋아하는 사람과 살 풀리지 않는 거려나~?

"정 듣고 싶다면~, 부끄럽지만 확 이야기해줄까나~?"

실은 부끄러운데 말이야! 실은 나와 선배만의 비밀인데 말이야! 다들 꼭 듣고 싶다니까 어쩔 수 없네!

결국 나는 아까 선배와 있었던 일을 이야기했다.

"—어때?! 선배 참 귀엽지? 이 정도면 거의 다 넘어온 거나 다름없다니깐~!"

""""……""""

어찌 된 건지, 다른 이들은 아무 말 없이 서로의 얼굴을 쳐다보고 있었다.

어…… 어라? 『꺄아~!』는 어디 갔어? 『꺄아~』 말이야. 환성 지를 타이밍 아냐?

"하도 히죽대니까, 키스라도 했나 했더니……."

"저는 고백이 성공한 줄 알았어요……."

"겨우 그 정도 일로 되게 좋아 죽으려고 하네요, 선배."

너무한 거 아냐?!

"축복해줘! 그 선배를 멋쩍게 만들었거든?! 완전 대박 아냐?!"

"실례지만, 멋쩍어했다고 생각하는 건 선배뿐 아닐까요? 『짜증 난다』고 말했다면, 그 말 그대로의 의미로 받아들이는 게 타당하지 않을까 싶군요."

"정론을 늘어놓지 마~!!"

란란은 항상 이래! 언제나 나에게 현실을 들이밀어! 후배면서!

「뭐, 멋쩍게 만들었다고 해도 말이지」 하고 스즈링이 말했다.

"너도 참 쉬운 여자구나. 멋쩍게 만든 것 가지고 이렇게 히죽거려서야, 그 이상의 일을 해냈을 때는 대체 어쩔 거지?"

「히죽거리는 편이 차라리 나아요~」 하고 앗키~가 말했다.

"기쁜 일이 있어서 얼굴에 드러난다는 건, 정반대의 일이 있을 때도 얼굴에 드러날 테니까요. 히죽거리는 것보다 축 가라앉았을 때가 백 배는 성가실걸요?"

"그것도 그렇지……. 정신 질환녀보다 성가신 건 이 세상에 없으니 말이다."

"지당한 말이에요!"

"누가 정신 질환녀라는 거야!!"

멘탈은 남들보다 강한 편이라고 자부하거든?! 동성에게 아무리 미움받아도 끄떡없는 정신력의 소유자거든?!

"뭐, 뭐어, 진전이 있는 건 잘된 일이잖아요."

오오, 유메찌! 역시 귀여운 제자를 둬야 한다니깐!

"이제까지 1년 동안 아무 일도 없었죠? 다소 진전이 있었다면, 필요 이상으로 기뻐해도 이상할 게 없어요."

"으극! 말 한 마디 한 마디가 내 가슴을 찔러대……!"

그래, 맞아……. 1년 동안 아무 일도 없었어……. 남자들을 농락하는 게 취미예요~ 라는 것처럼 생겨 가지고, 1년 동안 아무 일도……. 그래. 나, 속 빈 강정이야……. 그래도 색골인 것보단 낫잖아……?

"아, 가라앉았다."

"미, 미안해요, 선배! 저는 귀여워서 좋다고 생각해요!"

"훌쩍, 훌쩍…… 정말……?"

"괜히 여유 부리는 것보단 훨씬 귀여워요!"

"나, 평소에, 여유 부렸어……?"

"어, 아니, 그렇지는……!"

그렇게 생각했구나! 스승님이라고 부르면서, 속으로는 그렇게 생각한 거야~! 으으으, 여자애 무서워…….

"너무 가라앉지 마, 아이사."

스즈링이 다시 젓가락을 쥐면서…….

"1년 전에 비하면 많이 나아졌어."

"그게 위로랍시고 하는 소리냐~!!"

"아소 선배는 1년 전에도 심각했나요?"

유메찌는 고개를 갸웃거렸다. 그 말은 지금의 나도 꽤 문제라는 것처럼 들리거든?

"심각하다는 말로는 부족할 정도였지. 툭하면 죠한테 꼬리를 쳐댔거든. 왜 이딴 애를 학생회에 데려온 거냐며, 아이사를 추천한 서무 선배에게 따지기까지 했다."

"우리, 당시에는 진짜로 사이가 나빴다니깐! 아하하!"

"웃을 일이냐. 나는 당시에 너를 쫓아낼 방법을 진지하게 고민했을 정도다."

「그럼 어쩌다 지금 같은 사이로 변한 건가요?」 하고 앗키~가 말했다.

"지금은 두 사람 사이가 그렇게 나빠 보이지 않는데요~."

"그야 뭐, 말할 필요도 없는 일이라고나 할까."

그렇게 말한 스즈링은 의미심장한 눈길을 나에게 보냈다. 왠지 불길한 예감이 들었다.

"좋든 싫든, 사람을 바꿔놓거든—. 사랑이란 녀석은 말이지."

"아앗~! 확실히 아소 선배는 남자에 따라 변하는 타입 같긴 해!"

앗키~, 너도 선배한테 무례한 소리를 늘어놓네!

나는 삐친 것처럼 고개를 돌렸다.

"그렇게 말하면 마치 내가 좋아하게 된 것 같잖아. 먼저 다가온 사람은 선배였거든?!"

"확실히 너는 처음에 호시베 선배를 피했었지."

"네? 그랬나요?"

유메찌가 놀라자, 스즈링은 씨익 웃으며 말했다.

"호시베 선배는 워낙 마이페이스한 사람이라서, 놀리는

맛이 없거든. 오히려 거북하게 느끼지 않았으려나. 아이사는 의외로 남성다운 남성을 꺼리거든. 자기가 휘둘러댈 수 있는 얌전한 남자한테만 세게 나갔지.”

푭, 하고 웃음을 터뜨리는 소리가 들렸다.

소리가 들린 쪽을 쳐다보니, 지금까지 아무 말 없이 밥을 먹고 있던 이사나가 눈에 들어왔다.

이사나는 자신에게 시선을 몰렸다는 걸 눈치채더니, 허둥댔다.

“죄, 죄송해요! 별거 아니에요! 전형적인 오타쿠 서클의 공주님 같다는 생각을 한 건 아니에요!”

“자기 입으로 다 말하네.”

이사나는 앗키~의 태클을 듣고 허둥댔지만, 나는 그 말을 부정하지 못했다. 그래요. 저는 오타쿠 서클의 공주님 체질이에요. 몸매는 빼고 말이에요!

“뭐, 그래서 처음에는 호시베 선배에게는 들이대지 않았던 거다. 하지만, 호시베 선배는 남들을 잘 챙겨주는 사람이거든—. 아이사가 너무 딱해 보여서, 때때로 말을 걸며 괜찮은지 살핀 것 같아. 그러는 사이에 그대로 확…….”

“자, 잠깐만! 그렇게 말하면 내가 쉬운 여자 같잖아!”

“쉬운 여자 맞을 텐데?”

당연한 소리 하듯 말하지 마! 이 여자……!

“……계기는 있었어. 그전에는 진짜 성가시다고만 생각했단 말이야!"

"호오? 그럼 어디 들려주실까? 그 계기란 것을 말이다."

큰일 났다. 자기 무덤 팠어?!

스즈링은 의미심장한 옅은 미소를 머금더니…….

"자기 연애사를 자랑하는 게 취미지? 그럼 빨리 자랑해봐라."

어필에 성공한 걸 자랑하는 것과는 다르잖아……. 좀 더, 뭐랄까, 이건, 약점을 드러내는 것 같달까…….

"자, 너희도 듣고 싶은 거지?"

"듣고 싶어요!"

"듣고 싶어~!"

유메찌와 앗키~가 기대에 찬 눈길로 쳐다보자, 나는 도망칠 길이 없다는 것을 눈치챘다.

한숨을 내쉰 나는 마지못해, 약 1년 전의 일을 떠올렸다.

"아마, 체육제 때였을 거야—."

아소 아이사 ◆ 내 진심

누군가가 나를 봐줬으면 한다.

자신이 그런 욕구를 지녔다는 사실을 눈치챈 건, 초등학생 때의 일이다.

계기는 학예회 연극이었다. 보다시피 나는 얼굴만은 꽤 반

반한 여자애라서, 그 연극에서도 당연한 듯이 주역을 맡게 되었다.

체육관의 무대 위에서, 연극의 히로인이 되었고, 클래스메이트에게 칭찬을 듣고, 학부형에게 갈채를 받은 후…… 다음 날에 당연한 듯이 일상으로 돌아온 순간, 나는 생각하고 말았다.

부족하다, 하고 말이다.

자신에게 시선이 쏠리는 것에 기쁨을 느끼고, 그렇지 않은 상황에서는 아쉬움을 느끼고 말았다.

—왜 다들, 나를 더 쳐다봐주지 않는 거야? 어제까지는 그렇게 나를 쳐다봐줬잖아!

이 일을 계기로 극단에 들어가거나 본격적으로 연기의 길을 걷기 시작한다면, 꿈을 좇는 소녀의 아름다운 오리진 스토리가 됐을지도 모른다. 하지만 나에게는 그런 행동력도, 정열도 없었다. 그저 어렴풋한 불만족감을 품은 채, 일상을 살아갈 뿐이었다.

중학교에서도 시를 쓰거나 이상한 화장을 하는 것 같은 전형적인 중학생 같은 기행을 했지만, 역시 직접적인 행동으로 이어지지는 않았다. —나에게 재능이 있었다면, 동영상 스트리밍 같은 것을 하면서 이 욕구의 풀 길을 찾았을 것이다. 그렇게까지 하지 않은 점이, 나란 애의 한계였다.

그러니, 고등학교에서도 얌전해 보이는 남자애에게 집적대는 짓밖에 못 했다.

그 선배가 왜 나를 학생회에 추천한 건지는, 지금도 모르겠다. 그도 그럴 것이, 동기가 바로 그녀다. 쿠레나이 스즈리다. 아무리 비교해봐도, 나에게는 그 애와 견줄만한 천재성이 없다. 학생회에서 나란 존재는 아무리 생각해봐도, 쿠레나이 스즈리의 옆에 있는 서브 캐릭터에 지나지 않는다.

그래서일지도 몰라. 죠를 놀리는 게 재미있었던 것은 말이야.

죠 자신은 딱히 재미있는 반응을 보이지 않았다. 재미있었던 건, 스즈링 쪽이다. 그 천재 소녀가, 카리스마 덩어리가, 내가 죠를 놀릴 때마다 발끈했다. 그게 재미있어서 참을 수가 없었다. 이 세상의 주인공 같은 이 애의 머릿속이 나로 가득 차 있을 거라고 생각하니, 그야말로 신바람이 났다.

참. 혹시나 해서 말하는데, 나는 백합 취향이 아냐.

이건…… 그래. 유명인의 SNS에 짜증 나는 답글을 다는 거야. 대단한 사람의 시간을, 아주 조금이지만 자신에게 쓰게 만들었다는 만족감. 다른 누군가의 대단함으로 왜소한 자신을 감추려 하는, 못난 조무래기의 자위행위다.

그런, 나의 왜소함을…….

그 사람은— 어느새, 꿰뚫어 보고 있었다.

—아소. 너, 할 거면 좀 더 진심으로 해.

체육제 프로그램을, 얼추 마쳤을 무렵일 것이다.

처음으로 커다란 행사를 무사히 마쳤다는 달성감에 사로

잡히며 해산한 후, 돌아가려 하던 나에게 선배가 그렇게 말했다.

학생회 일에 대해 말하는 거라고 생각한 나는 약간 울컥했다.

—일은 제대로 했다고 생각하는데요…….

—그래. 너는 재주가 좋아. 뭐든 요령 좋게 잘 처리하지. 쿠레나이에게 시비를 거는 걸 제외하고 말이야.

뜨끔했다. 마음속을, 들킨 듯한 느낌이 들었다.

그리고 자기 자신을 지키려는 듯이, 격렬한 분노가 샘솟아 나왔다.

—시비를 거는 사람은 그 애인데요? 왜 제가 혼나는 거죠?

아무것도 모르면서…….

당시의 나는 진심으로 그렇게 생각했다. 아무것도 모르면서, 나를 제대로 쳐다보지도 않으면서, 항상 한가한 듯이 굴면서도, 나와 제대로 이야기를 나누려고도 안 하면서— 나에 대해 잘 아는 것처럼 떠들지 마.

이때의 선배는 뭐든 요령 좋게 해내고, 고민 따위는 없는 것처럼 보였다. 스즈링을 학생회에 영입한 후로는 특히 그랬다. 이 사람은 쿠레나이 스즈리와 같은 타입이다. 나 같은 왜소한 인간을 이해할 리가 없다고 생각했다.

하지만…….

—얄팍한 수단으로 얻은 시선은, 그에 비례하는 가치밖에

없어.

한 마디 한 마디가 내 약점을 정확하게 찔렀다.

—너는 그걸로 만족해? 그럼 내 헛소리 같은 설교는 잊어버려.

내 급소가, 전부 보이는 듯한 소리만 했다.

—이만 실례할게요…….

나는 도망쳤다. 정곡을 찌르는 정론을 들은 탓에, 금방이라도 눈물을 터뜨릴 것만 같았다. 약점을 눈물로 감추는 짓만은 내 자존심이 용납하지 않았기에, 바닥을 기는 심정으로 그 자리에서 도망쳤다.

짜증 나. 짜증 나. 짜증 나!

눈물이 멎자, 이번에는 분노가 머릿속을 휘저었다. 왜 그런 소리를 들어야만 하는 건데?

회장이라고, 선배라고 그런 권리도 있는 거야?

제대로 이야기를 나눠본 적도 없으면서, 왜 그렇게 잘난 척 떠드는 건데?!

할 거면 좀 더 진심으로 해? 이게 내 진심이야!! 진심이니까 이 몸매를 유지하려고 근력 운동도 하거든?! 가슴 패드도 이렇게 잔뜩 집어넣는 거야! 뭐 하나 대충 한 게 없어!! 여자애에 대해 하나도 알지 못하는 동정 주제에 멋대로 떠들지 마!!

—누나~! 밥 먹어~!

정신 차리고 보니 밤이었다. 집에 돌아와 침대에 뛰어들어서 짜증을 마구 발산하다 보니, 몇 시간이나 흘렀다. 뭐야? 나 스스로도 놀랐다. 머릿속으로 선배에게 원망하다 보니, 시간이 이렇게 흐른 거야?

무시무시하게도, 그 상태는 다음 날 이후로도 이어졌다.

툭하면 선배가 한 말이 생각나서 짜증이 났고, 학생회에서 선배와 만날 때마다 며느리를 갈구는 시어머니처럼 그의 일거수일투족에서 흠을 찾으려 했다. 때로 말을 걸어오면 입으론 별일 없는 것처럼 대답하면서도, 머릿속으로는 독설의 폭풍이 휘몰아쳤다.

진심이 뭐야?

이윽고, 그 의문만이 내 안을 가득 채웠다. 진심이 뭐야? 자기는 매사에 대충이면서, 나보고는 대체 뭘 진심으로 하라는 건데?

확실히 나는 자기보다 약한 이만 건드리는 소인배다. 하지만 그런 걸 진심으로 하면 더 문제잖아. 약한 애를 더 심술궂게 괴롭히게 될 거 아냐. 나는 일부러 적당히 하는 거야. 만약 내가 진심으로 죠를 농락하려고 든다면, 쿠레나이 스즈리와의 관계가 돌이킬 수 없는 지경에 이를 거잖아? 그러니까—.

그러니까.

내가 진심이 되는 건.

자기보다 나은— 한 수 위의.

예를 들자면…… 원래는 거북하게 여기는, 덩치 큰 남자 선배라든가.

—선배~! 뭐 해요~?

진심으로 하라고 했잖아. 네가 그러라고 했지?

그럼 보여주겠어. 아이사의 진심을 말이지.

누군가가 나를 봐줬으면 한다.

원래는 그런 욕구에 지나지 않았다.

하지만— 지금은, 누군가가 아니다.

네가. 당신이, 선배가.

나를 봐줬으면 한다.

나를 봐줘.

이게 내 진심이다.

하바 죠지 ◆ 어리석은 자

"뭐? 내 연애 경험?"

식사 후, 카와나미가 가져온 게임기로 느긋하게 게임을 하고 있을 때였다.

카와나미가 화면 안에서 매물을 전부 사들이면서, 그런 이야기를 꺼냈다.

"네. 호시베 선배는 이성한테 꽤 인기 있을 것 같거든요.

여친이 있었던 적이 있나 싶어서요."

"지금 있는지는 안 묻는 거야?"

"있다면 아소 선배를 더 거부할 테니까요~."

나는 딱히 돋보이는 일 없이 파란색 칸에서 소지금을 늘리며, 내심 조마조마했다.

호시베 선배의 연애 경험.

그것은 아소 씨가 호시베 선배에게 지금 같은 태도를 보이게 된 후로, 학생회에서는 거의 이야기되지 않았다. 적어도 학생회장이 된 후로는 그렇고 그런 이야기를 들은 적이 없다. — 전대 서무 선배와 사귀는 게 아닌가, 하는 소문이 돈 적은 있다 — 하지만, 그 이전이라면 또 모른다.

운동부에 속해 있던 시절에는 1학년이면서 에이스라 불릴 정도의 선수였다고 한다.

게다가 저렇게 키도 크니, 평범하게 생각하면 인기가 없을 리 없다.

"여친……."

호시베 선배는 가난뱅이 신에게 공격을 받으면서, 무덤덤하게 말했다.

"중학생 때, 잠시 있었던 적이 있긴 해."

"호오~!"

카와나미는 흥미롭다는 듯이 탄성을 터뜨렸다.

또 한 명의 1학년, 이리도 미즈토는 자기 턴을 재빨리 넘기더니 다시 문고 서적을 손에 쥐었다. 처음 하는 게임인데도 금방 요령을 파악했고, 지금은 이러고 있었다.

"어떤 사람이었나요? 누가 고백했어요?"

"그냥 평범했어. 딱히 귀엽거나 못나지도 않은, 평범한 애야. 고백은 그 애가 했어. 내가 부활동을 하는 모습을 좋아한다고 말했는데……."

"그래서요?"

"부활동만 죽어라 한 바람에 차였지."

카와나미는 당혹스러운 표정을 지었다.

"방금 그 말에 웃어도 되나요?"

"그래. 센스 있는 농담 같지?"

"뭐, 여자애한테는 그런 면이 있긴 해요. 입으로 하는 말과 진정으로 바라는 게 전혀 다르달까…… 내가 무슨 텔레파시 능력자냐! 같은 생각이 들게 한다니까요."

"뭐, 그래. 부활동을 열심히 하니까 방과 후에 같이 놀 수 없다는 것 정도는 조금만 생각해봐도 알 수 있는데 말이지. 사귀기 시작하면 내 시간이 갑자기 늘어날 거라고 생각한 걸까?"

"여자만 그런 게 아니라, 그렇게 생각이 부족한 녀석은 흔하다니까요. 상상력이 부족하달까……. 그 전 여친은 결국 어떻게 됐나요?"

"걔는 원래 부활동을 허락 없이 견학하던 구경꾼 중 한 명이었는데, 그 후로는 얼굴이 안 보였어. 거북해진 건지, 나를 경멸한 건지……."

"경멸한 거라면, 정말 제멋대로네요~."

나는 얼굴도 모르는 그 사람을 자연스레 상상했다. 매일 열정적으로 부활동을 하는 멋진 히어로. 텔레비전이나 인터넷이 아니라, 가까운 곳에 있는 아이돌. 동경할 뿐만 아니라, 손을 뻗으면 닿을지도 모른다. 그 가능성에 매료되어 용기를 냈고— 그랬더니, 생각보다 간단히 손이 닿았다.

하지만…….

자기 처지는 달라지지 않았다.

"—어리석군요. 배경에서 나올 수 있을 거라고, 착각한 거예요."

무심코, 그렇게 중얼거렸다.

그 사람이 너무나도 어리석고 불쌍한 나머지, 입 다물고 있을 수가 없었다.

"사람에게는 누구나 자기 주제라는 게 있어요. 착각에 빠져 주제넘은 짓을 한다면, 자신의 부족함을 깨닫게 될 뿐이죠……."

혼잣말 삼아서 한 말이다. 남이 듣지 않아도 괜찮다. 아니, 아무도 귀 기울이지 않을 거라고 여기며 한 말일지도 모른다.

하지만, 호시베 선배는…….

"……뭐, 맞는 말이야."

마치 기억을 곱씹듯이…….

"하지만…… 그때, 멀리서 나를 쳐다보며 환성을 지르던 여자애는 몇 명이나 있었지만…… 실제로 나에게 고백한 건, 그 애뿐이었어."

무덤덤한 억양으로, 거짓이 섞이지 않은 말을 입에 담았다.

"나는, 그 용기가 정말 대단하다고 생각하는데 말이지."

……확실히, 그럴지도 모른다.

나는, 어리석어질 수도 없을 만큼, 어리석은 자니까…….

하바 죠지 ◆ 믿을 수는 없더라도

〈오후 열 시, 지하 1층 자동판매기 앞〉

상대방이 일방적으로 보낸 메시지에 따라, 나는 타고난 옅은 존재감을 이용해서 몰래 방에서 빠져나왔다.

여관 지하는 게임기 코너지만 늦은 시간이라 그런지 게임기가 어렴풋이 빛을 뿜고만 있을 뿐, 인기척은 전혀 느껴지지 않았다.

단 한 명— 게임기 옆의 자동판매기 앞에 서 있는, 바니걸을 제외하고 말이다.

"——."

어?

바니걸…… 응. 한순간 잘못 본 거라고 생각했지만, 저건 틀림없는 바니걸이다. 그리고 자동판매기의 빛에 비친 그 얼굴은, 내가 잘 아는 이의 얼굴이었다.

쿠레나이 씨…….

나를 여기로 부른, 당사자다. 우리 학교 사상 최고의 천재라 불리고, 전교생이 우러러보는 카리스마 학생회장이, 어찌 된 건지 섹시한 바니걸 차림으로 이 자리에 있었다.

게다가, 하필이면 뒤돌아서 있었다. 앞에서 봐도 눈 둘 곳이 없을 텐데, 뒷모습은 더욱 무시무시했다. 하얀 등이 훤히 드러나 있고, 엉덩이에 옷이 완전히 밀착되어 있기에, 그야말로 눈 둘 곳이 없었다.

쿠레나이 씨는 키가 큰 편이 아니며 가슴 사이즈도 평범하지만, 엉덩이는 약간 컸다.

아마 툭하면 그녀에게 유혹을 당하는 나만이 그 사실을 알고 있을 것이다. 골격 덕분인지 체구가 작은데도 순산형이며, 그래서 몸매 또한 여성적으로 보였다.

그런 쿠레나이 씨가 바니걸 복장을 하다니…… 몸에 찰싹 달라붙는 슈트와 검은색 타이츠가 아름다운 엉덩이를 선정적으로 꾸며주면서, 계속 뒤돌아서 있어 주길 바랄 정도—.

"—윽?!"

쿠레나이 씨와 갑자기 눈이 마주치자, 심장이 크게 뛰었다.

드…… 들켰어? 멀찍이서 등과 엉덩이를 쳐다보고 있는

걸…….

급속도로 마음이 거북해진 나는 이 자리에서 도망치고 싶어졌다. 하지만 그 정도는 일찌감치 예상한 건지, 쿠레나이 씨는 어깨 너머로 나를 쳐다보며 말했다.

"죠, 그런 데서 뭐 하는 거지? 빨리— 이쪽으로 와라."

알고 있다. 쿠레나이 씨는 역시 알고 있는 것이다. 나의 이 지저분하고 저열한 감정을 말이다.

나는 체념하며 쿠레나이 씨에게 다가갔다. 다가가면 갈수록, 쿠레나이 씨의 새하얀 등이 눈부셔 보인 나머지, 얼버무리지도 못하며 고개를 돌릴 수밖에 없었다.

그러자 쿠레나이 씨는 크큭, 하고 웃음을 흘렸다.

"흐음, 어디를 보고 있는 거지? 그쪽에는 별것 없는데 말이야."

"……죄송해요."

"뭘 사과하는 건지, 짐작조차 안 되는걸."

그렇게 말한 쿠레나이 씨가 자판기 버튼을 누르더니, 「영차」 하며 배출구를 향해 몸을 숙였다. 그렇다. 나를 향해 엉덩이를 내밀듯이 말이다.

강렬한 흡인력이었다. 쳐다보면 안 된다고 아무리 생각해도, 낚시용 인조 미끼처럼 흔들리는 그 엉덩이에 시선이 빨려 들어가고 말았다. 몸에 찰싹 달라붙는 슈트가 자아내는 동그란 윤곽, 타이츠 너머로 희미하게 비쳐 보이는 피부, 가

까이에서 본 그런 것들이 내 안에 존재하는 짐승을 다짜고짜 깨우려 했다.

안 돼.

내 주제를 알아.

내 안에서 고개를 치켜든 짐승을 두들겨 패듯 억누르고 있을 때, 그제야 쿠레나이 씨는 상체를 들면서 나를 향해 몸을 돌렸다.

"아무래도…… 꽤 즐겨준 것 같은걸?"

정면에서 본 쿠레나이 씨의 바니걸 차림 또한, 파괴적이었다. 코르셋처럼 몸에 찰싹 달라붙은 슈트는 그녀의 가느다란 허리와 가슴 사이즈를 여과 없이 알려주고 있었다. 게다가 사이즈가 맞지 않는 건지, 가슴을 감싼 부분만 피부와 밀착이 되어 있지 않은 듯한 느낌이 들었다.

"왜, 그런 옷을 입고 있는 거예요……?"

"벌칙 게임이야. 이긴 사람이 진 사람에게 코스프레를 시킬 수 있다는 룰이었지. 그래서 이런 걸 입게 된 건데, 갈아입는 것도 귀찮아서 그냥 온 거다."

"……거짓말이군요. 방금 눈치챈 건데, 저기 벤치에 벗은 유카타가 놓여 있어요. 바니걸 복장 위에 저걸 걸치고 여기까지 온 것 아닌가요?"

"후후. 역시 눈썰미가 좋은걸."

쿠레나이 씨는 머리 위의 긴 토끼 귀를 흔들며 벤치로 이동하더니, 벗어둔 유카타를 주워들었다.

"뭐, 앉아라. 계속 서 있는 것도 피곤하잖아."

유카타를 주워 들었을 뿐, 입을 생각은 없어 보였다.

내가 순순히 벤치에 앉자, 쿠레나이 씨는 「받아」 하며 아까 뽑은 캔 주스 한 개를 나에게 내밀었다. 그러면서 가슴을 강조하는 것을 잊지 않았다. 가슴 부분이 밀착되어 있지 않으니 안쪽이 보일지도 몰라서 긴장했지만, 다행히 거기까지 계산하며 행동하는 것 같았다.

쿠레나이 씨는 내 옆에 앉더니, 캔 주스를 손난로처럼 양손으로 만지면서…….

"이걸 입었더니, 일부 여성에게 매우 호평을 받았거든. 걔들 말에 따르면 『엉덩이가 에로틱』하다더군."

누가 그런 괜한 소리를 한 거야. 아소 씨가 분명해.

"그 말을 듣고, 여성의 무기는 가슴만이 아니라는 걸 깨닫게 됐지. 그래서 바로 시험해보기로 한 건데—."

쿠레나이 씨가 내 쪽을 힐금 쳐다보나 싶더니, 의식의 빈틈을 노리는 듯한 재빠른 움직임으로 내 어깨를 잡으면서 귓가에 자기 입을 가져갔다.

"(—확 임신시키고 싶어졌으려나?)"

내 얼굴이 딱딱하게 굳자, 쿠레나이 씨는 나한테서 떨어지며 웃음을 흘렸다.

나는 한숨을 참을 수가 없었다.

"당신은 왜 저를 상대할 때만, 이렇게 천박해지는 건가요……."

"제아무리 청초한 여자애도, 반한 남자 앞에서는 다소 천박해지는 법이지. 게다가 나처럼 성적이 우수한 여자애가 음란한 말을 하면 흥분되잖아? 참고자료에 그렇게 적혀 있었다."

"몇 번이나 말했지만, 그 참고자료는 버리세요."

진실만 적혀 있어도 여러모로 곤란하다.

"아, 참고로 임신시키고 싶어졌어도 하다못해 고등학교를 졸업할 때까지는 참아줘. 『사전 연습』이라면 얼마든지 해도 되지만 말이다."

"여자만 음담패설을 싫어하는 건 아니거든요?"

"평소 같으면 그 말에 귀를 기울이겠지만, 오늘만은 나한테 주의를 줘도 소용없어."

쿠레나이 씨는 놀리듯이 빙긋 웃더니, 가슴 부분에 손가락을 걸쳤다.

"그렇게 뜨거운 시선을 느낀 게 얼마만이더라……. 자기는 그렇게 욕정을 품고, 나한테만 품위를 유지하라고 하는 건 불공평하지 않으려나?"

"윽……."

반론의 여지가 없었다. 오늘은, 쿠레나이 씨의 공세에서 벗어날 방법이 없었다.

쿠레나이 씨는 나를 유혹하듯, 가슴 쪽의 천을 흔들며 말했다.

"참고로 이 부분은 천이 꽤 딱딱해서, 가슴 쪽만 훌렁하고 벗겨지는 일은 없지. 한번 시험해보겠어?"

"사양할게요……."

"고집이 센걸. 아까까지 이 옷과 가슴의 틈새를 그렇게 신경 썼으면서 말이다. 그렇게 눈에 새길 것 없이, 지금 마음껏 봐도 되거든?"

우쭐한 쿠레나이 씨는 가슴을 펴며 나를 향해 몸을 내밀었다. 나는 그런 그녀에게서 도망치듯, 몸을 옆으로 기울였다.

이윽고, 그것도 한계에 도달했다.

나는 벤치에 드러누웠고, 쿠레나이 씨는 나를 덮쳤다. 이렇게 되면 일단 몸을 빼야 하겠지만, 쿠레나이 씨는 내 허리를 무릎 사이에 끼우면서 그대로 내 몸 위에 올라탄 것이다.

나는 옅은 미소를 머금은 쿠레나이 씨를 올려다보며 말했다.

"쿠레나이 씨…… 비켜주세요."

"싫어."

내 하복부에, 쿠레나이 씨의 엉덩이가 닿았다. 「우읍?!」 하고 비명을 지르자, 쿠레나이 씨는 즐거운 듯이 웃음을 흘렸다.

"오늘은 놓치지 않기로 결심했거든. 네가 나에게 욕정을 품었다는 걸 인정할 때까지, 놔주지 않을 거다."

"……뭐가, 그렇게 재미있는 거죠? 제가 당신을 그런 눈길로 본다는 걸 알아봤자, 기분 나쁠 뿐이잖아요."

"다른 남자라면 기분 나쁘겠지. 하지만, 네가 그렇게 봐준다면, 오히려 기뻐."

"왜죠? 당신의 몸만 노리는 저질스러운 놈일 뿐이잖아요."

"그야…… 너는 옆에서 타인을 쳐다보기만 할 뿐, 자기 이야기를 해주지 않잖아."

"……."

"그 어떤 내용일지라도 네가 솔직하게 자기 이야기를 해준다면, 나는 매우 기뻐. 드디어…… 너와 같은 장소에 선 것 같은 느낌이 들거든."

……그건, 착각이다.

당신과 나는, 다른 세계의 사람이다.

설령 착각이 아닐지라도—.

—당신 같은 사람이, 내가 있는 배경에 와선 안 된다.

"저기, 죠."

쿠레나이 씨는 내 볼에 손바닥을 대더니, 엄지로 내 관자놀이를 매만졌다.

"너는 내가 뭐든 간단히 해내는 사람이라고 여길지도 몰라. ……하지만 나도, 노력해야만 이룰 수 있는 일이 있다."

"……."

"지금도 부끄러움을 열심히 참고 있지. 너와 이러고 있기만 해도 얼굴에서 불이 날 것만 같아. 이 말을 하면서도, 괜히 말했다고 생각하며 후회하고 있다."

거짓말. 이렇게 얼굴과 목소리가 태연한데…….

……하지만, 쿠레나이 씨가 그런 거짓말을 하지 않는 사람이라는 것은 이미 알고 있다.

"좋아한다고 말할 때마다 용기를 쥐어짜 내고 있는 거야, 죠. 너에게는 그렇게 안 보일지도 모르지만, 나는 언제나 진심이야. 그러니까, 때로는— 부응해주는 것도 괜찮을 것 같지 않아?"

—나는, 그 용기가 정말 대단하다고 생각하는데 말이지.

아까 호시베 선배가 한 말이 뇌리를 스쳤다.

선배는 전 여친의 언동에 푸념을 늘어놓으면서도, 그녀의 용기에 경의를 표했다. 분명 연애 감정은 거의 없었겠지만, 그런데도 사귀었던 것은 그 경의 때문이라고 생각한다.

이제까지, 쿠레나이 씨가 이런 식으로 대시할 때마다 전부 거부해왔다. 왜냐하면, 나에게는 자격이 없다. 이렇게 눈부신 스포트라이트를 받는 주인공 같은 사람의 옆에 설 자격이 없다. 그러니 한때의 흔들리는 마음이나 장난 탓에 그녀가 상처를 입히고 싶지 않았다. 그런 마음으로, 전부 다 거절해왔다.

하지만, 그것은 그녀의 용기를 짓밟는 행위가 아닐까.

나는 쿠레나이 씨를 상처입히지 않으려다, 오히려 그녀에게 계속 상처를 준 것이 아닐까.

……아니, 실은 알고 있다. 단순한 장난삼아, 이런 식으로 계속 구애할 리가 없다는 것은 말이다.

하지만, 믿을 수가 없는 것이다.

이제까지, 외톨이인 게 당연했다. 이제까지, 무시당하는 게 당연했다. 이제까지, 남의 시선을 받지 않는 게 당연했다.

그런데— 처음으로, 나를 똑바로 바라봐준 사람이…….

이렇게 아름다운 사람이라는 게— 믿어질 리가 없지 않은가.

"쿠레나이 씨, 저는—."

아직, 믿기지 않는다.

하지만— 당신이, 용기를 낸다면…….

나도, 용기를 내는 게 옳을 것이다.

"—당신에게, 매우, ……욕정을 품었어요."

쿠레나이 씨가, 커다란 눈을, 더욱 크게 치켜떴다.

그 얼굴을 보자, 머릿속이 폭발할 것만 같았다. 바로 후회했다. 말하지 말 걸 그랬다. 지금 바로 사라져버리고 싶다. 하지만, 쿠레나이 씨는 나를 놔주지 않았다.

"……후, 후훗."

쿠레나이 씨는 작게 웃음을 터뜨리며, 어깨를 흔들더니…….

놓치지 않겠다는 듯이 내 얼굴을 양손으로 움켜잡은 후, 눈동자를 들여다봤다.

"어디에?"

"……네?"

"내, 어디에 욕정을 품었지?"

"……말 안 하면, 안 될까요?"

"안 돼. ……말할 때까지, 놔주지 않을 거야."

좀 봐줬으면 한다. 눈물이 날 것 같지만, 나는 쿠레나이 씨한테서 도망칠 자신이 도저히 없었다.

"그게…… 등이, 새하얗고, 견갑골과, 어깨 라인처럼, 평소 안 드러나는 부분이……."

"흠. 그 외에는?"

"어, ……엉덩이, 에, 저기…… 옷이, 찰싹 달라붙어 있는 점, 이랄까……."

"응. 그 외에는?"

"가슴이…… 보, 보일 것, 같아서……."

"그 외에는?"

질문을 거듭하면서, 쿠레나이 씨는 몸을 더욱 밀착시켰다. 내 가슴에 그녀의 부드러운 가슴이 밀착됐고, 그녀의 가느다란 숨결이 목덜미에 닿았다. 어디서 풍겨 나오는 건지 알 수 없는 달콤한 향기가, 뇌수를 물들이며 마비시켰다.

그래서, 어쩔 수 없이…….

말보다도, 태도보다도, 더욱 명백한 증거가—.

"……앗?"

쿠레나이 씨가 당황과 놀람이 섞인 목소리를 흘리더니,

아래쪽을 쳐다봤다.
거기서 느껴지는 감촉을 통해, 눈치챈 것이다.
"이건……."
"죄…… 죄송해요……."
나는 어쩔 수가 없었다. 이 자세에선, 감추고 싶어도 감출 수가 없다.
쿠레나이 씨의 얼굴이, 점점 빨갛게 달아오르는 것을 알 수 있었다.
그녀의 몸 또한 부들부들 떨리더니, 식은땀 같은 것이 목덜미에 맺히면서…….
"죠, 죠…… 저기……."
"아, 네……?"
"……오늘 치 용기는, ……이미, 바닥난 것 같다……."
어?
내가 당황한 사이, 재빨리 나한테서 떨어진 쿠레나이 씨는 자기 유카타를 꼭 끌어안았다.
"저, 정말 미안하다! 그럼 이만……!!"
그리고, 질풍처럼 달려가 버렸다.
나는 벤치 위에서 어중간하게 몸을 일으킨 상태에서 그 모습을 지켜봤고…… 아직도 달콤하게 마비된 머릿속으로, 생각했다.
……귀엽다.

얼굴이 빨개진 쿠레나이 씨는, 떠올리기만 해도 어찌 될 것만 같을 만큼, 귀여웠다.

쿠레나이 스즈리 ◆ 분명 할 수 있었을 거야 위원회

재빨리 유카타를 걸치고 여자 방으로 돌아가 보니, 란 양만 남아 있었다.

"아. 어서 오세요, 회장님. 어디 다녀오신 건가요?"

"음료를 좀 사러 갔다 왔어."

태연한 어조로 그렇게 말한 나는 창가의 베란다로 향했다.

창문 앞에 마주 보고 놓인 의자 중 하나에 앉아서, 아까 사서 따지도 않은 캔 주스를 한 모금 마신 후…….

—분명 할 수 있었는데~!!

……하고 외치며, 마음속으로 머리를 감싸 쥐었다.

아까 분명 할 수 있었어! 그런 분위기였잖아! 내가 겁먹지만 않았으면……! 하, 하지만 깜짝 놀랐단 말이야! 지식으로는 알고 있었지만! 그렇게, 사상 최고로 귀여운 죠가, 가, 갑자기, 그런……! 우아아아아아아!!

나란 애는 정말! 다른 일로는 긴장 같은 걸 안 하면서, 왜, 하필 아까 같은 기회에……! 그렇게 여유를 부려놓고, 왜 숫처녀 티를 팍팍 낸 거냔 말이야!!

분명 할 수 있었어……. 할 수 있었는데에에에……. 장소가 좀 그렇긴 해도……. 아니, 그래. 아무리 인적이 없더라도 공공장소에서는…… 좀……. 맞아. 나는 양식적인 인간으로서, 장소를 고려했을 뿐이야. 응. ……그래도 분명 할 수 있었는데…….

오늘은 이만 자고 싶다……. 이부자리에 확 드러눕고 싶지만, 그러기에는 유카타 안에 입고 있는 바니걸 슈트가 거추장스러웠다.

……다음에는, 어떤 의상이 좋을까.

그런 생각을 하면서, 나는 등에 달린 지퍼를 향해 손을 뻗었다.

이리도 미즈토 ◆ 한번 뚜껑을 따면

"……어?"

남자끼리 하던 게임이 일단락된 후, 괜찮은 독서 장소가 없나 싶어 여관 안을 돌아다니던 나는 아는 이와 마주쳤다.

"아, 미즈토 씨."

"……."

조용한 라운지의 소파에 앉아 있는 사람은 바로 이사나와 유메였다. 이사나는 무릎 위에 올려둔 태블릿에서 눈을 떼며 나를 쳐다봤지만, 유메는 나를 보자마자 거북한 듯이 시선을 돌렸다.

"무슨 일이에요? 남자 방에서 왕따라도 당한 거예요?"

"……그런 거 아냐. 그냥 각자 자유 시간을 가지기로 했을 뿐이거든?"

유메가 왜 저러는 건지 신경 쓰였지만, 일단 이사나와 대화를 나눴다.

"그쪽은 어때?"

"저희도 마찬가지예요~. 여관 안에도 이런저런 시설이 있는 것 같아서, 유메 양과 함께 돌아보고 있었어요. 지금은 낮에 그린 그림과 찍은 사진을 유메 양에게 보여주고 있었어요."

"흐음."

남에게 보여줄 수 있을 만큼 능숙해진 건가? 궁금해진 내가 이사나에게 다가가서 태블릿 화면을 들여다보려 하자…….

"앗……. 나, 나, 화장실 좀 다녀올게!"

유메가 벌떡 일어서더니, 쏜살같이 달려갔다. 화장실과는 반대 방향으로 말이다.

……나는, 족욕탕에서의 일을 떠올렸다.

지금 생각해보면, 어떤 의미가 있는지 알 수 없는 백일몽 같은 한때였다.

이제까지 냉철하게 지켜왔던 선을 한때의 감정에 휘말려 넘으려고 한 듯한, 그런 죄책감 같은 응어리가 내 마음속에 남아 있었다…….

"미즈토 씨, 여기 앉아요~."

"……그래."

나는 일단 그 응어리를 떨쳐낸 후, 방금까지 유메가 앉아 있었던 이사나의 옆자리에 앉았다. 유메의 체온이 시트에 희미하게 남아 있었기에, 한순간 움찔했다.

"이인관은 참 좋았어요~. 이 구도, 대박 아니에요?"

그런 내 상태를 눈치 못 챈 이사나는 나와 어깨를 맞대더니, 태블릿 화면을 보여줬다.

……큰일 났다. 아무래도 오늘은 이런 일이 잦은 날인 것 같았다.

목덜미를 쓰다듬는 윤기 넘치는 머리카락, 새하얗고 깨끗한 목덜미, 그리고 유카타 앞섶 사이로 보이는 가슴 계곡이 평소보다 더 신경 쓰였다. 여행이라는 비일상이 그렇게 만드는 걸까. —아니, 분명 족욕탕에서의 그 일이 내 이성의 뚜껑을 딴 것이다.

이사나는 그것을 모른다. 그래서 평소처럼 아무렇지 않게, 어리광을 부리듯 나와 몸을 맞댔다. 남자와는 명백하게 다른, 그 부드럽고 폭신폭신한 몸을 말이다. 그리고 귓불을 간지럽히려는 듯이 말을 건넸다.

"하지만, 그림으로 그리는 건 쉽지 않네요~. 각각의 파츠가 어떤 논리에 근거해 거기에 있는 건지 모르니까요. 역시 그런 걸 공부하는 편이 좋을까요? 귀찮은데……."

"……필요에 따라 하면 되지 않을까? 공부 삼아서 시작했다간, 너는 금방 질릴 거야.”

연기만 뿜는 불씨 같은 감정을 옆으로 밀어내면서, 나는 억지로 평소처럼 이야기했다.

괜찮아. 이건 우리의, 평소와 다름없는 거리감이야. 전혀 문제 될 게 없어…….

어디선가 치밀어오르는 열기를, 내가 겨우겨우 억누르고 있을 때였다.

이사나가 갑자기, 내 어깨와 가슴을 만지기 시작했다.

“잠깐…… 뭐 하는 거야?”

내가 당황한 마음을 억누르며 묻자, 이사나는 「에헤헤~」 하고 기쁜 듯이 웃었다.

“역시 미즈토 씨는 안심되네요~.”

이사나는 그렇게 말하더니, 내 볼을 두 손으로 감쌌다.

부드러운 손바닥이, 접착된 것처럼 내 피부에 달라붙었다.

“익숙하지 않은 사람들에게 둘러싸인 탓에, 좀 긴장했거든요. 이 틈에 좀 회복시켜주세요.”

“……사람을 세이브 포인트 취급하지 마.”

“굳이 따지자면 리스폰 포인트네요.”

……최종적으로 되돌아온다는 의미인가.

이사나는 내 볼을 두 손으로 마구 주물렀다. 밀쳐내고 싶지만, 지금의 나는 그녀의 몸 어디를 만져도 될지 모르기에 움직일 수가 없었다.

"으음?"

그런 나를 본 이사나가 고개를 갸웃거렸다.

"평소와 다르게 저항하지 않네요, 미즈토 씨. 확 뽀뽀해버릴 거예요~."

"하지 마……. 유카타는 천이 얇아서 움직이기 힘들 뿐이야……."

"어~? 제가 이렇게 조물조물하고 있으니까, 미즈토 씨도 조물조물해도 되는데요?"

안 된다고! 네 가슴에 달린 물건을 고려해가면서 말 좀 해!

"으음……?"

이사나는 미심쩍은 듯이 미간을 찌푸리더니, 나를 향해 얼굴을 내밀었다. 나는 고개를 돌리며 도망치려 했지만, 볼을 잡힌 상태에서는 활동 영역에도 한계가 있었다.

"미즈토 씨, 오늘…… 왠지, 귀여워 보이네요."

"뭐, 뭐어?"

"가학심을 자극한달까…… 괴롭혀주고 싶어진달까……."

잠깐만, 이 자식, 이상한 생각 하는 거 아냐?!

"에잇."

이사나는 단숨에 내 목에 팔을 두르듯 확 끌어안았다!

말캉~, 하면서 가슴에 부드럽고 거대한 물체가 밀착됐다. 물풍선과 비슷한 감촉이 별다른 울타리 없이 다이렉트로 전해져오자, 내 머릿속에서 격렬한 섬광이 흘렀다. 이 애,

브래지어 안 했어!

"(몸이 굳은 거 아니에요?)"

작은 속삭임이 귀 안으로 스며들어왔다.

"(혹시 이제 와서 제 찌찌의 매력에 눈뜬 거예요? 미즈토 씨의 이성마저 녹여버리다니…… 이게 바로 아리마 온천의 파워!)"

말캉, 말캉, 하며 이사나는 재미있다는 듯이 내 몸에 자기 가슴을 밀착시켰다. 아무리 짓눌려도 원래대로 되돌아가려 하는 그 탄력에, 나는 기절할 뻔했다.

"(우헤헤. 이런 기회는 흔치 않으니까요. 기념 삼아 허둥대게 만들어줄게요~! 에잇에잇~.)"

"잠깐, 그만……! 으으~!"

평소 내가 전혀 리액션을 안 보이는 게 꽤 신경 쓰였던 건지, 기회를 잡은 이사나는 이참에 복수를 하기로 작정한 것 같았다.

아스하인 란 ◆ 설마 그럴 리가

"으으~!!"

저는 복도 모퉁이에 숨어서, 그저 온몸을 사시나무 떨듯 떨 수밖에 없었어요.

인적 없는 라운지에서 낯익은 얼굴을 발견한 게 지금으로부터 1분 전의 일이에요. 그 사람이 이리도 미즈토와 히가시라 양이라는 것을 깨달았을 때, 이미 흉측한 행위는 시작됐죠.

어, 어깨를 맞대는 정도라면 몰라도……! 저, 저렇게, 얼굴을 만지거나, 몸을 밀착시키거나, 포옹하다니……! 아무리 보는 사람이 없다고 해도, 이런 공공장소에서……!

이리도 미즈토와 히가시라 양이 범상치 않은 사이라는 건 옆에서 지켜보며 눈치챘어요. 아무리 본인들이 입으로 부정해도, 저렇게 가깝게 지내는 남녀가 특별한 관계가 아닐 리가 없어요.

히가시라 양은 얌전한 분 같으니까, 분명 이리도 미즈토 쪽에서 접근한 거라고 막연하게 생각했어요……. 하지만 라운지에서 펼쳐지고 있는 광경을 보면, 오히려 히가시라 양이 더 적극적인데…….

이, 이상하다고 생각했어요! 목욕할 때도 제 가슴을 묘하게 쳐다봤으니까요! 하지만 저렇게 얌전하게 생겼으면서, 실은 문란한 사람이라니……! 체형에 관한 고민을 공유할 수 있을지도 모른다고 한순간 생각한 제가 바보였어요!

……저게 연인 사이라는 걸까요. 몸만 맞대고 있는 게 아니에요. 머뭇거림이나 주저 없이, 마음이 하나로 녹아 들어간 듯한…….

그러고 보면 이렇게 가까이에서 보는 건 처음이란 생각이 들어요. 마을을 걷다 보면 커플을 볼 때가 있지만, 그건 어디까지나 타인의 시선이 닿는 상황이에요. 인적이 없는 곳에서의 단둘이 있을 때의 커플은, 저렇게…….

부럽다는 생각은 들지 않아요. 동경하지도 않아요. 우리에 갇힌 짐승을 보고 신기하다고 생각하기는 해도, 저렇게 되고 싶다는 생각은 하지 않는 것처럼 말이에요.

하지만, 어떤 의문이 들어요.

이리도 미즈토는, 저런 짓을 하지 않는다면 1등을 할 수 있지 않을까요.

1학기 중간고사처럼, 히가시라 양에게 쏟는 마음을 조금만 공부 쪽으로 돌린다면 이리도 양을 제치고 1등을 할 수 있지 않을까요?

……저는, 1등이 되고 싶어요. 한 번만으로는 부족해요. 계속, 계속, 1등을 하고 싶어요.

1등이라는 자리를 내팽개쳐도 괜찮을 만큼, 연인이란 좋은 것일까요…….

……모르겠어요.

저는 모르겠어요.

이리도 양과, 아소 선배…… 쿠레나이 회장님은, 알까요.

"……."

아니, 말도 안 돼요.

그 쿠레나이 회장님이, 그 누구도 범접할 수 없는 그분이, 머릿속이 녹아내린 듯한 저런 행위를, 남자에게 할 리가 없잖아요.

카와나미 코구레 ◆ 낙원추방

“여어~! 놀러왔다고— 어라~?”

내가 이부자리에 드러누워서 스마트폰을 쳐다보고 있을 때, 유카타 차림의 아카츠키가 입구에서 빼꼼 고개를 내밀면서 방 안을 둘러보았다.

“카와나미 혼자야? 다른 사람들은 어디 갔어~?”

“자유행동 중이야. 뭐, 이쪽은 기본적으로 다들 솔로 플레이어거든.”

호시베 선배도 같이 있을 때는 맞춰주는 편이지만, 원래 성격은 혼자인 걸 좋아하는 타입일 것이다. 이리도와 하바 선배는 말할 필요도 없고 말이다.

뭐, 이렇게 해산 상태가 된 것은 성격 때문만은 아니지만 말이지?

나는 벌러덩 누운 채 아카츠키를 올려다보며 말했다.

“그러는 너도 혼자잖아~. 여자 쪽도 해산한 거 아냐~?”

“맞아~. 각자 노력 중인 거 아니겠어?”

“히히히~. 그렇겠지~.”

우리가 해산하는 분위기가 된 것은 하바 선배가 어느새 사라졌기 때문이다. 낮에 스타벅스에서 학생회장이 하바 선배에게 귓속말하는 모습을 봤다. 분명 회장에게 불려간 것이리라. 지금쯤 어딘가에서 꽁냥대고 있지 않을까.

"남자 혼자 히죽대니, 되게 징그럽네."

내 베갯머리에 선 아카츠키는 쓰레기를 보는 듯한 눈길로 나를 내려다봤다.

나는 눈앞에서 흔들리는 아카츠키의 유카타 자락을 보면서…….

"팬티 보인다고."

"보일 리가 없거든? 안 입었는걸."

"……진짜야?"

"거짓말이야~♪ 혹시 기대했어?"

아카츠키는 내 얼굴을 들여다보며 히힛, 하고 웃었다. 나는 그 모습을 보고 울컥했다.

"기대 따위를 왜 하냐고. 노팬티 요괴가 공공연하게 돌아다니나 해서 소름이 돋았을 뿐이야."

"어차피 안 보이니까 걱정하지 마. 옷자락이 길 거든. 팬티 선이 안 드러나니 오히려 좋지 않아?"

"……잠깐만. 팬티 입긴 한 거지?"

"확인해볼래~?"

아카츠키는 도발하듯 유카타 자락을 걷어 올리더니, 새하얀 허벅지를 드러냈다. 아카츠키가 이런다고 내가 동요할 리도 없지만, 이 이야기를 계속하다간 헤어 나올 수 없는 늪에 빠져들 듯한 느낌이 들었기에 나는 코멘트를 자제했다.

아카츠키는 내 머리 옆에 털썩 앉더니…….

"고베 여행은 좀 어때?"

"엄청 즐거워. 이렇게 가까이에서 학생회 멤버들의 연애를 구경할 수 있을 줄은 몰랐다고."

"고마워해~. 내가 너를 데려와 준 거잖아."

"아~, 그래그래."

한동안, 스마트폰만 만지작거리는 시간이 흘렀다.

"……저기, 너는 진짜로 남의 연애를 구경하는 것만으로 행복한 거야?"

"갑자기 무슨 소리를 하는 거야? 몇 번이나 그렇다고 말 했잖아?"

"부러워지지는 않나 싶어서 말이지~."

"안 부러워~. 직접 연애를 하는 건 완전 질렸거든. 네가 가장 잘 알고 있을 거 아냐."

"맞아. ……뭐, 네가 그걸로 괜찮다면 됐어."

"……어?"

나는 의아한 느낌을 받으면서 아카츠키의 얼굴을 다시 올려다봤다.

중학생 같은 앳된 얼굴에는 안타까움 같은 감정이 희미하게 어려 있는 듯한 느낌이 들었다.

"……너, 오늘 좀 이상하다고."

점심때부터 쭉 위화감이 느껴졌다. 평소의 모습과 어딘가 다르다. ―말로 표현할 수는 없지만, 어딘가 다르다. 신발 안에 조그마한 돌멩이가 들어간 듯한, 그런 미세한 찝찝함이 느껴졌다.

"별거 아냐."

아카츠키는 태연한 표정으로 말했다.

"뱀의 꼬드김에 넘어가서 사과를 먹고 말았다, 같은 걸까?"

"……그런 똑똑한 티 내는 비유는 너한테 안 어울리거든?"

"시끄러워~. 나도 때로는 폼 잡고 싶을 때가 있단 말이야!"

뱀의 꼬드김에 넘어가서 사과를, 이라. 성서였던가? 아담과 이브가 선악의 지식을 알려주는 열매를 먹고, 낙원에서 추방당하는―.

―선악의 지식, 이라.

"이제 와서 상식에 눈뜬 거냐? 한 10년만 빨랐으면, 나도 고생 안 해도 됐을 거야."

"―맞아."

내가 별생각 없이 늘어놓은 농담에 아카츠키가 진지한 어조로 맞장구를 치자, 나는 당황하고 말았다.

"저기, 카와나미, 새 여친, 만들어."

"……뭐?"

나는 상황 파악을 못 한 채, 그저 눈만 껌뻑거렸다.

아카츠키는 감정을 깎아낸 듯한 옅은 미소를 머금으며…….

"나, 넘어선 안 되는 선이 어디 있는지 잘 모르겠어. 친하게 지내든, 절교를 하든, 지금 이대로 어영부영 계속 관계를 유지해나가다간, 분명 돌이킬 수 없게 될 거야. 그러니까 어엿한 여친을 만들어."

"……그럼 네가 남친을 만들면 되겠네."

"네가 방해했잖아. 이리도한테 프러포즈까지 했는데……."

"아……."

그러고 보니 그런 적이 있었지.

"완전히 솔로인 애를 고르면 되잖아! 남자든 여자든 상관없어!"

"무리야~. 유메보다 더 좋아하는 사람이 생길 것 같지 않아."

"……그럼 연인 같은 건 억지로 만들지 않으면 되겠네."

넘어선 안 되는 선 따위, 못 찾아도 되잖아.

어영부영 관계를 유지해가는 게 뭐가 나쁜데.

확실히 온갖 문제를 미뤄두고 있기는 했다. 내 체질은 낫지 않았고, 부모님에게 우리의 예전 관계를 이야기하지 않았으며, 이 녀석은 나를 놀리는 걸 즐기고 있다.

하지만, 그래도 괜찮잖아. 딱히 죽는 건 아니라고. 게임에서처럼, 발생한 퀘스트를 전부 해결하며 살아가는 녀석 따윈 없어. 해결한다고 해서 돈이나 경험치가 들어오는 것도 아니잖아.

해결 안 해도 된다.

문제 같은 건 제쳐놔라. 넘어선 안 되는 선 같은 것도 찾을 필요 없다. 나는 지금 이대로도 충분하다. 돌이킬 수 없게 된다고 해봤자, 나는 돌이키고 싶은 게 생각나지 않았다.

—이대로는, 안 되는 걸까.

"—이대로는, 안 돼."

아카츠키는 딱 잘라 말했다.

이대로는 안 된다고 말이다.

지금의 우리 사이로는 안 된다고…….

"내가 제대로 된 여친이었다면, 너는 그런 체질이 되지 않았어. 그건 내가 만든 부(負)의 유산이야. 이제부터 너를 좋아하게 되는 사람에게, 내가 만든 그걸 떠넘기게 돼. 그건…… 안 돼. 아무 일도 없었다는 듯이 너를 대할 수도 없고, 너도 마음에 둔 애와 웃으면서 이야기를 나누지 못해. 그런데도, 지금 이대로도 괜찮다고 말할 거야?"

—내가 이런 체질이어선, 누군가가 계속 울게 된다.

지나친 생각이라고 단정 지을 수는 없다. 나는 그 정도로 둔감하지 않다. 나를 좋아해 주는 사람이, 아마 앞으로도 몇 명은 나타날 것이다.

나는 그들 전부를, 거절할 것이다.

아카츠키가 새긴, 이 상처 탓에…….

"너는 괜찮을지도 몰라. 적당히 그 체질에 어울려 가며, 나름대로 인생을 즐기는 방법을 찾는 거지. 그것도 괜찮을 거야. 하지만, 너를 좋아하게 된 애는 어떨까? 내가 한 짓 때문에, 자기는 아무 잘못도 안 했는데 차이는 거잖아. 그런데도 원인을 만든 내가, 소꿉친구로서 네 곁에 있어—. 내가 그걸 어떻게 납득하냔 말이야."

"……그럴지도, 모르겠네."

아카츠키의 말이, 옳을지도 모른다.

나는, 자기 생각만 한 것일지도 모른다.

선악의 지식이— 없었던 걸지도 모른다.

"—결심했어."

불쑥 그렇게 중얼거린 아카츠키는 느닷없이 내 배 위에 올라탔다.

"어, 어?"

"네가 괜찮다면 그걸로 됐다고 생각했지만, 이제 알겠어. 내가 해야만 하는 일을……."

내 어깨를 누른 아카츠키는, 동그란 눈동자에 진지한 빛을 머금으며— 말했다.

"코~ 나, 아직, 코~를 평범하게 좋아해."

"으윽……?!"

순식간에 무시무시한 옛 기억이 뇌리에 되살아났다. 이미 받아들였다고 생각했지만, 상처로 새겨진 그것은 내 정신에 고통을 안겨줬다. 오한이 온몸을 휘감더니, 과민하게 반응한 내 몸의 모든 털이 곤두섰다.

호의에 반응하는— 연애 감정 알레르기.

"그거, 고쳐줄게."

내 반응을 본 아카츠키는 아무 일도 없었다는 투로 말했다.

"그 후에도 여친 따위 필요 없다면 그걸로 됐어. 하지만 내가 만든 그 체질만은, 내가 반드시 고쳐줄 거야. 다른 누구에게도, 떠넘기지 않겠어."

불쾌감에 사로잡혀 흔들리는 시야 속에서, 아카츠키는 웃고 있었다.

마음을 훌훌 턴 것처럼.

각오를 다진 것처럼.

진지하고, 자신만만한 미소를…….

"저기, 코~?"

그 목소리는 달콤하지만, 어째선지 칼날을 연상케 했다.

"—노출 치료라고, 들어봤어?"

진심인 나를 보여주겠어

호시베 토도 ◆ 안성맞춤인 변명

어깨가 망가진 것은 고등학교에 입학한 직후의 일이었다.

평범한 레이업 슛.

수천수만 번도 되풀이한 평범한 슛.

드리블에서 순식간에 슛 자세로 바꾼 후, 지면을 박차면서, 둥실 떠오르듯 골을 향해 손을 뻗은 순간—.

고통이 느껴지며, 모든 것이 뒤집혔다.

골대가 너무나도 멀었다. 손을 뻗을 수조차 없고, 미동조차 하지 않는 그물을 올려다볼 수밖에 없다. 그런 자신의 상황을, 몇 초 동안은 눈치채지 못했다. 어깨의 극심한 통증에 허덕이며 바닥을 기어 다니고 있다는 사실을, 머리가 받아들이지 못했다.

멀다. 골대가 멀다.

예전에는 그렇게 간단히 손이 닿던 골대가, 지금은 너무나도, 너무나도 멀었다.

치료는 여름이 되어서야 끝났다. 당연히, 대회에는 나가지 못했다. 원래 그렇게 강하지 않았던 라쿠로 고교의 농구부는 2회전에서 패배했다.

벤치에서 그 광경을 보고 있을 수밖에 없었던 나에게, 선배들은 말했다.

—너한테는 내년도, 내후년도 있어.

그것은 사실이다. 적절한 격려다. 연습에도 제대로 참가하지 못한 1학년에게, 선배들은 따뜻한 말을 건넸다.

하지만.

—멀다.

너무나도, 멀다.

골대가, 링이, 그물이…….

전부— 멀다.

그리고 여름 방학이 시작되면서, 새로운 체제에 맞춰 연습이 시작됐다. 하지만 나는 체육관에 가지도 못했다.

나았다고 들은 어깨가, 욱신거렸다.

팔을 들어 올리려고 하면, 그날 느꼈던 격심한 통증이 뇌리에 떠올랐다.

체육관을 향해 돌아서도, 걸음을 떼지 못했다.

몇 날 며칠을 걸어가도, 익숙한 그 장소에는 이제 도착하지 못할 듯한 느낌이 들었다.

매일 다녔던 체육관이, 지금은 너무나도 먼 이세계처럼 느껴졌다.

……무리를 한 바람에, 어깨가 악화되면 어쩌지?

일상생활에도 지장이 생긴다면, 평생을 통증 속에서 마칠지도 모른다. 그런 위험 부담을 안으면서까지, 지금, 농구를 할 필요가 있을까?

생각해봐라. 어차피 중학교 때까지만 진심으로 농구를 할 생각이었다.

그래서 농구부가 강한 고등학교가 아니라, 학력에 맞는 고등학교를 골랐다.

그렇다. 이건 좋은 기회, 일단락을 지을 타이밍이다.

오히려 어중간하게 계속하는 게 아니라, 1학년 때 일단락을 지을 수 있게 된 것을 나는 반겨야 마땅하다. 하고 싶은 것은 농구 말고도 얼마든지 있다.

일주일이나 무단결석을 했을 무렵, 나는 완벽하게 이론무장을 마치고 말았다.

좌절을.

일단락으로 바꿔서.

자신에게, 뒤처짐을 메울 근성이 없다는 것을 얼버무리며…….

나는, 퇴부했다.

—학생회에 들어오란 권유를 받은 건, 그 직후의 일이었다.

낯선 나뭇결의 천장을 몇 초 동안 올려다본 후에야, 나는 여행 중이라는 것을 떠올렸다.

"……으, ……으응……."

천천히 몸을 일으킨 나는 아직 콘택트렌즈를 넣지 않아서 흐릿한 시야로 방 안을 둘러보며, 멍한 머릿속이 또렷해지길 기다렸다.

"좋은 아침이야, 유메 양."

맑은 목소리가 들려온 방향을 돌아보니, 창가 베란다에 놓인 의자에 쿠레나이 회장이 앉아 있었다.

아직 유카타 차림이지만, 머리카락 정돈도 이미 깔끔하게 마친 것 같았다. 아침 루틴인지, 창가에서 쏟아져 들어오는 아침 햇살을 받으면서, 홍차를 천천히 맛보고 있었다. 귀족 같은 모습이지만, 회장이 그러니 잘 어울렸다.

"좋은…… 아침이에요……."

"가장 먼저 일어났는걸. 평소에도 이 시간에 일어나나 보지?"

"으음……."

방의 시계를 보니, 아침 일곱 시 정도였다.

"네……. 평소에도 이쯤에 일어나요."

"규칙적인 생활은 여러모로 좋지. 너도 홍차 한 잔 하겠어?"

"아…… 네. 그럴게요."

이부자리에서 나온 나는 아직 잠들어 있는 다른 이들 사이를 가르면서, 회장이 있는 베란다로 이동했다. 그러면서 손으로 흐트러진 머리카락을 가볍게 정돈했다.

회장의 정면에 앉자, 김이 모락모락 피어오르는 찻잔이 내 앞에 놓였다.

"감사해요."

한 모금 마셔보니, 차의 열기가 머릿속을 돌면서 뇌의 회로가 깨어나는 느낌이 들었다.

한숨을 내쉬면서 일단 찻잔을 내려놓은 후, 나는 정면에 있는 회장에게 물었다.

"회장님은 평소 몇 시쯤에 일어나시나요?"

"음? 다섯 시쯤이려나. 오래간만에 푹 잤는걸."

다섯 시…….

그러고 보니 다 같이 잠자리에 든 것은 자정 직전이었는데……. 그럼 다섯 시간만 잤다는 건가? 그런 것치고는 졸린 기색이 전혀 없다. 진짜로 쇼트슬리퍼구나…….

그에 비해— 나는 방의 참상을 다시 둘러봤다.

"……눈 뜨고 못 볼 광경이네요……."

쓴웃음을 참을 수가 없었다. 뭐가 그렇냐면, 다른 이들의 잠든 모습이다.

역시 아스하인 양은 얌전히 이불 안에서 곤히 잠을 자고 있지만(귀엽다), 다른 세 사람은 굉장했다.

아카츠키 양은 이불 밖으로 몸이 삐져나왔고, 히가시라 양은 유카타가 흐트러져서 찌찌가 튀어나올 것 같았으며, 아소 선배는 이불을 다키마쿠라처럼 끌어안은 채로 팬티를 훤히 드러내고 있었다.

"남자들한테는 도저히 못 보여주겠어요……."

"방을 따로 잡기 잘했지?"

"네."

게다가 잠버릇이 나쁜 세 사람 다 브래지어를 하지 않았다. 아카츠키 양과 아소 선배는 슬렌더하니까 이해되지만, 히가시라 양은…… 몸을 뒤척이기 어려울 것 같은데 말이야. 본인의 말로는 평소엔 어머니의 명령으로 어쩔 수 없이 잘 때도 브래지어를 걸치지만, 실은 잠잘 때는 걸치고 싶지 않다고 한다. 심정은 이해가 돼.

"유메 양은 오늘 어떻게 보낼 예정이지?"

쿠레나이 회장이 불쑥 그렇게 묻자, 나는 「으음」 하고 잠시 망설인 후에 답했다.

"오늘은…… 다 같이 하버랜드에 가기로 했죠?"

"음. 그룹은 아직 안 짰지만 말이지."

회장은 의미심장하게 웃었다.

"같이 돌아보고 싶은 사람이 있지 않나 싶어서 물어보는 거다."

“어…….”

여, 역시 이 사람은 눈치챈 걸까……?

마음 같아서는 미즈토……와 돌아보고 싶지만, 그는 히가시라 양을 돌봐야 하니까……. 게다가, 어제 족욕탕에서…….

하아, 정말! 손이 좀 닿았을 뿐이잖아! 왜 이렇게, 나쁜 짓을 한 것 같은 느낌이 드는 거야?! 그래서 어젯밤에 무심코 도망쳤거든?! 그 직전에, 온천에서 그렇고 그런 이야기를 해서 그래……!

“……그러는 회장님은 어쩔 건가요?”

나는 얼버무릴 겸 화제를 돌렸다.

“하바 선배와, 단둘이 돌아보고 싶은 것 아닌가요?”

“응? 아…….”

……어라?

어찌 된 건지 회장은 평소와 다르게 머뭇거렸다. 무슨 일이 있었던 게 분명해!

“이렇게 됐으니 확 속 시원하게 이야기하지 않겠어요? 협력할 수 있을지도 모르니까요.”

“……치부를 드러내는 것 같아 내키지 않는걸.”

“부끄러운 건 저도 마찬가지니까 됐잖아요!”

그리하여, 먼저 말을 꺼낸 내가 선공으로 이야기를 시작했다.

어제 족욕탕에서, 약간 음란한 짓을 하듯 미즈토의 손을 만졌다는 것을 이야기했다.

"……그게 다야?"

어찌 된 건지, 회장의 리액션은 밋밋했다.

회장이 어리둥절한 듯이 고개를 갸웃거리자, 나는 허둥지둥 말을 이었다.

"그, 그냥 만지기만 한 게 아니거든요? 뭐랄까, 손가락 사이를, 애무하면서, 유혹하듯이……!"

"……훗."

"비웃었죠?! 방금, 비웃은 것 맞죠?!"

"아, 실례했어……. 참 귀엽다 싶어서 말이지……."

어, 이 여유는 뭐야……. 아니, 깔보는 것 같달까…… 혹시, 하바 선배와 무슨 일 있었던 거야?!

"실은 어젯밤에 말이지—."

쿠레나이 회장은 우월감을 감추지 않으며, 어젯밤에 하바 선배와 있었던 일을 이야기했다.

벌칙 게임으로 바니걸 복장을 하게 된 후, 그 복장으로 하바 선배를 만나러 가서— 하바 선배를 흥분하게 만드는 건 성공했지만, 그 후에 아무 일도 하지 않은 채 돌아왔다는 이야기를 말이다.

"후후. 손 좀 잡았다고 들뜬 유메 양에게는, 너무 자극적이었으려나……."

"……저기, 회장님?"

"왜 그러지?"

"그건…… 승부를 낼 수 있는 상황인데, 회장님이 겁먹고 도망쳤다는 이야기죠?"

"……."

"겁먹은 건가요? 평소에는 그렇게 적극적이면서, 진짜로 선을 넘으려고 하니 겁이 난 거죠? 우리 학교 사상 최고의 천재라 칭송되는 학생회장님이 도망쳤다는 거 맞죠?"

"……시, 시끄러워! 어디까지나 장소를 고려했을 뿐이다! 너도 언제 누가 올지 모르는 자판기 옆에서, 처녀를 잃고 싶지는 않을 거 아냐!"

"그런 데서 유혹한 사람은 회장님이잖아요!"

"벌건 대낮에 사람들 앞에서 남자를 유혹한 너한테 그런 소리를 듣고 싶지는 않은걸!"

으극! 아픈 데를……!

나는 약간 숨을 골랐다. ……그러고 보니, 문뜩 생각난 것이 있다. 회장님은 툭하면 하바 선배를 유혹하고 있지만…….

나는 다른 이들이 깨지 않은 건지 확인한 후, 낮은 목소리로 질문을 던졌다.

"회장님…… 좀 궁금한 게 있는데요……."

"……뭐지?"

"회장님은 항상 하바 선배를 유혹하는 것 같은데…… 저기, 진짜로 그렇고 그런 짓을 하게 됐을 때의, 준비랄까……

부적이랄까…… 그런 걸, 준비해뒀나요?"

"……."

회장은 입을 다물었다.

이 반응은…….

"준비 안 한 거죠……?"

"그, ……그런 걸 여자애가 챙겨 다니는 건, 좀 조신하지 못한 행위다 싶어서 말이지……."

"그냥 결심을 못 한 것 아닌가요? 하바 선배가 자기를 건드릴 리가 없다고 생각하고 있을 뿐이죠?"

"후배 주제에 정론을 늘어놓지 마라!"

이 사람은 이런 이야기를 나눌 때면 이렇게 약해지니까, 무심코 놀리게 된다.

하지만, 이 점에 대해서는 제대로 이야기해두는 편이 좋을지도 모른다.

"진심으로 말씀드리는 건데, 준비해두는 편이 좋지 않을까요……? 하바 선배도 엄연한 남자라는 걸 알았잖아요……."

"주, 준비하라니…… 어디에 말이지?"

"그건…… 저도 잘 모르지만, 지갑 안은 어떨까요……?"

"아, 아니, 하지만, 그런 건 남자 쪽에서 준비하는 거라고……."

"언제나 회장님 쪽에서 유혹하는데, 어떻게 남자 쪽에서 그런 걸 미리 준비하겠냐고요!"

“끄으응…….”

회장은 낮은 신음을 흘리면서 얼굴을 붉혔다. 주저하는 심정은 이해가 되지만, 학생회장이 재학 중에 임신하기라도 했다간 난리가 날 것이다.

“아, 알았다……. 준비해두지. ……언젠가 말이야.”

“언젠가, 라니…….”

“언젠가, 다! 언젠가!”

회장님은 회장은 힘차게 외친 순간, 「으응……」 하고 귀여운 신음이 들려왔다.

우리가 흠칫하며 고개를 돌려보니, 아스하인 양이 이불 안에서 몸을 꼼지락거리면서 우리를 향해 돌아눕고 있었다.

깼다.

어렴풋이 눈을 뜬 그녀가, 우리를 보고 있다.

……방금 이야기, 들은 건…… 아니겠지?

“……조은, 아치미에오…….”

멍한 목소리로 볼 때, 방금 깬 게 분명하다.

하지만 나는 확실히 하기 위해, 머뭇머뭇 물어봤다.

“조, 좋은 아침이야, 아스하인 양……. 방금 이야기, 들었어?”

“네에? 무슨 이야기요……?”

“오, 오늘 일정을 확인하던 참이다! 어디 가보고 싶은 곳이 없나 해서 말이지!”

회장이 적절히 이야기를 돌리자, 아스하인 양은 눈가를

비비며 말했다.

"하암…… 저는 딱히, 가보고 싶은 곳은 없는데요……."

나는 재빨리, 회장과 눈짓을 교환했다.

이건…… 세이프!

"그렇구나! 그럼 됐어!"

"좋아, 다른 사람한테도 물어볼까! 자, 다른 사람을 깨우자!"

"아, 네."

휴우……. 큰일 날 뻔했다. 순진하고, 남자를 싫어하며, 회장을 숭배하는 아스하인 양이 방금 이야기를 들었다간 대체 어떤 일이 벌어질까.

차분하게 생각해보니, 아침부터 나눌 이야기는 아니네. 하지만 꼭 해둬야 할 이야기이기도 하니까…….

……나도 준비해두는 편이 좋을까?

아, 아냐……. 미즈토가 생각 없이 나를 덮치지는 않을 테니까……. 게다가 나는 회장처럼 노골적으로 유혹하지는 않는걸! ……그 이전에, 도망치지 않고 제대로 이야기를 나눌 수 있게 되어야…….

나는 그런 생각을 하면서, 망측한 모습으로 자는 히가시라 양과 아카츠키 양을 깨운 후에 겸사겸사 옷매무새를 고쳐줬다. 대체 자면서 몸을 얼마나 뒤척였기에 허리띠가 이렇게 느슨해진 걸까……?

그렇게 잠에서 깬 여섯 명이 몸가짐을 단정히 하면서 각자의 일정을 확인하고 있을 때였다.

아소 선배가, 결의에 찬 표정으로 입을 열었다.

"너희에게, 부탁이 있어."

카와나미 코구레 ◆ 개막 선언

—너는 괜찮을지도 몰라.

—하지만, 너를 좋아하게 된 애는 어떨까?

—나, 아직, 코~를 평범하게 좋아해.

어디까지가 진심인 걸까.

어디부터가 진심인 걸까.

또 나를 놀리며 즐기고 있는 걸까. 아니면 진심을 털어놓은 걸까. 그 애가 하는 짓은 허허실실 그 자체이기에, 나는 뭐가 뭔지 알 수가 없었다.

나를, 아직 좋아한다고?

그야, 조금은 마음이 남아 있을지도 몰라. 내가 일방적으로 걷어찼잖아. 이런 체질이 된 나를 배려해서, 그런 낌새를 드러내지 않으려 했다는 건 나도 안다. 몇 달 만에 마음을 완전히 고쳐먹을 수 있을 만큼 자신을 잘 컨트롤하는 애가 아니라는 건, 내가 가장 잘 안다.

나도…… 그렇다.

지긋지긋했다. 작작 좀 해줬으면 했다. 그것도 사실이며,

진심이었다.

하지만, 좋아했던 것 또한, 엄연한 사실이다.

아마 그 애가 그딴 괴물이 아니었다면, 지금도 평범하게 사귀고 있을 것이다. 부모님들에게도 설명했을 것이며, 학교에서도 알콩달콩했을 것이다. 그렇게 단언할 수 있을 만큼, 그 녀석을 좋아했다.

그렇다면…….

그 애의 성격이, 다소 개선된 지금이라면…….

……그것은, 괜한 생각이었다. 무의미한 상상이었다.

왜냐하면, 내 몸은 연애를 할 수 없게 된 것이다.

어차피— 남의 호의를, 받아줄 수가 없다.

—그거, 고쳐줄게.

나는 어떻게 될까.

이 체질이 정말 낫는다면— 나는 그때, 어떻게 할까?

"좋은 아침."

눈을 뜬 순간에 보인 광경 탓에, 나는 그대로 굳어버렸다.

아니…… 어째서?!

나는 어제, 남자 방에서 잤는데……! 왜 이 애가 있는 거지?!

잠기운이 다 날아가며 굳어버린 내 얼굴을 향해, 아카츠키가 천천히 손을 뻗었다.

그리고, 고양이 만지듯 내 볼을 쓰다듬더니, 사랑스럽다는 듯이 빙긋 웃었다.

"너…… 잠자는 얼굴은, 꽤 귀엽거든?"

오싹—! 오한이 밀려왔다.

이불 안에서, 온몸을 부들부들 떨었다. 저 손놀림. 저 표정. 사람이 작은 새를 매만지는 듯한, 약자를, 지켜야 할 이를 애지중지하는 듯한, 새장 밖에서 바라보고 있는 듯한—.

갑자기, 아카츠키가 나를 덮쳤다.

인간이라는 게 믿어지지 않을 만큼, 인형처럼 가벼운 체중. 그러면서도 인간이라는 사실을 알려주는 온기와 부드러움을 갖췄다. 두근거리는 가슴속에서는 흥분과 공포가 뒤섞여 있었다. 이 애가 나에게, 새겼다. 여자가 얼마나 기분 좋은 존재인지도, 여자가 얼마나 무시무시한 존재인지도, 한데 뒤섞어서 나에게 새겨넣었다.

달콤하고, 차가운, 목소리가 내 귀에 스며들었다.

"(다들 보고 있거든? 참. 아. 봐♥)"

나는 그제야, 주위 상황을 살필 수 있었다.

같은 방을 쓰는 호시베 선배와 하바 선배가, 호기심 어린 눈길을 우리에게 보내고 있다. 유일하게 이리도만은 흥미 없다는 듯이 하품을 하고 있지만, 확실히 자초지종을 모르는 이들이 우리를 쳐다보고 있다.

나는 오한을 참았다. 몸의 경련을 억눌렀다. 빌어먹을 기억과 상상을 머릿속 깊은 곳에 밀어 넣었다.

이런 한심한 체질을…… 다른 이들에게, 들킬 수는 없다.

"(참 잘했어요. 정말 대단해♥)"

아카츠키는 달콤한 목소리로 그렇게 속삭인 후에야, 나한테서 떨어졌다.

"빨리 일어나서 옷 갈아입어~. 다들 기다리고 있단 말이야!"

그렇게 말한 아카츠키는 유카타 자락을 흩날리며, 쪼르르 방 밖으로 나갔다.

그 모습을 본 호시베 선배는 입구를 쳐다보며 중얼거렸다.

"너희들…… 역시 사귀는 사이구나."

"……역시, 는 또 뭐냐고요……."

나는 한동안 이부자리에서 몸을 일으킬 수가 없었다. 아카츠키의 체중과 체온, 그 잔재가 새겨진 것처럼 내 몸에 남아 있었다.

—노출 치료라고, 들어봤어?

물론 알고 있다. 나도 이 체질을 고칠 방법을 생각해본 적은 있는 것이다.

트라우마의 원인을 일부러 노출해서 극복하게 만드는 방법—.

설마, 그걸 하려는 건가?

오늘부터? 오늘 하루 동안?

사귀던 시절에 하던 일을— 이제부터 쭉 하려는 거냐고!

"부탁이야! 선배와 데이트할 때 입을 옷을 골라줘!"

그렇게 부탁하고 몇 시간 후, 우리는 고베 하버랜드의 쇼핑몰에 와있었다.

같은 건물 안에서 은근슬쩍 남녀로 그룹을 나눈 후, 우리가 향한 곳은 패셔너블한 어패럴 에어리어다. 그렇다. 나는 점심때부터 선배와 단둘이 놀기로 이미 약속을 해뒀다! 이 보스전에 맞춰, 만전의 장비를 준비하는 건 지극히 당연한 일이다.

데이트복 정도는 사전에 사라.

그런 소리를 하는 사람도 있을 것이다. 아니, 실제로 들었다. 란란이 「왜 미리 사두지 않은 거죠?」라는 지당한 정론을, 내 가슴 한복판에 직구로 꽂았다. 그 말에 나는 이렇게 답했다.

나한테 정론이 통할 리가 없잖아!

보거라! 내 사복을 말이다! 펄럭펄럭! 하늘하늘! 아동복 직전의 지뢰계 옷! 나는 이런 걸 좋아한다! 이런 것만 고르지! 사복과 코스프레를 분간하지 못해!! 그래도 이게 승부 데이트에 입고 갈 옷이 아니라는 건 알고 있다!

이제까지, 선배와 같이 놀러 간 적이 없는 건 아니다.

그때는 그냥 내 취향의 옷을 입었다. 선배는 그때마다 약간 인상을 썼지만, 나는 오히려 그걸 즐겼다.

하지만, 오늘은 그럴 수 없다.

왜냐하면, 오늘— 나는, 선배에게 고백할 거니까…….

그러니까! 부끄러운 줄 알면서도! 도움을 요청하는 것이다!!

"오만한 태도가 약간 거슬리긴 하지만, 그래도 친구가 일생일대의 무대에 서는 거니까 말이지. 도와줄 수도 있다. 전부터 네 패션 센스를 손봐야겠다는 생각도 했거든."

"불만 있냐! 지뢰계, 귀엽거든?!"

"그럼 그 차림으로 데이트하러 가라."

끄으응. 다들 툭하면 정론만 늘어놔. 이래서 학생회 같은 고지식한 조직은 문제라니깐.

"그래도 마침 잘 됐잖아요! 그냥 윈도쇼핑만 하는 것보다는 목적이 있는 편이 나을 거예요!"

학생회 멤버가 아닌 앗키~가 그렇게 말해줬다.

"저도 『이 선배는 완전 모델 체형인데 왜 이런 어린애 같은 옷만 있는 걸까~』 하고 생각했으니까, 마침 잘 됐다 싶어요!"

"앗키~도 나를 디스하는 거지?"

혹시나 해서 너희한테 말해두겠는데, 그딴 소리를 늘어놓다간 온 세상의 지뢰계 애호가들을 전부 적으로 돌릴 수도 있어.

"아소 선배는 키도 크가 호리호리하니까, 멋진 옷도 잘 어울릴 것 같아요."

"데이트 복장은 또 다를지도 몰라요, 이리도 양."

유메찌와 란란이라고 하는 두 후배만은 진지하게 이야기하고 있었다. 또 한 명의 후배, 이사나 양은 스마트폰으로 주위 사진을 찍고 있었다. 딱 봐도 인도어파 같은데, 의외로 복장이 꽤 봐줄 만한 점이 신기했다. 대체 어디서 패션을 배우는 거야? 요즘 의무 교육에 포함되어 있나?

"우선 방침을 정하도록 할까. 호시베 선배와 함께 다닐 때 입을 옷을 고를 거면, 선배와의 조화도 중요하겠지. 호시베 선배는 오늘—."

스즈링이 계획을 짜기 시작했다.

"재킷에 바지, 색깔은 한색 계통이었어요~. 무난한 복장이지만, 그렇게 키가 크면 어떤 옷이든 잘 소화한다니까요. 대단해요~."

앗키~가 선배의 복장을 설명했다.

"진짜 그래!"

우리 선배는 키가 참 커! 187센티미터나 되거든! 뭘 입어도 멋지다니깐!

"아이사. 여친 행세하기엔 아직 일러."

"하다못해 고백은 한 다음에 하세요, 선배."

"……잘못했습니다."

마음이 이상한 방향으로 폭주하고 있다. 아무래도 인생 최대의 터닝 포인트가 되는 날을 맞이한 탓에, 냉정함을 유지할 수가 없는 것 같았다.

스즈링 일행은 계속해서 다양한 의견을 주고받았다.

"호시베 선배는 차분한 색상이니까, 밝은 톤이 어울리지 않으려나."

"그거 괜찮네요~! 곧 있으면 겨울이니까, 너무 화사한 건 무리겠지만요!"

"바지로 할래요? 치마로 할래요?"

"데이트 복장은 치마라는 이미지가 있는데요."

"에이, 예쁜 다리를 지녔으니까 안 보여주는 건 손해잖아~!"

"그래. 일단 패드는 빼기로 하고―."

"어, 잠깐만! 그러면 브래지어 사이즈가……!"

""이 기회에 사.""

"일단, 승부 속옷 삼아서 챙겨입은 건데……."

왁자지껄 떠들면서, 일단 눈에 들어온 가게로 GO~.

그리고 여기저기서 아이템을 긁어모은 후, 전부 들고 탈의실로 IN.

"자, 입었어~. 어때~?"

내가 커튼을 걷으며 모습을 보이자, 다들 「오오~」 하고 의미불명의 목소리를 냈다.

일단 테스트 삼아 선정한 것은 목 주변이 헐렁헐렁한 블라우스와 무릎 위까지만 가리는 플리츠스커트였다. 전체적으로 교복 느낌으로 코디네이트한 것 같았다.

그 결과…….

"이건……."

"뭐랄까……."

"……날라리, 네요."

"응, 날라리다."

날라리였다.

목과 손목에 액세서리를 달고, 스웨터를 허리에 두르면 완벽할 것이다.

란란이 「풉」 하고 작게 웃음을 터뜨렸다.

"잘 어울려요. 마치 짜기라도 한 것처럼요. ……푸풉……!"

"인마, 왜 웃는 거야! 유서 깊은 오타쿠인 내가, 엉덩이 가벼운 날라리 같다는 거냐~?!"

"굳이 따지자면 오타쿠에게 상냥한 날라리 같네요~! 진짜 날라리는 투사이드업은 안 하니까요. 히가시라 양, 어떻게 생각해? 오타쿠 대표로서 말이야!"

"어?"

앗키~가 불쑥 이사나 양에게 그렇게 말하자, 그녀는 어찌된 건지 탈의실 앞에 선 나를 향해 스마트폰의 렌즈를 들면서 말했다.

"글쎄요……. 쉬는 시간에 제가 자는 척하고 있을 때, 친근하게 말을 걸어줬으면 좋겠어요……."

"들었죠? 엄청 호평이에요, 선배!"

으그극…… 나도 오타쿠라서, 무슨 말이 하고 싶은 건지는 알겠어!

"으음…… 하지만……."

"어디가 마음에 안 드는 거지?"

"뭐랄까, 내 진심이 드러나는 코디네이트를 하고 싶거든. 『오늘은 평소와 다른걸』 하고 느끼게 해주고 싶어. 하지만 나는 평소에도 팍팍 들이대는 타입이니까……."

"좀 더 갭이 있었으면 한다는 건가요?"

"맞아! 그거야!"

동서고금을 막론하고, 갭은 사람의 마음에 존재하는 틈새를 파고든다! 평소의 나를 복선으로 삼는 것이다! 남자라면 이걸로 함락 안 될 리가 없다! 그 벽창호의 화신 같은 선배라도, 분명 넘어올 것이다!

"이런 코디네이트로 갭을 자아낼 수 있는 건, 평소에 성실하고 얌전한 애잖아? 예를 들자면—."

그 순간, 시선이 특정 인물에게 집중됐다.

"어?", "에엥?"

청초의 견본, 유메찌와 수수녀 대표, 이사나 양이 당황한 것 같은 표정을 지었다.

"……호오."

"아하~?"

스즈링과 앗키~의 눈이 호기심에 빛났다.

후후후…… 자, 드디어 막이 올랐습니다. 탈선 코너~!!

이리도 미즈토 ◆ 오타쿠는 거의 대부분 날라리에게 편견을 가지고 있다(편견)

"안녕하세요~! 이 근처 사시는 분이세요~?"

"아닙니다. 이만 실례하죠."

한 여성이 아양 떠는 듯한 새된 목소리로 말을 걸어오자, 호시베 선배가 능숙하게 처리했다.

이 쇼핑몰에 들어오고 남녀로 나뉘어서 행동하게 된 후로, 벌써 두 번이나 여자에게 헌팅을 당했다. 여자한테 헌팅을 당하는 경우가 진짜로 있다는 것을 오늘 비로소 알게 됐는데, 하루 동안 두 번이나 목격하게 된 것은 정말 경탄스러웠다.

역시 호시베 선배처럼 키가 큰 사람은 여성들의 눈길을 끄나 보네. 그걸 증명하듯, 여성들의 헌팅을 거절하는 호시베 선배의 태도는 익숙해 보였다.

"전부 떠맡겨서 죄송해요……."

평소 가장 시끄럽고 가장 이성과 잘 놀 듯한 인상인 카와나미 코구레는 어찌된 건지, 여성이 다가올 때마다 호시베 선배의 등 뒤에 숨었다. 왠지 안색도 나빠 보였다.

"응? 괜찮아. 이럴 때라도 연장자 행세를 하게 해달라고.

그건 그렇고 카와나미는 좀 의외인걸. 너, 여자가 말을 걸어오는 걸 질색하는 거야?"

"아니, 뭐, 평범하게 말을 걸어오는 건 괜찮은데 말이죠……."

연애란 하는 게 아니라 보는 것, 이라고 공언하고 다니는 이가 바로 카와나미다. 자기를 헌팅하려 하는 여성을 귀찮게 여기는 걸까.

이럴 줄 알았으면 여자 그룹과 흩어지지 않는 편이 좋았을지도 모른다. 저쪽은 여섯 명이나 되는 만큼, 좀처럼 말을 걸어오는 이가 없을 거라고 생각하지만…….

"아…… 안녕하세요……."

"너, 참~ 귀엽네~! 어디 살아? LINE 해~?"

누군가가 등 뒤에서 말을 걸어오자, 나는 한숨을 내쉬려다 말았다.

연달아서냐. 고베의 치안은 대체 어떻게 된 거냐고.

어느 바보가 일본의 치안을 흐트러뜨리는 걸까, 하고 생각하며 등 뒤를 돌아보니—.

"아, 아하…… 아하하…… 아, 안녕……."

"미즈토 씨잖아요?! 깜짝 놀랐거든요?! LINE 해요?"

어디 사는 바보인가 했더니, 알고 지내는 바보였다.

겉모습과 정신이 언밸런스한 바보와, 헌팅 문구라고는 『LINE 해?』만 아는 바보였다.

두 사람 다 가슴 쪽이 깊이 파였고, 치마가 짧았다. 평소

의 얌전함은 어디서도 찾아볼 수 없었다. 하지만 안절부절못하는 태도와 억지로 경박해 보이려 하는 태도에서, 본성이 드러나고 있었다.

겉모습만 날라리처럼 꾸민 인싸 두 사람.

이리도 유메와 히가시라 이사나.

"너희들, 뭐 하는 거야……."

"윽, 으윽……! 여자애들의 장난기라는 건 진짜 무서운 거야……!"

"의외로 괜찮거든요?! 코스프레한 것 같거든요?! 긴장감이 마구 치솟거든요?!"

날라리는 무조건 말끝에 『거든요?』를 붙인다고 생각하는 사람이 한 명 있는걸.

바보들의 뒤편을 쳐다보니, 깔깔 웃어대고 있는 여자애 집단이 보였다. 어찌 된 상황인지는 얼추 알 것 같다.

"……그래서? 너희의 벌칙 게임은 대체 어떻게 해야 끝나는데?"

"따, 딱히 벌칙 게임은 아닌데……."

"미즈토 씨가 좋아 죽으려고 하면 바로 끝나요! 에잇!"

공격이라도 하듯이 기합을 지른 이사나가 내 팔을 꼭 끌어안았다.

말캉하고 부드러우면서 깊이 있는 감촉이 팔 전체를 감싸더니, 이사나는 내 어깨에 턱을 얹으며 「히히히」 하고 웃었다.

"날라리는 툭하면 들러붙는 법이거든요? 찌찌가 닿든 안 닿든 신경 안 쓰거든요?"

"말도 안 되는 편견을 퍼뜨리지 마."

애초에 네 평소 행동과 별반 다르지도 않잖아.

"유메 양도 사양 말고 해버려요~."

"뭐?! 나도?!"

"완전히 날라리가 되는 거예요! 지금만 수치심을 잊는 거예요!"

아니, 잠깐만. 그건 여러모로 위험하다고—!

"—아, 알았, 어……!"

말릴 틈도 없었다.

결의에 찬 표정을 지은 유메가 머뭇거리면서 남은 내 팔을 잡더니— 힘을 꼭 주듯이, 온몸으로 나한테 매달렸다.

그 순간, 이사나처럼 깊이 있지는 않지만 충분한 부드러움과 탄력을 겸비한 감촉이 내 팔을 감싸자, 내 머릿속에서 불똥이 튀었다.

유메는 숨결이 느껴질 만큼 가까운 거리에서, 뭔가를 갈구하듯 내 눈을 응시하며 말했다.

"……어때?"

어때, 라니…….

"이, 일단…… 부, 부끄러워."

이렇게 사람들이 많이 오가는 장소에서 할 짓이 아니다. 지나가는 사람들이 쳐다보는 것 같아서 진정할 수가 없었다. 하지만 그 덕분에, 머릿속이 이상해지지는 않았다.

내가 하고 싶은 말을 이해한 건지, 유메도 순식간에 얼굴을 붉히더니…….

"그, 그렇구나! 미안해……!"

즉시 나한테서 떨어졌다.

안도하는 것과 동시에, 유메의 체온이 사라진 오른팔 쪽이 왠지 쓸쓸해졌다.

한편, 왼팔에 매달린 이사나가 「히히히」 하고 웃었다.

"아무래도 제 날라리 포스가 더 강한 것 같네요. 날라리는 주위의 눈길을 신경 쓰는 상식이나 수치심 같은 게 없거든요!"

"너도 빨리 떨어져. 그리고 더는 편견을 퍼뜨리지 마."

"으윽."

자유로워진 오른팔로 밀어내자, 이사나를 간단히 떼어낼 수 있었다. 대부분의 날라리들은 너보다 더 상식적일 거라고.

하아, 하고 한숨을 내쉬면서 머릿속을 가득 채운 열기를 토해냈다.

정말……. 이 집단은 남자들이 얌전한데, 여자들이 너무 폭주하고 있는걸.

나는 평소의 조신한 복장과는 180도 다른 옷을 입은 유메를 쳐다봤다.

—우리는 내일, 같은 집으로 돌아갈 거잖아?

지금 여기서는 참을 수 있더라도…… 내일은 어찌 될지 모른단 말이다, 이 바보야.

"으음……."

왠지, 이상한 느낌이 들어요.

저는 우동을 후루룩 먹으면서, 테이블의 분위기를 살폈어요.

옆에 있는 미즈토 씨가 묵묵히 야키소바를 먹고 있는 건 평소와 다름없지만, 정면을 쳐다보는 횟수가 평소보다 아주 조금 적은 듯한 느낌이 들어요. 미즈토 씨가 가능한 한 쳐다보지 않으려 하는 그 정면에 앉아 있는 이는 바로 유메 양이며, 그녀도 미즈토 씨에게 최대한 말을 걸지 않으면서 옆에 있는 미나미 양과 이야기를 나누네요.

오늘 두 사람은 왠지 약간 거리를 두고 있는 것 같아요.

자리에 앉을 때도 저는 눈치를 발휘해서 미즈토 씨의 옆자리를 비워주려 했는데, 유메 양은 정면에 앉아버렸죠.

어쩌면 옆자리보다 정면이 더 낫다고 생각할지도 모르지만, 제 어렴풋한 기억에 따르면 족욕탕에서는 억지로 공간을 벌려가며 미즈토 씨를 자기 옆에 앉히려고 했던 것 같거든요.

미즈토 씨도 모처럼 유메 양과 여행을 하고 있는데, 적극적인 액션을 전혀 취하지 않아요. 저를 돌봐주는 건 기쁘지만, 그렇다고 저는 24시간 붙어서 지켜봐야만 하는 어린애가 아닌데 말이죠.

그에 비해, 다른 선배의 적극성은 존경스러울 정도예요.

다른 이들이 골라준 데이트복을 입은 선배는 아까 약속 장소로 향했는데 그 결의에 찬 뒷모습은 마치 전사 같았어요. 저것이 바로 고백하기로 결의한 소녀의 등인가, 하고 생각하며 감탄했어요.

……남 일처럼 이야기하고 있지만, 그러고 보니 저도 미즈토 씨에게 고백을 했어요. 당시의 저도 저런 느낌이었을까요?

뭐, 미즈토 씨와 유메 양은 다시 예전 같은 사이로 되돌아가야 하는 만큼, 일이 단순하지 않겠지만요. 게다가 같이 살고 있으니까요. ―저처럼 친구 사이로 되돌아가는 것도, 쉽지 않을지도 몰라요.

저도 만약 고백을 거절당한 게 아니라, 사귄 후에 무슨 일이 있어서 헤어지는 형태였다면― 으음, 역시 거북할 것 같아요.

솔직히 말해, 저 두 사람도 용케 의붓남매로 살고 있다 싶어요.

저 같으면 방에 틀어박혀서 안 나오거나, 성욕에 휩쓸려 문란한 생활을 했을 게 틀림없거든요.

그런 생각을 하는 사이에 점심 식사를 마친 저희는 다 같이 푸드코트를 나섰어요.

"아카츠키 양, 오후에는 어디에 갈 거야?"

"아, 미안한데 나는 오후부터 따로 행동할 거야~."

"뭐?"

바로 그때, 뜻밖의 사태가 느닷없이 펼쳐졌어요.

미나미 양이 경박남(카와나미 뭐시기 말이에요)의 팔을 잡더니, 당당히 선언한 거예요.

"그럼 저희도 이제부터 데이트할 거예요! 그럼 저녁에 봐요~!"

"뭐어?!"

미나미 양은 당황한 경박남을 잡아끌면서 혼잡한 인파 너머로 사라졌어요.

저와 유메 양은 입을 멍하니 벌린 채 그 모습을 쳐다만 봤어요.

"소꿉친구란 말을 들었을 때부터, 혹시나 하긴 했는데 말이죠……."

"어, 어느새……."

미나미 양과 그렇고 그런 사이면서, 연애 ROM 전문이라고 떠들어댔던 거군요. 역시 용서 못 해요. 경박남 따위 뒈져버려.

"……무슨 속셈인 거지."

유일하게 미즈토 씨만이 미심쩍은 표정을 짓고 있었어요.

열 명 중 네 명이 데이트 이탈을 했네요. 학생회 주최 여행치고는, 너무 문란한 것 아닌가요. 이렇게 되면, 데이트를 안 하는 게 오히려 이상할 정도—.

"앗."

아이디어가 떠올랐어요.

이 흐름에 편승하는 거예요.

"미즈토 씨."

"응?"

저는 미즈토 씨의 옷소매를 잡아당기며 말했어요.

"저희도 데이트해요!"

"……뭐?"

"유메 양과 셋이서요!"

""……뭐?""

호시베 토도 ◆ 진심 어린 복장

약속 장소로 지정된 빌어먹게 거대한 기린 장식물 앞에서, 그 애는 안절부절못하듯 앞머리를 만지작거리며 기다리고 있었다.

아까까지와는 전혀 다른 모습이었기에, 나는 한순간 당황했다.

품이 낙낙한 스웨터와, 무릎 위까지 오는 타이트스커트—쌀쌀해서 그런지, 타이츠를 신고 있었다. 평소의 어린애 같은 패션과 다르게, 어른스러운 분위기가 감돌고 있었다.

여자끼리 돌아다니는 사이에 산 것을 그대로 입고 온 것일까. 아마 쿠레나이가 예의 지뢰계 패션을 지적하며, 새 옷을 사게 한 거겠지만—.

"……여어."

가볍게 손을 들면서 말을 걸자, 아소는 핸드백을 무릎 앞쪽으로 늘어뜨리며…….

"썬빼—."

혀가 꼬인 목소리로 그렇게 말했다.

한순간 굳어버린 후, 「자, 잠깐만 기다려 주세요」 하고 말하며 뒤돌아섰다.

"스읍…… 하아……."

어깨를 몇 번이나 크게 들썩였다.

그 후에 다시 나를 향해 돌아서더니, 장난스러운 미소를 머금으며 다시 말했다.

"선배! 왜 이렇게 늦은 거예요? 여자애를 기다리게 하다니, 감점이에요!"

용케 이 상황에서 그런 분위기를 이어 나가는걸. 나는 오히려 감탄했다.

"우연히 네가 입구에서 가까운 곳에 있었을 뿐이잖아. 둘 다 같은 쇼핑몰에 있었으니 말이야."

"어, 변명하는 거예요? 1점 감점이에요."

"그것보다 왜 네가 채점하는 건데? 나도 너를 채점해줄까?"

"바라는 바예요. 어디 해보라고요. 오늘의 아이사는 몇 점인가요? 선배."

아소는 자신만만한 표정으로, 핸드백을 쥔 손을 등 뒤로 돌렸다.

아, 그래……. 오늘 복장을 칭찬해줬으면 하는 거구나.

옷이 날개란 말은, 좀 흔하려나……. 그럼—.

"지뢰 탐지기인걸."

"그게 무슨 칭찬이에요?!"

지뢰가 깔끔하게 제거되어서 다행인걸~, 이란 의미의 칭찬이다. 이 복장으로 있으면, 아무도 이 녀석이 관심병 몬스터라고는 생각하지 않을 것이다.

아소는 일부러 입술을 삐죽 내밀며(행동 면에서의 지뢰는 제거 안 됐는걸), 나에게 한 걸음 다가섰다.

"눈치챘어요? 이 코디네이트에는 콘셉트가 있는데 말이죠……."

"뭐? 그걸 내가 어떻게 알—."

……아니?

그 말을 듣고 눈치챘다. 왠지 데자뷔 같은 것이 느껴졌다. 뭐야? 잡지에서 본 걸까. 갈색 스웨터에 파란색 타이트스커트—.

아.

내가 오늘 입은 셔츠, 바지와 같은 색깔이다.

"후훗, 눈치챘나요?"

아소는 씨익 웃으면서 내 옆에 나란히 섰다.

"커플룩이에요, 선배."

"……새로운 방식의 괴롭힘이냐고."

"너무해요~. 이래 봬도 재킷의 색깔과 맞추지는 않았거든요? 너무 노골적이면 선배가 질색하겠지~ 싶어서요."

"아~, 그래. 재킷 앞섶을 여며서 셔츠를 숨기면 되겠네."

"시크릿 커플룩이네요? 선배."

"너, 나를 봐줄 생각이 눈곱만큼도 없지?!"

아소는 후후, 하고 웃음을 흘렸다.

정말, 이걸 위해서 옷을 새로 마련한 거냐. 학생 신분에는 만만치 않은 돈이었을 텐데—.

—진심이에요.

어째서일까.

어제 들었던, 이 애의 진지한 목소리가 뇌리에서 되살아났다.

"선배."

농담이라고 단정 지을 수도, 진담이라고 믿을 수도 없는 목소리로, 아소는 말했다.

"다름 아닌 당신을 만나기 위해, 평소의 취향을 버리면서 열심히 꾸미고 나온 여자애가 옆에 있거든요? ……그 정도 칭찬으로는 부족하지 않을까요?"

……젠장.

자기 돈까지 들인 사람을, 매정하게 대할 수는 없잖아.

"잘 어울려. 평소에도 그렇게 하고 다니지 그래?"

"……윽!!"

아소는 갑자기, 두 손으로 입가를 감쌌다.

"왜 그래?"

"아뇨……."

시선을 피하고, 고개를 돌려서, 표정을 감췄다.

"생각했던 것보다…… 기뻐서요."

목소리에서는 기쁨이 묻어났지만, 놀리는 기색은 전혀 느껴지지 않았다.

—진심이에요.

어제 들었던 목소리가 또 한 번, 뇌리를 스치고 지나갔다.

카와나미 코구레 ◆ 치료 개시

"잠깐만!"

내 팔을 잡고 질질 끌고 가던 아카츠키는 이리도 일행이 보이지 않게 된 후에야 나를 향해 돌아섰다.

"응? 왜?"

"왜긴 왜야! 데이트는 무슨 소린데?! 들은 적 없다고!"

"그야 말 안 했는걸."

아카츠키는 히히, 하고 웃음을 흘리더니…….

"어라? 혹시 서프라이즈를 싫어해?"

“이런 건 서프라이즈가 아니라 횡포라고.”

하아, 이 틈에 히가시라가 이리도를 건드리기라도 하면 어쩔 거냐고. 오늘 이리도 남매는 어딘가 서먹서먹해 보인단 말이야…….

“에이, 너무 화내지 마. 계기를 만들어준 거잖아.”

“뭐? 계기?”

“아소 선배들에 이어서 우리까지 데이트한다고 하면, 다른 사람들도 그 흐름에 편승하기 쉽지 않겠어~?”

“……아!”

설마, 그걸 위해 데이트란 소리를 한 건가……?

아카츠키는 내 팔을 꼭 끌어안더니…….

“뭐, 너와 데이트를 하고 싶은 건 사실이지만 말이야.”

“잠깐—.”

“그렇게 말하면 어쩔 거야?”

온몸에 생겨나려던 두드러기가, 아카츠키의 짜증 나는 미소를 보자마자 쏙 들어갔다.

그렇게 말하면, 이라니…… 아니, 어느 쪽인 건데?!

“그렇게 걱정할 필요 없어. 서서히 익숙해지게 만들 생각이거든.”

“서서히, 익숙해지게……?”

예의, 노출 치료라는 건가……?

아카츠키는 내 의문에 답하지 않으면서, 의미심장한 미소만 머금었다.

“그럼 어디 갈까? 기왕이면 이 오래간만의 데이트를 즐기자, 카와나미.”

소꿉친구로서의 『코~』가 아니라, 거리를 두려고 하는 『카와나미』란 호칭을 쓴다는 점이 나를 약간 안도하게 했다.

하지만 그 안도가 내 마음속 깊은 곳에 존재하는 커다란 불안의 반증이라는 건, 명백했다.

이리도 유메 ◆ 불명확한 두려움

“앗! 미즈토 씨, 저기 봐요! 그거예요, 그거!”

“그거?”

“그거요! 망망대해를 응시할 때 발을 올려두는, 그 불쑥 튀어나온 곳이에요!”

“……저건 발을 올려두는 발판이 아니라, 배의 홋줄을 묶어두는 계선주야.”

“어?! 처음 알았어요…….”

부두에 같은 간격으로 설치된 계선주에 발을 얹고 노는 히가시라 양과 그녀가 바다에 빠지지 않도록 옆에서 지키고 있는 미즈토를, 나는 뒤편에서 지켜보고 있었다.

어…… 어쩌지. 말을 못 걸겠어…….

모처럼 히가시라 양이 기회를 만들어줬는데……. 아까도

셋이서 쇼핑몰 안의 서점에 들어가서 이런저런 이야기를 나눴는데, 결국 히가시라 양하고만 이야기를 나눴잖아…….

내가 생각해도 너무 의식하고 있어! 겨우 엉큼한 느낌으로 손을 좀 매만졌을 뿐이잖아! 중학생 때는 첫 체험을 할 작정으로 미즈토의 방에 쳐들어간 적도 있는데……!

이래서야 초등학생 이하의 유치원생이야……. 연애적 유아퇴행이잖아…….

왜 이렇게 의식하는 걸까. 같이 살기 때문에? 마음만 먹으면 얼마든지 기회를 만들 수 있는 환경이니까? 혹은 얼마 전에 욕실에서 미즈토의 알몸을 봤기 때문일까?

……모르겠다. 짚이는 구석이 너무 많다.

좋아한다면, 아직 사귀고 싶다면, 그 정도 대시는 소극적인 편일 텐데— 회장은 바니걸 복장으로 덮쳤다고 하는데……. 아니, 그 사람의 행동은 비정상적이라고 생각하지만 말이다.

아소 선배가 부럽다……. 호시베 선배에게 아무리 무시를 당해도 절대 꺾이지 않는, 그 마음이 참 부럽다.

두렵지는, 않은 걸까.

나는 두렵다. 미즈토와 사귀기 전. 여름 방학에 만나던 시절. 자신의 별것 아닌 언동 탓에 이리도에게 미움을 받는 건 아닌가 싶어, 항상 두려웠다.

지금도, 그렇다. 두렵다. 너무나도 두렵다. ……하지만, 그것은 미움받는 것에 대한 두려움이 아니다. 미움을 받고 있다는 건, 이제 와선 전제조건에 지나지 않는다.

그런데, 뭐가 두려운 것일까.

지금의 나에게, 무엇이 부족한 걸까—.

"유메 양, 유메 양."

생각에 잠겨 있는 나에게, 히가시라 양이 말을 건넸다.

히가시라 양은 바닷바람에 흩날리는 머리카락을 한 손으로 누르며, 다른 한 손으로 어딘가를 가리켰다.

"저거, 안 탈래요?"

"어?"

히가시라 양이 손가락으로 가리킨 것은, 커다란 관람차였다.

쿠레나이 스즈리 ◆ 학생회장이 가장 풍기를 어지럽히고 있다

어…… 어쩌지. 말을 걸 수가 없어…….

유메 양까지 데이트를 하러 가게 된 결과, 어제 이인관 마을 때와 같은 멤버 — 나, 란 양, 그리고 죠 — 가 산책을 하게 됐다.

즉, 절호의 기회다.

어제 내가 저지른 참담하고 꼴사나운 도망에 대해 변명을 할, 더할 나위 없는 기회다.

"우와…… 정말 멋져요, 회장님! 저, 진짜 호화 여객선에

보는 건 처음이에요!"

몸집이 작은 란 양은 웅장하게 정박해 있는 크루즈선을 올려다봤다.

모처럼 바다 근처에 왔으니 둘러보는 것도 재미있겠다 싶어, 항구를 돌아보고 있는데…… 란 양은 이런 항구에 처음 와본 건지, 신기하다는 듯이 여기저기를 둘러보며 감회에 젖은 목소리로 나에게 말을 건넸다.

후배가 이렇게 자신을 따른다는 것은 선배로서 기쁜 일이지만, 그 바람에 죠에게 말을 걸 틈이 없었다. 죠는 평소처럼 완전히 배경이 되어 있었다. 길을 가는 사람들에게는 나와 란 양이 단둘이 있는 것처럼 보일 것이다.

이인관 마을에서처럼 짤막하게 말을 건네는 건 가능하겠지만…… 유감스럽게도, 지금 나누려는 건 짤막한 대화로 해결될 안건이 아니다.

언제 말을 꺼내면 좋지……! 아니, 뭐라고 변명하면 좋지……!

생각하면 할수록 헤어 나올 수 없는 수렁으로 빠져들더니, 오히려 내가 죠를 피하고 있는 것처럼 되어가고 있었다.

"그건 그렇고…… 아까부터 생각한 건데 말이죠……."

란 양이 주위를 두리번거리면서 말했다.

"이 근처를 걷다 보니, 왠지 카모가와 강변이 생각나네요. 왜 커플은 물이 있는 곳을 좋아하는 걸까요?"

새 엄마가 데려온 딸이 전 여친이었다 8
©Kyosuke Kamishiro, TakayaKi 2022
KADOKAWA CORPORATION
[NOT FOR SALE]

NOVEL

확실히 커플 같아 보이는 남녀가 주위에 드문드문 있었다. 하버랜드는 고베의 인기 명소 중 한 곳이니 당연할 것이다. 하지만 커플 말고도 가족이나 우리 같은 학생도 보이는 만큼, 커플만 잔뜩 있는 것 같지는 않았다.

"커플만이 아니라, 인간은 물가를 좋아하는 거지. 4대 문명은 전부 강가에서 시작됐잖아?"

"……제 눈에만 커플이 계속 들어오는 걸까요. 그럼 어젯밤에 본 광경 탓이려나요……."

"어젯밤에 본 광경?"

"이리도 미즈토예요."

란 양은 내뱉는 듯한 투로 그렇게 말했다.

"어젯밤에 여관에서 이리도 미즈토가 히가시라 양과 꽁냥거렸어요. 얼굴을 만지작거리고, 가슴이 밀착될 정도로 포옹했다니까요……. 그, 그것도, 공공장소에서……!"

호오? 확실히 그 두 사람은 사귀는 것처럼 보일 만큼 사이가 좋던데— 어? 그럼 유메 양은? 죠의 말에 따르면 삼각관계가 아니라던데…….

"거참 부러운 이야기인걸. 주위가 눈에 안 들어올 만큼 뜨거운 사이인 건가."

"무슨 소리를 하시는 거예요, 회장님! 자기 방 안에서라면 모를까, 아무나 올 수 있는 라운지에서 그런 거잖아요! 누가 올지 모르는 장소에서 그런 행동을 한다니, 이성적인 인간이 할 행동이 아니에요!"
"……."
맞아~.
누가 올지 모르는 장소에서, 바니걸 복장으로 유혹하거나, 남자 위에 올라타는 건, 이성적인 인간이 할 행동이 아니네~.
"저는 분해요! 왜 그런 사람이 전교 2등인 거죠?! 겉으로는 점잖은 척하지만, 마음속은 짐승이 틀림없어요! 이성을 능욕하며 기뻐하는 변태란 말이에요!"
죄송합니다.
이성에게서 흥분했다는 말을 듣고 기뻐하는 변태라 죄송합니다.
"성적 우수자라면 학생의 대표로서, 좀 더 절도 있고 양식 있는 행동을 명심해줬으면 해요! 바로 회장님처럼요!"
"……맞아."
절도와 양식. 명심할게요.

호시베 토도 ◆ 복선은 눈치채지 못하면 의미가 없다

아소가 조사해둔 레스토랑은 테라스석에서 바다가 보이는 세련된 곳이었다.
"실제로 와보니 또 느낌이 다르네요~!"

“그래. 고등학생 단둘이 오기엔, 좀 부담스러울 정도로 말이야.”

“인터넷에서 봤는데, 밤에는 더 아름답대요! 그대의 눈동자에 건배, 같은 느낌으로요!”

“그거, 남자가 할 대사 아냐?”

“그럼 들려주세요~.”

“느끼해서 싫어.”

“그래서 재미있는 거잖아요!”

서빙된 점심을 먹으면서, 그런 아무래도 상관없는 화제로 이야기꽃을 피웠다.

“흔히들 말하잖아요. 프러포즈는 야경이 보이는 레스토랑에서~, 하고요.”

“그래. 너도 그런 타입이야?”

“아이사에게 대체 어떤 편견을 가지고 있는 거예요!”

“이 나이 먹어서까지 순정만화를 동경하는 건가, 하고 생각했어.”

“그건 여자애에게 할 수 있는 최악의 모욕이라고요! ……뭐, 동경하지 않는다면 거짓말이겠지만요.”

“그렇지? 너는 눈동자에 건배 같은 말을 듣고 싶어 하는 타입이잖아. 자, 건배하자.”

“잠깐만, 눈 쪽으로 컵을 들지 마세요! 물리적인 건배는 사양이라고요! 사양!”

"그래서? 프러포즈가 뭐?"

"실제로 야경이 보이는 — 밤은 아니지만 — 레스토랑에 와본 감상인데…… 이렇게 사람이 많은 곳에서 프러포즈를 받으면 부끄러울 것 같아요."

"하긴, 여기는 방이 없으니까 말이야."

"역시 집 안이 좋겠어요, 집 안! 동거 3년 차 무렵에 거실에서 단둘이 느긋하게 있을 때, 『슬슬 결혼할까~』, 『응, 좋아~』 같은 거, 동경하지 않아요?!"

"뭐, 이해가 안 되는 건 아냐."

"뭐예요? 석연치 않은 듯한 반응이네요."

"너는 결국 서프라이즈를 원하지 않을까 하는 생각이 들거든."

"서프라이즈?! 아이사가 하필이면 플래시몹 같은 걸 원한다는 소리예요?! 너무한 거 아니에요?!"

"무례한 건 너야. 플래시몹 업자분께 사과해."

"……그런데 말이에요, 선배."

"어? 왜 히죽거리는 거야?"

"방금 아이사한테 프러포즈한다는 식으로 이야기한 거 아니에요? 아이사는 그냥 『이런 프러포즈를 동경하게 되네요』 같은 식으로 이야기했을 뿐이지, 장래에 아이사에게 프러포즈할 때의 예정을 물은 건 아니거든요~?"

"그럼 다른 여자에게 프러포즈한다는 식으로 이야기할 걸 그랬어?"

"그럼 화낼 거예요!"

"그럴 것 같았거든."

내가 생각해도 참 익숙해졌다 싶었다. 이 녀석의 치근덕거림에, 척수 반사적으로 대꾸할 수 있게 됐으니 말이다.

척수 반사이기에…… 다른 여자를 눈곱만큼도 떠올리지 않은 것이리라.

"……그래도 야경은 역시 좋네요."

맑은 하늘 아래의 고베항을 바라보면서, 아소는 진지한 목소리로 말했다.

"남들 보는 앞에서는 부끄럽지만…… 단둘뿐이라면, 역시 야경이 아름다운 곳이 좋을 것 같아요."

"……뭐가 좋다는 거야?"

"글쎄요?"

아소는 뜸을 잔뜩 들인 후에 웃음을 흘렸다.

복선이 착착 깔리는 느낌을 받으면서도, 나는 그것을 눈치 못 챈 척을 이어갔다.

카와나미 코구레 ◆ 어디까지나 의료 행위

"좀 더 바짝 붙어~!"

아카츠키는 내 몸을 억지로 잡아당기자, 그녀가 든 스마트폰에서 찰칵하는 소리가 났다.

"응! 잘 찍혔어! 역시 빨간 벽돌은 무적이야!"

우리는 하버랜드 남쪽에 있는 벽돌 창고에 와있었다. 빨간 벽돌로 만들어진 창고를, 세련된 카페로 개조한 구역이다.

고풍스러운 빨간색 벽돌 앞에서 찍은 사진을, 아카츠키는 기쁜 듯이 나에게 보여주며…….

"봐! 코난의 표지 같아!"

확실히 그랬다. 이인관 마을에서 입었던 홈스 코스프레를 하고 있었다면 완벽했겠지.

"……너, 이런 사진을 잘 찍어서 어디 쓸 건데? 누구한테 보여줄 거야?"

사진 안에서는 나와 아카츠키의 완전히 연인 같은 모습이 담겨 있었다. 이런 걸 남에게 보여줬다간, 공부 합숙 때 같은 사태가 또 벌어질 것이다.

"뭐, 괜찮잖아. 그냥 나만 보며 추억할 거야."

"추억해~?"

"이때는 참 즐거웠지~, 하고 말이지. 그럼 안 돼?"

아카츠키는 그렇게 말하며 고개를 갸웃거렸다. 그런 약간 어린애 같은 행동이 자기한테 어울린다는 것을 잘 알고 있었다. 그래, 일부러 그러는 느낌이 물씬 나네. 그만 걸로 나를 동요하게 할 수 있다고 생각한다면, 큰 착각이라고.

"……안 되는 건 아니지만 말이야. 음식 사진도 안 찍는 타입이면서, 어느새 이렇게 취향이 바뀐 건가 싶거든."

"음식 사진 같은 건 딱히 남기고 싶지 않지만, 카와나미의 사진이라면 얼마든지 가지고 싶네."

"……으극."

팔에 두드러기가 생기는 느낌이 엄습했다.

얼마든지 가지고 싶다니……. 매일 서로의 얼굴을 질릴 정도로 보니까, 이제 와서 사진 한두 장 같은 건…….

내가 아무 말도 못 하자, 아카츠키는 히히, 하고 웃었다.

"잘 참아 봐~. 나는 아무 짓도 안 했거든?"

아카츠키는 양손을 얼굴 앞에서 흔들었다. 치한 짓을 안 했다고 어필하듯 말이다.

아무 짓도 안 했다……. 그렇다. 이 녀석은 내 몸에 손가락 하나 대지 않았다. 밥을 먹여주지도 않고, 몸을 씻겨주지도 않으며, 화장실에 같이 들어가지도 않았다. ……그렇다. 괜찮다. 전혀, 두려워할 필요 없다…….

한동안 호흡에 의식을 집중하자, 두드러기가 가라앉았다.

"괜찮네~. 경과가 양호한 것 같은걸?"

내 몸 상태가 나아지자, 아카츠키는 만족한 것처럼 고개를 끄덕였다.

"……정말 이딴 방식으로 고칠 생각인 거냐고……."

"나를 안 무서워하게 된다면, 다른 여자애는 아무렇지도 않은 거잖아? 나보다 더 정신 나간 애는 이 세상이 없을걸?"

"그게 으스대며 할 소리냐?"

"에헤헤."

확실히, 여차할 때는 꽤 버틸 수 있었다.

여자의 호의를 철저하게 피할 때보다, 이 체질이 널 무서워진 듯한 느낌이 들었다…….

"이건 어디까지나 의료 행위거든?!"

아카츠키는 두드러기가 가라앉은 내 팔을 끌어안듯 팔짱을 꼈다.

"너를 고쳐주려고 어쩔 수 없이 하는 거야! 그러니까 착각하지 마!"

"츤데레는 안 어울리거든? 구역질조차 안 난다고~."

"후후후. 그런 소리를 할 수 있는 것도 지금뿐일걸?"

아카츠키는 발돋움하더니, 내 귀에 숨결을 불어넣듯 속삭였다.

"(오늘은 네가 못 서 있을 정도로 치료해줄 테니까, 각오 단단히 하지 그래?)"

등골이 서늘해졌다.

그게 불안에서 비롯된 것인지, 다른 데서 비롯된 것인지, 나도 알 수 없었다—.

"후우~♥"

"끄아앗?!"

"아하하! 오싹했어? 오싹했어?"

이건 확실히 다른 무언가다. 진짜로 남의 귀에 숨결을 불어 넣는 애가 어디 있냐고!

이리도 미즈토 ◆ 냄새나는 것에는 뚜껑을 덮는다

4인용 관람차에 나, 이사나, 유메가 차례차례 탔다.

내가 시트에 앉은 후, 이사나는 맞은편 시트의 한가운데에 털썩 앉았다.

"어? 저기…… 히가시라 양?"

이러면 유메는 이사나의 옆에 앉을 수 없다.

유메가 당황한 채 멀뚱멀뚱 서 있자, 이사하는 씨익 웃으며…….

"유메 양은 저쪽에 앉으세요~."

……마치『해냈다』는 듯한 그 표정은 뭐야…….

유메는 나와 이사나를 번갈아 쳐다보며 망설였지만, 그 사이에 관람차의 문이 닫히면서 움직이기 시작했다.

"서 있으면 위험해."

어쩔 수 없이 내가 그렇게 말해주자, 유메도「으, 응……」하고 말하며 내 옆에 앉았다.

창밖의 풍경이, 천천히 하늘에 다가서고 있었다.

곧 빌딩 숲 너머까지 보이기 시작하더니, 고베항이 한눈에 들어오게 됐다. 때마침 하얀 크루즈선이 바다를 가로지르고 있었다.

……그런 광경을 보면서도, 내 의식은 창문 반대편에 빼앗겨 있었다.

유메와 나란히 앉아 있다는 상황이, 어제 족욕탕에서의 일을 떠올리게 했다.

이제 와서 생각해보면, 정말 사소한 일이었다. 손이 살짝 닿았을 뿐이다. 손가락이 닿았을 뿐이다. 키스를 한 것도, 엉덩이나 가슴을 만진 것도 아니다. 그런데 왜 이렇게, 그 기억을 의식하고 마는 걸까.

사귀던 시절에는 손을 맞잡는 것 정도는 당연한 일이었다. 팔짱도, 포옹도, 키스도, 당연한 일상이었다.

그런데도—.

어제만큼, 욕망을 노골적으로 드러낸 적은 없었다고 생각한다.

사귀던 시절의 접촉은, 이른바 마음의 접촉이었다. 서로가 마음의 문을 열고, 허락하며, 접촉하는 행위였던 것 같은 느낌이 들었다.

하지만…… 어제의 그것은 다르다.

욕망— 혹은 본능. 마음속 깊은 곳에 숨겨져 있는, 짐승의 습성 같은 것.

원래라면, 타인에게 절대 보여주지 않는 것.

그것의 존재를 인식했다. 나에게도, 유메에게도 존재한다는 것을 알고 말았다. 그리고—.

나는 유메의, 유메는 나의, 이성의 이면에 존재하는 더러운 그것을, 허락하고 말았다.

행위 자체만 본다면 그저 손이 맞닿았을 뿐이다. 하지만 허락하고 말았다는 사실이, 마음속의 방파제를 격렬하게 흔들었다.

아아, 괜찮은 거구나—.

참는 것을…… 관두게 될 것만 같다.

그것이, 나는, ……두렵다.

"와아~! 높아~!"

아무것도 모르는 이사나가 창밖을 보며 들뜬 듯한 반응을 보였다.

"여기, 밤이 되면 엄청 예뻐 보일 것 같아요! 너무 일찍 온 걸까요~."

"……한밤의 관람차는 고백할 때나 탈걸?"

정말 위험하다. 야경 말고는 불빛이 없는, 어두컴컴한 밀실— 상대방을 안 건드릴 자신이 없다.

"오오, 그렇군요~. 그럼 혹시 그 선배는, 여기서 고백할 생각인 걸까요?"

"응? 그 선배라니?"

"……어라? 유메 양, 이 이야기 해도 괜찮을까요?"

유메는 쓴웃음을 머금었다.

"괜찮지 않을까? 아소 선배와 호시베 선배가 우리와 합류할 무렵에는 결판이 났을 거잖아."

아소 선배와 호시베 선배…… 아, 그 두 사람인가. 어느 쪽이 고백할지는 상상이 되는걸.

"여행 중에 고백하는 거구나. 실패해서 사이가 서먹해지지나 않았으면 좋겠네."

"괜찮을 거예요~. 엄청 사이가 좋아 보이고, 지금도 사귀는 것처럼 보일 정도인걸요. 차일 리가 없어요~."

"……."

"……."

나와 유메 사이에서, 서먹한 침묵이 흘렀다.

이사나는 어리둥절한 표정으로 우리의 얼굴을 쳐다보더니, 「앗」 하며 입을 벌렸다.

"그러고 보니, 제가 그런 패턴으로 차였네요."

이사나는 또 깔깔 웃었다. 자기가 차인 이야기를 자기가 하면서 웃으니, 찬 사람으로서는 배려한 보람이 없었다.

유메는 난처한 듯이 웃으며 말했다.

"누구나 히가시라 양처럼 시원시원하게 넘어갈 수 있다면 좋겠지만 말이야……."

"뭐, 저는 미즈토 씨의 몸이 목적이었으니까요."

"너……."

확실히 사귄다고 해서 달라지는 것은 야한 짓을 하느냐

마느냐 정도일 것 같지만 말이야.

"하지만 같이 놀고 싶을 뿐이라면 친구 사이라도 괜찮지 않나요. 사귄다는 건, 많든 적든 야한 짓을 하고 싶은 마음이 있어서 그런 거 아닌가요?"

"그야, 뭐……."

그럴지도 모르지만, 하고 유메는 중얼거리듯 말했다.

—그럴, 지도 모른다.

내가 결심을 하고도 아직 고백할 마음이 전혀 들지 않는 건, 자신의 흑심을 부정하고 싶어서일지도 모른다. —마음 속 깊은 곳의 본능을 유메에게 드러내는 것을, 무의식적으로 거부하고 있는 걸지도 모른다.

설령 유메가 허락해주더라도, 나는 그런 나 자신을 보고 싶지 않다.

분명 유치한 자의식에 지나지 않을 것이다. 보잘것없는 자존심에 지나지 않을 것이다. 그래도 내가, 그런 욕망으로만 마음을 표현할 수 있는 존재라 생각하고 싶지 않다.

좀 더 아름다운 방법이 없을까, 하며 있지도 않은 것을 찾고 있다—.

"사귀는 이유 같은 건, 사람마다 다르지 않을까."

—있을 리가 없다는 사실을 알면서도…….

"이사나는 의외로 사고방식이 논리적이니까 그런 결론만 내놓는 거야. 하지만 세상에는 논리적이지 않은 부분을 통해, 연인관계에서 어떤 식의 가치를 느끼는 사람도 있어. ……아니면 너도 이성의 몸만 보는 타입이야? 얼굴로는 점잔 빼지만, 머릿속은 에로 범벅인 거냐고."

"어?"

유메는 놀란 표정을 지으며 눈을 껌뻑거렸다.

분명 자기한테 말을 걸 거라고는 생각도 못 했으리라. 그도 그럴게, 마음속의 방파제가 흔들리고 있는 것이다. 언제 부서져도 이상할 게 없다.

그렇기에…….

지나치게 관심을 주면 안 된다. 너무 의식했다간 헤어 나올 수 없게 된다. 냄새나는 것에는 뚜껑을 덮을 수밖에 없다. 그 뚜껑의 이름이 바로 이성이다. 내가 나 자신이기 위해서, 이성을 통해 못 본 척을 하자.

"그…… 그렇지 않거든? 그딴 빈약한 몸에는 흥미 없어!"

"나는 이성의 몸이라고 말했지, 내 몸이라고 말한 적 없어."

"으윽……!"

"그만하세요! 이성뿐만 아니라 동성도 몸만 보는 타입도 있다고요!"

"너는 좀 더 인간성을 봐."

지금은 그냥 흘려넘길 수밖에 없다.

우리가 우리이기 위해선, 그 방법밖에 없는 것이다.

내 특기— 아니, 습성은 인간 관찰이다.

배경에 녹아들면, 주위 인간의 모습이 잘 보인다. 그것 말고는 할 게 없다. 존재를 들키는 일도, 말을 걸어오는 일도 없다. 어느새 나는 표정, 몸짓, 목소리 같은 다양한 정보를 통해 타인의 사람 됨됨이를 프로파일링하는 것을 당연시하게 됐다.

그렇기에 안다.

쿠레나이 씨가 나를 피하고 있다는 것을 말이다.

이유는 명백했다. 어젯밤의 일이다. 바니걸 차림의 쿠레나이 씨가 나를 덮치고 달콤한 목소리로 속삭였을 때, 무심코—.

……어쩔 수 없다. 나도 평범한 남자다. 그런 상황에서 반응하지 않는 게 오히려 이상하다. 오히려 그렇게까지 참은 게 대단하다고 생각한다.

하지만…….

자기 엉덩이에 이물질이 닿자, 쿠레나이 씨는 쏜살같이 도망치고 말았다. 자기가 유혹해놓고— 같은 생각이 안 드는 건 아니지만, 아마 쿠레나이 씨는 무해한 동물을 보살펴주듯 나를 대했을 것이다. 그런 내가 갑자기 송곳니를 드러냈으니, 경계하는 게 당연했다.

단순히…… 여자로서, 기분 나쁘기도 할 테고 말이다.

……이대로 쿠레나이 씨가 나와 멀어진다면, 그것도 괜찮으리라. 원래부터 나 따위에게 관심을 가지는 것 자체가 말도 안 되는 인간이다. 올바른 형태로 되돌아가는 것에 지나지 않는다.

하지만…… 하다못해, 사과하고 싶다.

나도 인간으로서, 나름 책임을 져야만 한다고 생각한다.

언제나처럼 그녀의 세계에서 존재를 지우게 될지라도, 그 정도는—.

오늘은 쭉 그럴 기회를 엿보고 있었다.

그리고, 드디어 그때가 찾아왔다.

"죄송한데, 화장실 좀……."

항구 옆에 있는 해양박물관에 들어가고 잠시 후의 일이었다. 아스하인 양이 그렇게 말하며, 자리를 비운 것이다.

이 자리에는 나와 쿠레나이 씨만이 남았다.

절호의 기회였다.

"죠—."

쿠레나이 씨가 돌아본 순간, 나는 고개를 숙였다.

"잘못했습니다."

"……뭐?"

박물관 안이다. 내가 낮은 목소리로 사과하자, 쿠레나이 씨는 당혹한 목소리를 냈다.

"어젯밤에, 기분 나쁜 물체를 쿠레나이 씨의 몸에 갖다 대서 정말 죄송합니다. 쿠레나이 씨가 원하신다면 학생회도 관둘 테니—."

"자, 잠깐만 있어봐라!"

큰 목소리로 그렇게 외친 쿠레나이 씨는 허둥지둥 주위를 둘러보더니, 목소리를 낮춰서 말했다.

"(어, 어젯밤에는, 내가 일을 벌였잖아?! 그런데 왜 네가 사과하는 거냐!)"

"(……어제 일이 기분 나빠서, 오늘 저를 피한 건 아닌가요?)"

"(아, 아냐! 오, 오늘은, 저기…….)"

우물쭈물 말끝을 흐린 쿠레나이 씨는 내 머리를 억지로 들어 올렸다.

"(아무튼! 어제 일은 네 잘못이 아냐! 기분 나쁘다고 생각하지 않아! 오히려 사랑스럽게 느꼈을 정도다!)"

"(네?)"

"(……아니, 미안하다. 방금은 입을 잘못 놀렸어. ……아무튼 학생회를 관둘 필요는 없다!)"

"(그럼…… 왜, 도망친 건가요?)"

"(그, 그건…….)"

쿠레나이 씨의 백자 같은 피부가 빨개지더니, 에메랄드빛 눈동자가 도움을 청하듯 흔들렸다.

사방팔방으로 시선을 돌린 후, 내 얼굴을 힐끔 올려다보며…….

"(갑자기, 실감이 났달까……. 이게 그거라고 생각하니, 깜짝 놀랐고…… 무서워서…….)"

……깜짝 놀라?

무서워?

다른 사람도 아니고…… 쿠레나이 씨가?

"(그렇게 유혹했으면서 무슨 소리를 하냐 싶겠지!)"

쿠레나이 씨는 될 대로 되란 투로 말했다.

"(어쩔 수 없잖아! 나는 진짜 숫처녀다! 여기저기서 주워들은 것만 많을 뿐이지! 진짜를 접하면 다소 주눅 드는 게 당연하지 않느냐!)"

"(한심한 소리를 그렇게 떳떳하게…….)"

"(으으, 시끄럽다! 네가 차려진 밥상을 먹지 않으니 이렇게 되는 것 아니냐!)"

그건…… 확실히, 그럴지도 모른다.

하아……, 하고 쿠레나이 씨는 깊은 한숨을 내쉬었다.

"(변명을 할 생각이었는데, 전부 망쳤어.)"

"(저기…… 죄송합니다.)"

"(괜찮아. 이제 각오가 됐다.)"

쿠레나이 씨는 결의에 찬 눈동자로 내 얼굴을 올려다봤다.

마치 얼굴에서 뿜어진 빛으로, 나를 비추듯이…….

"(다음에는 놀라지 않겠어. 겁먹지 않겠어. 준비도 하겠어.)"

"(……준비라뇨?)"

"(혼잣말이다. 너는 그냥 기억해두기만 하면 돼. 다음에 내 앞에서 그런 일이 생긴다면, 그때가 바로 동정 상실의 순간이라는 걸 말이다!)"

무슨……. 이 사람이 또 대놓고 그런 천박한 말을……. 천박한 이야기를 하고 있으니, 어쩔 수 없겠지만 말이다.

아무튼 이걸로 이 일은 해결된 건가— 하고 생각했을 때였다.

"(참고로 묻겠는데…….)"

쿠레나이 씨가 안 그래도 낮은 목소리를 더욱 낮추면서 말했다.

"(그 후에…… 저기, 어떻게 했지?)"

"(……네? 뭘 말이에요?)"

"(아니, 저기…… 남자는 그런 상태가 되면, 처리를 해줘야 되돌아간다던데…….)"

…….

"(쿠레나이 씨. 그 참고 자료는 버리세요.)"

"(아니?! 어떻게 자료에 실린 정보라는 걸 안 거지?!)"

"(틀린 정보라서예요.)"

누가 이 사람에게 제대로 된 성교육을 해줬으면 한다. 참고로 나는 자신이 없다.

아소 아이사 ◆ 당연한 듯한 일상 속에서, 당연한 듯이 사랑을 하게 됐다

처음에는 적개심이었다.

가르치려 드는 듯한 충고에 화가 난 나머지, 그럼 진심을 보여주겠다며 발끈했다. 가치 따위 없다고 말한 시선을, 선배가 머금게 만들겠다. 그런 생각으로 선배를 계속 희롱했다.

그것이 호의로 바뀐 건 언제였을까.

아마, 분명, 잘 모르겠지만……. 계기는, 아주 사소한, 일상의 한순간…….

—이봐!

학생회실에서 일하고 있을 때였다. 선반 안을 뒤져서 자료를 꺼내고 있을 때였다. 갑자기 선배가 고함을 질러서, 어? 하며 돌아보았다.

덜컹, 하는 소리가 들렸다.

머리 위에서 말이다.

고개를 들자, 선반 위에 놓여 있던 종이 상자가 기울어지고 있었다. 나는 반응을 못 하며, 그저 쳐다보고 있을 수밖에 없었다.

그래서 뛰어온 선배가 양손을 뻗어 상자를 지탱할 때까지, 얼이 나가 있었다.

아, 하고 작은 신음을 흘렸다.

그리고 그제야, 입에 담아야 할 말을 떠올렸다.

—고마, 워요…….

—아냐……. 앞으로는 조심해.

뭐, 그래. 흔하지?

그래도 말이야. 나는 이 정도 일로 반하지 않아. 자기를 감싸준 사람한테 확 반해버린다면, 나는 더 일찍 첫사랑을 했을 거야.

내 눈에, 마음에 새겨진 것은…….

하아, 하고 한숨을 내쉰 후에 선배가 지은 표정.

어떤 표정인지는, 아직도 모르겠다.

안도인지, 경악인지, 당황인지, 망설임인지—.

그저…… 약해 보였다.

그 표정은, 너무나도, 약해 보였다.

—저런 표정도, 짓는구나.

그 무엇에도 얽매이지 않는 것 같던 무적의 학생회장이, 내가 어떤 식의 어필을 해도 반응을 보이지 않던 철면피 선배가…….

그 순간— 나와 마찬가지로, 약해빠진 인간처럼 보인 것이다.

……약았어. 약았잖아요, 선배.

그런 걸, 어떻게 잊냐 말이에요. 여자애는 갭에 약하거든요?

제가, 저를, 당신의 눈에 새길 생각이었는데—.

—당신이, 당신을, 제 눈에 새기면, 어쩌잔 거예요.

정신을 차리고 보니, 그게 당연한 일이 되어 있었다. 그때 그 표정을 마음 한편으로 갈구하며, 나는 선배의 얼굴만 쳐다보게 됐다.

그것은, 나의 일상이 되고 말았다.

—그렇다. 특별한 건 전혀 없다.

학생회실이라도 좋다. 카페라도 좋다. 스마트폰 게임 이야기를 나누거나, 재미있는 영상을 소개하거나, 별 의미도 없이 수다를 떨었다. 아무런 가치 없는 시간을 보냈다. 어깨가 맞닿기만 하는 별것 아닌 시간이, 나에게 있어서는 가장 소중하다.

그래서 나는 오늘도, 특별한 일을 하지 않았다.

복장을 좀 신경 썼고, 처음 와보는 곳에서 놀고 있다. 그런 것은 약간의 향신료에 불과하며, 우리는 그저, 평소와 마찬가지의, 이제까지와 마찬가지의 우리이면 된다. —앞으로도 계속 그러기 위해서, 저는 선배, 당신의, 가장 소중한 여자애가 되고 싶은 거예요.

즐거운 하루를 보내자.

평소와 마찬가지의, 이제까지와 마찬가지의, 평범하지만 즐거운 하루를 보내자.

그러니, 그 마지막에, 조금만…….

진심인 저와, 어울려주지 않겠어요?

"선배."

시간은 흘러갔다.

어느새, 석양이 하늘을 물들이고 있었다.

"마지막으로…… 관람차, 안 탈래요?"

미나미 아카츠키 ◆ 자업자득

"우와. 벌써 시간이 이렇게 됐네."

머리 위를 쳐다보니, 푸른 하늘이 붉게 물들어가고 있었다.

스마트폰의 시계를 보니, 오후 네 시가 약간 지났다. 11월도 후반이 되니, 해가 빨리 지는 것 같았다. 초등학생 때처럼, 돌아가야 한단 생각이 들었다.

그렇다. ―그 시절에는, 이즈음에 집으로 돌아가자는 말을 했다.

어차피 이웃사촌이니까 돌아가서도 같이 놀 수 있다면서, 코~는 동생에게 그러듯 내 손을 잡아끌었다.

아아― 이런 걸 뭐라고 하더라. 만화에서 본 것 같은데 말이야.

"카와나미, 뭐였지?"

"……."

카와나미는 대답하지 않았다. 힐끔 쳐다보니, 얼굴이 새파랗게 질린 채로 입술을 꾹 다물고 있었다.

……둘이서 벤치에 앉아서, 그의 어깨에 머리를 얹고 있었

을 뿐인데 말이다.

겨우 이런 짓조차…… 허락되지 않는구나.

가슴이 따끔거렸다. 슬픈 걸까? 아니면, 카와나미가 안 된 걸까? 슬슬 관두는 편이 좋을지도 모른다. 하지만 어중간하게 봐주면 치료가 되지 않는다. 하지만 안 돼. 이 이상은 코~를 상처입히고 싶지 않아. 어리광 부리지 마. 내가 입힌 상처잖아. 내가 고쳐줘야만 해.

자업자득.

이번에는 생각났다. 그렇다. 이런 걸, 자업자득이라고 한다.

중학생 때 일은 전부 내 잘못이다. 코~는 병원에서 나에게 화낸 일을 아직도 마음에 담아두고 있지만, 그것도 내 자업자득이다. 사람을 인형처럼, 장난감처럼 제멋대로 가지고 논 나는 그런 소리를 들어도 싸다.

구제 불능인 건, 그때 같은 짓을 또 하고 싶어 하는 나 자신이 아직도 내 안에 존재한다는 것이다.

지금도 욕망이 활활 타오르고 있었다. 몸이 안 좋은 코~를 눕히고, 옷을 벗긴 후, 온몸을 구석구석까지 닦아준 다음, 죽을 만들어서 후~ 후~ 불어 식히고, 먹여준 후에 잠들 때까지 잘 자라는 의미로 뽀뽀를 몇 번이고 해주고 싶다. 이건 돌이킬 수 없는, 내 성적 취향일 것이다.

나는, 연인 같은 건 안 만드는 편이 낫다.

상대를 망칠지, 자기를 망칠지, 아니면 양쪽 다일지— 말로를 쉬이 상상할 수 있었다. 그러니, 코~가 새 여친을 만드는 편이 낫다고 생각한다.

하지만, 하다못해 소꿉친구로서는 지내고 싶다.

소꿉친구인 나와의 추억을, 코~도 소중히 여기고 있다. 그러니 하다못해, 소꿉친구로 있게 해줬으면 한다.

이게 마지막이라도 좋다.

손을 잡는 것도, 어깨에 머리를 얹는 것도, 팔짱을 끼고 걷는 것도, 오늘이 마지막이라도 좋다.

언젠가 누군가에게, 이 자리를 양보하기 위해— 떠난 자리가 아름다운, 그런 평범한 소꿉친구로 되돌아가기 위해서…….

부의 유산은, 청산할 것이다.

"……세월은 화살과 같다, 야."

신음하는 듯한 목소리가 들려오자, 나는 코~의 얼굴을 올려다봤다.

"화살처럼 흘러가는 시간을, 헛되이 하지 마라…… 같은 의미였을 거야."

"……괜찮아?"

"응……. 덕분에, 조금은…… 익숙해진 것 같거든."

안색은 여전히 창백하지만, 코~는 허세를 부리듯 입가를 비틀었다.

"그렇구나."

다행이야, 라고는 말할 수 없었다.

거기에 깃든 안도에, 분명 필요 이상의 호의가 담길 테니 말이다.

"너, 의외로 박식하네. 바보면서 말이야."

"바보 아니거든? 라쿠로에 입학한 것만 봐도 알 수 있잖아……. 뭐, 이리도 남매와, 비교하진 말라고."

"화살처럼 흘러가는 시간을, 헛되이 하지 마라……."

가슴이 뜨끔한 나는 석양에 물든 하늘을 올려다봤다.

헛되이는 하지 않는다. 절대로, 헛되이 하지 않을 것이다.

이렇게 코~를 괴롭게 만들었으니까…… 절대로, 절대로, 그럴 수는 없다.

호시베 토도 ◆ 망가진 것은

한가하면 해.

학생회 영입 멘트는, 대충 의역하자면 이런 느낌이었다.

그야말로 우연에 지나지 않았다.

농구를 관둬서 할 일이 없어졌을 때, 마침 『이걸 해』 하고 말하는 사람이 나타났다. 새로운 자신을 찾지 못하고 있을 때, 마침 그것을 얻을 기회가 찾아왔다. 그래서 덥석 물었다. 그뿐이다.

설마 학생회장까지 될 줄은 생각도 못 했지만 말이지. 할 수 있는 일을 하다 보니, 어느새 그렇게 됐다. 대의도, 타산도 없다. 그저 우연에 지나지 않았다.

그저— 그렇다.

농구를 관둔 대신에 학생회장이 됐으니, 얼추 균형이 잡힌 걸지도 모른다. 나에게 말을 걸어준 선배들에게도, 조금은 보답할 수 있었다.

그런 생각이, 머릿속에…… 항상 존재했던 것 같은 느낌이 들었다.

그도 그럴 것이, 재활을 제대로 하지 않은 탓에, 아직도 왼쪽 팔을 어깨 위로 들어 올릴 수 없거든. 그러니 이제 어쩔 수 없잖아. 자기가 할 수 있는 일을 찾아서 할 수밖에 없어. 아무것도 하지 않으며 시간을 헛되이 하는 것보다는 그나마 나을지도 몰라. 안 그래—?

……그래, 그걸로 됐어.

그런 구질구질한 변명을 얻었으니, 나는 그걸로 된 거야.

하지만, 그때…….

—이봐!

아소가 놀라서 뒤돌아봤다. 그뿐만이 아니다. 안 보이는 건가. 네 머리 위에 있는 상자가, 떨어지려고 하잖아!

반사적이었다. 양손을 뻗었다. 아소의 머리로 상자가 떨어지는 것을, 나는 아슬아슬한 타이밍에 막았다.

아소는 고개를 들더니, 놀란 듯이 입을 벌리며…….

—고마, 워요…….

—아냐……. 앞으로는 조심해.

처음 몇 초 동안은 안도하느라 눈치채지 못했다.

그 후, 오한 같은 무언가가 서서히 등골을 타고 흐르는 게 느껴졌다.

그리고, 다음 순간…….

자기가, 양손을, 어깨 위로— 아무런 고통도 느끼지 않으며 들어 올렸다는 것을, 눈치챘다.

—아아.

이미, 완전히, 나았구나.

낫지 않은 건, 나야.

자기 자신과도 진심으로 마주하지 못하는, 나 자신이었어.

아소 아이사 ◆ 신데렐라처럼 많이 바라진 않는다

한동안 줄을 선 후, 단둘이서 동그란 관람차 안에 들어갔다.

줄을 선 사이에 하늘은 거의 어두워졌다. 문이 닫히고, 덜컹하고 흔들린 관람차는 밤의 장막을 향해 천천히 올라가기 시작했다.

"너, 높은 곳은 괜찮은 거야?"

맞은편 시트에 앉은 선배가 그렇게 말했다.

"완전 괜찮아요. 도쿄에 갔을 때, 스카이트리의 바닥이 투명한 곳에서 서봤다니까요."

"진짜야? 나는 그 정도로 괜찮지는 않거든……."

"평소에도 높은 곳에 있는 거나 다름없지 않아요?"

"보통 자기 키는 높이에 포함 안 한다고."

푸픕 하고 나는 웃었다. 평소처럼 말이다. 그러니, 온몸을 가득 채운 긴장은 들키지 않았으리라.

마지막에는 여기에 들르기로 정해뒀었다.

고베의 야경은 좀 과한 연출일지도 모르지만, 유명한 데이트 장소이니 오히려 괜찮겠다는 생각이 들었다. 농담을 하듯이 내 마음을 전할 수 있을 거라고 생각했다.

아아, 하지만— 계산대로 되지 않았다. 이렇게 긴장할 줄은 몰랐다. 제대로 말할 자신이 없었다. 미리 준비해뒀던 대사가, 점점 멀어지고 있는 지상에 다 흘리고 온 듯한 느낌이 들었다.

선배.

우리 둘, 처음에는 사이가 나빴죠? 아니, 그 이전의 문제였을까요. 제대로 이야기도 나누지 않았으니까요. 아마 서로에게 그다지 흥미가 없었을 거예요.

선배.

그런 관계인데도, 용케 잘난 듯이 충고를 했네요. 그런 사람을 훈수충이라고 하거든요? 오지랖도 적당히 떨어야 한다는 걸 깨달았죠? 그 바람에 제가 선배를 쫓아다니게 됐으니까요.

선배.

오타쿠라는 점에도 의외로 놀랐어요. 하지만, 마음속으로는 좀 기뻤어요. 이해타산을 떠나, 좋아하는 걸 공유할 수 있으니까요. 네, 저는 참 쉬운 애죠? 날라리가 상냥하게 대해준 아싸 같네요. 하지만, 이해해주세요. 거북하게 여긴 사람에게서 공통점을 찾으면, 다른 사람보다 훨씬 친근감을 느끼는 법이거든요?

선배.

선배.

선배—.

관람차가 하늘로 다가갔다. 크루즈선이 달리는 바다. 지평선까지 뻗어있는 빌딩 숲. 보석을 뿌린 것처럼 반짝이고 있는 고베의 야경이, 끝없이 펼쳐지고 있었다.

이렇게 아름다운 야경이라면, 나도 아름답게 보이게 해줄까.

지금, 이 순간만의 마법이라도 괜찮다. 신데렐라처럼 많이 바라지는 않는다. 딱 5분. 아니, 3분. 아니, 이 순간만이라도 괜찮으니까, 나를 이 세상에서 가장 아름다운 소녀로 만들어줬으면 한다.

나의, 진심 어린 마음을, 전하기 위해…….

"선배—."

대사는 전부, 지상에 두고 왔다.

관람차가 밤하늘에 가장 다가섰을 때, 해야 할 말이 자연스레 생각났다.

"—평생, 저를 봐주세요."

진심이기에, 괜한 치장 없이…….
소망이, 욕망이, 말이 되어 입에서 나왔다.

"이미 저는 평생, 선배 말고는 눈에 들어오지 않게 됐어요."

야경의 빛이, 선배의 눈동자를 만화경처럼 비췄다.

"좋아해요. —제, 남친이 되어주세요."

결정적인 말을 입에 담은 순간, 덜컹하고 관람차가 가볍게 흔들렸다.
하지만 나도, 선배도, 몸을 움직이는 건 고사하고, 목소리조차 내지 않았다.
별들의 빛이, 야경의 아름다움이, 좁고 어두운 관람차 안을 무대처럼 꾸며줬다.
침묵을 비추는, 우리만이 아는, 스포트라이트.
세상이라는 무대에, 우리 둘만이 서 있었다.
"……휴우."

한동안 굳어 있던 선배는 쌓여 있던 숨을 토하더니, 시트에 깊숙이 몸을 맡겼다.

그리고, 내 얼굴을 응시했다.

종잡을 수 없지도 않았다. 나른해 보이지도 않았다. 학교에서 낮잠 같은 건 전혀 자지 않을 듯한, 그런 진지한 표정으로…….

"아소, 나는―."

선배는, 대답했다.

이리도 유메 ◆ 대답

해가 진 하늘은, 겨울이 다가오고 있다는 것을 알려줬다.

나는 자기 어깨를 가볍게 문질렀다. 어느새, 겉옷을 걸쳐야 할 계절이 됐다. 낮에는 얇은 옷차림으로 괜찮지만, 밤이 되자 가을 옷차림으로는 좀 추웠다. 게다가 다른 여자애들이 장난삼아 히가시라 양과 나에게 입힌 날라리 복장은 너무 추워서, 이미 원래 옷으로 갈아입었다.

"아이사, 늦는걸……."

회장이 스마트폰을 보면서 중얼거렸다.

집합 시간은 LINE으로 공유했다. 오후 네 시 반, 기린 장식물 앞. 학생회답게 시간에 맞춰 집합한 우리는 자연스럽게 여자끼리 모여서, 아소 선배가 올 가스등 거리 쪽을 쳐다보고 있었다.

오렌지색 빛이 맺힌 가스등이 같은 간격으로 설치된 보행로는 크리스마스 시즌처럼 무드 있는 공간이어서, 수많은 커플이 걷고 있었다. 그들 사이에 섞여서, 아소 선배가 호시베 선배와 나란히 걸어오기를 우리는 바라고 있었다.

이미, 결판이 났을 것이다.

자세한 계획은 못 들었지만, 원래부터 이 시간에 철수할 예정이었다. 그러니— 아소 선배는 이미, 고백을 했으리라.

시간을 확인해보니, 곧 오후 다섯 시였다.

30분이나 늦는 선배를, 우리는 불평 한마디 하지 않으며 그저 기다리고 있었다.

"—아."

회장이 작은 목소리로 그렇게 말했다.

뒤늦게, 나는 발견했다. 인파 사이로 보이는, 남들보다 머리 하나는 더 큰 사람을 말이다.

호시베 선배!

그 옆에는— 오전에 우리가 합심해서 골라준 데이트복을 입은, 아소 선배가 걷고 있었다.

"……휴우."

회장은 표정을 풀며 작게 숨을 내쉬었다.

나도 마음이 들떴다. 왜냐하면, 가스등의 빛을 받으며 걷는 두 사람 사이에서는 거북한 분위기가 흐르고 있지 않았다. 팔이 닿을 듯한 거리에서 걷고 있었으며, 주위 커플과 비교해도 위화감이 없을 정도였다.

"선배!"

우리는 가볍게 손을 흔들며, 걸어오는 두 사람을 맞이했다.

호시베 선배는 우리를 힐끔 쳐다보더니, 아무 말 없이 남자들이 있는 곳으로 걸어갔다.

……어라?

이상하다, 는 것을…… 나는 그제야, 눈치챘다.

"선배—."

아소 선배의 얼굴을 봤다.

선배는, 우리 전원의 얼굴을 보더니…….

얼굴을 찡그리듯…… 웃었다.

"다들, 고마워."

그것은, 미소의 형태를 한, 우는 얼굴이었다.

결과는, 말이 아니라 그 표정이, 이야기해주고 있었다.

진심인 너를 보여줘 봐

이리도 유메 ◆ 사랑이 한마디 말로 저주가 되다

"우에에엥~!!"

아소 선배가 통곡하고 있다.

욕조 안에서 아스하인 양의 가슴을 주물러대며…….

"차였어~!! 흑, 훌쩍! 어째서~?!"

나야말로 지금『왜?』하고 묻고 싶지만, 너무 기분 좋게 울어 재끼고 있는 탓에 태클을 날릴 수가 없었다. 가슴을 조물조물 당하고 있는 아스하인 양도 안 됐다고 생각하는 건지, 얌전히 아소 선배의 품에 안긴 채 때때로「흐윽」이나「으응」하고 간지러운 듯한 소리를 내고 있다.

"분명 성공할 줄 알았는데~!! 선배는 바보오오오~!!"

이래 봬도 아소 선배는 숙소로 돌아오는 그 짧지 않은 시간 동안, 울음을 참았다. 모르는 사람의 눈길도 있는 데다, 무엇보다 호시베 선배 앞에서 눈물을 보이고 싶지 않았을 것이다.

하지만 도망치듯 여탕으로 들어가자마자, 바로 대성통곡

을 시작했다.

사람이 이렇게 엉엉 우는 걸, 나는 처음 봤다. ―이 모습을 보니, 히가시라 양이 대단하다는 생각만 들었다.

실연이라는 건 원래, 사람의 마음에 이렇게 큰 상처를 입힌다.

진심일수록, 그 상처는 깊고…… 어제까지의 일상이 너무나도 멀게 느껴진다.

내 실연은 선배에 비하면 준비 기간이 길었던 만큼, 그나마 충격이 덜했지만…… 평소 믿음직하던 선배가 우는 모습이(남의 가슴을 마구 주물러대고 있는데도 불구하고), 내 가슴을 아리게 만들었다…….

"이상한걸……."

회장은 안타까운 듯이 눈을 가늘게 뜨며 말했다.

"평소에 그렇게 친하게 지내놓고, 여친으로 삼을 마음이 없다니 말이야. 남자 마음은 정말 복잡하네. 대체 아이사의 어디가 마음에 안 든 거지?"

"몰라~! 흑, 훌쩍…… 여, 여친으로 삼아주세요, 하고 마, 말했더니…… 미, 『미안하지만, 남친이 되어줄 수 없어』 하고…… 우엥~!!"

"히익?! 저, 저기, 선배, 그렇게 난폭하게…… 아앙!"

아스하인 양의 가슴을 주무르는 손길이 더 거칠어졌다. 아소 선배의 마음을 위로해주는 건, 사랑하는 후배의 찌찌

뿐인 것 같았다.

회장은 약간 불쾌하다는 듯이 눈썹을 찌푸렸다.

"남친은 되어줄 수 없다, 는 건가. 호시베 선배도 애초에 그럴 작정이었으면, 태도로 그런 마음을 드러내 줬으면 좋을 텐데 말이지."

"굳이 따지자면, 의미심장한 태도를 보인 건 아소 선배 쪽인데 말이죠……."

"쪽팔려~!! 그, 그렇게 소악마 행세를 했는데~!!"

확실히, 얼굴을 손으로 감싸고 싶어질 만큼 부끄러운 일이기는 했다. 나였다면 두 번 다시 호시베 선배와 얼굴을 마주하지 못할 것이다…….

회장은 첨벙첨벙 소리를 내며 욕조 안에서 이동하더니, 아소 선배의 어깨를 가볍게 안아줬다.

"너무 울면 탈수 증상이 올 거다. 푸념이라면 얼마든지 들어줄 테니, 이만 울음을 그쳐."

"우엥…… 으흑……."

"—으윽?! 내 것까지 주무르지 마라!"

양손에 꽃을 쥔 아소 선배를, 나는 쓴웃음을 머금으며 쳐다봤다. 지금 다가갔다간 나도 희생양이 될 것이다.

"……어디서 들어본 적 있는 이야기네요……."

그러고 있을 때, 옆에 있는 히가시라 양이 구구절절한 목소리로 중얼거렸다.

"가능성이 있다, 없다 같은 건, 믿을 게 못 된다니까요…….
가능성이 있다고 멋대로 생각해서 고백했다가 미안합니다~
같은 소리를 들으면, 정말 부끄럽거든요……."

"히가시라 양……."

실연 다음 날에는 멀쩡해 보였던 히가시라 양도, 역시 당일에는 저렇게 울었던 걸까.

회장처럼 친구로서 동정해주는 건, 나로선 어렵다. 왜냐하면 히가시라 양이 차인 건, 다름 아닌 내 탓이니까…….

"……무책임하게 등을 떠밀어서 미안해."

"에이, 다 지나간 일이잖아요. 그 말을 듣고 가능하겠다고 생각한 건 저잖아요~. 결국, 뚜껑을 열어보기 전에는 몰라요……. 그래서 무서운 거고요……."

나는, 뚜껑을 열어보니 성공이었다.

히가시라 양과 아소 선배는 실패였다.

무엇이 성공과 실패를 나누는 것일까. 내가 다음에도 성공할 거란 보장은 있을까?

모르겠다. 모르니까, 무섭다…….

너무 무서운 나머지, 영원히 뚜껑을 열지 않는 편이 좋겠다는 생각이 들 정도로…….

"우엥…… 흐흑. 무리야~, 선배……. 그런 말 들어도……
좋아하는 마음이, 사라지지, 않는다고요오……!"

희망이 없다는 것을 알지만, 계속 좋아할 수밖에 없다. 마치 저주 같은 그 상태를, 인간은 언제까지 견딜 수 있을까.

게다가, 한 지붕 아래에서 살고 있다면…….

나는, 또 싫어하게 될까. ―그와, 남매가 됐을 때처럼 말이다.

……하아, 정말.

그저 상상에 불과한데, 그저 가정에 지나지 않는데…….

나는 벌써부터, 히가시라 양이 부러워졌다. 아무 일도 없었던 것처럼, 고백하기 전의 관계로 되돌아간 그녀가, 무시무시하기 그지없었다.

울고 있는 아소 선배에게, 우리는 무난한 위로의 말을 건네는 것밖에 하지 못했다.

아카츠키 양만은, 괴로운 듯한 눈길로 그 광경을 응시하고 있었다.

카와나미 코구레 ◆ 남자와 여자

〈아소 선배, 차였대〉

아카츠키에게서 온 LINE을 본 나는 눈을 의심했다.

차여? 아소 선배가? ……호시베 선배에게 말이야?

〈진짜?〉 하고 확인 삼아 묻자, 〈진짜야. 지금 다 같이 위로해주고 있어〉라는 답장이 왔다. 아무래도 진짜 같았다. 아카츠키는 나사가 몇 개는 풀린 여자지만, 이런 재미없는 거짓말을 할 애는 아니다.

스마트폰에서 눈을 뗀 나는 방 안을 둘러봤다.

"크억! 꽤 하는걸, 하바!"

"온라인으로 단련했으니까요."

"으극! 그만해! 벼랑 아래까지 오지 말라고!"

호시베 선배는 내가 가져온 게임으로 하바 선배와 대전을 하고 있었다. 그 모습은 평소와 별반 다르지 않아 보였다. 아카츠키한테 이야기를 못 들었다면, 저 사람이 오늘 여자 한 명을 찼다는 것을 눈치 못 챘으리라. 대전을 하는 하바 선배도, 벽 쪽에서 책을 읽고 있는 이리도도, 눈치챈 기색이 전혀 없었다.

호시베 선배에게 있어서는 별것 아닌 일일까? 아니, 모르는 여자애에게 고백을 받은 게 아니잖아. 1년 넘게 어울렸던 학생회 후배라고. 그런 사람을 찬 걸 아무렇지 않게 생각하는 냉혈한 같아 보이지 않는데…….

〈잠시 나올 수 있겠어?〉

그런 생각을 하고 있을 때, 아카츠키한테서 그런 메시지가 왔다.

내 취미에 — 아니다. 나는 행복한 연애를 보고 싶은 거지, 타인의 실연을 즐기는 취미 따윈 없다 — 아무튼 아카츠키가 나에게 일부러 자초지종을 설명해줄 것 같지는 않지만, 이대로 모르는 척을 하며 방에 있는 것보다는 나으리라.

"마실 것 좀 사러 갔다 올게요."

"그래."

호시베 선배의 짤막한 대답을 들은 후, 나는 남자 방을 나섰다.

아래층으로 이어지는 계단 앞으로 가보니, 아카츠키가 그곳에서 기다리고 있었다. 그녀는 내 얼굴을 보더니, 「내려가자」 하고 말하면서 계단을 내려갔다. 나는 아무 말 없이 그 뒤를 따랐다.

숙박객이 모여 있는 프런트나 응접실과 떨어져 있는 인적 없는 복도에서, 아카츠키는 벽에 기대섰다. 그런 그녀의 시선은 밤의 어둠에 휩싸인 정원을 향하고 있었다. 하지만, 보고 있는 건 다른 무언가이리라.

나도 아카츠키와 시선을 공유하듯, 그녀의 옆에서 벽에 기대섰다.

잠시 침묵이 흐른 후, 아카츠키가 불쑥 입을 열었다.

"아소 선배, 엄청 울었어."

"……그랬구나."

"평소에는 그렇게 밝은 사람이었는데……. 뭐, 우는 모습도 좀 재미있었지만 말이야."

아카츠키는 후훗, 하고 가볍게 웃었지만, 왠지 힘이 없는 것 같았다.

"……왜 차인 건지, 안 묻는 거야?"

"그걸 듣는다고 어떻게 해줄 수 있는 것도 아니잖아. 나는 그 사람과 어제 처음 만났다고."

"하긴, 그것도 그래. ……뭐, 나도 이유는 몰라. 이리도도 포함해서, 진짜 이상한 남자 천지라니깐……. 내가 응원한 여자애는 전부 차이는 것 같아."

나는 몰랐지만, 히가시라도 예전에 이리도에게 고백을 한 적이 있다고 한다. 그리고 그 일에는 아카츠키가 관여했다. 이리도는 이 애의 책략에서 벗어나서, 히가시라를 찼지만…… 책임을, 통감하고 있는 걸까.

"나, 혹시 역병신인 걸까. 주위 애들은 다 차이고, 너는 연애를 못 하게 되어버렸잖아. 좀 우울해……."

"오컬트 같은 소리 하지 말라고~. 딱히 너와는 상관없는 일이잖아."

"응. 알아……. 하지만, 우는 선배를 보면서 생각했어. ……앞으로 너를 좋아하게 된 애도, 이런 식으로 울겠지, 하고 말이야."

"……."

내가 이런 체질인 이상, 고백을 받더라도 받아줄 수는 없다.

어쩌면, 고백을 받자마자 구토를 할지도 모른다. 그야말로 최악의 방식으로 상대방을 차게 될 것이다.

그걸— 자기 탓이라고…….

너는, 생각하는 거구나.

"내가 혼나서 풀릴 일이라면 좋겠지만, 너한테 차인 애는 그게 내 탓이라는 걸 알지 못할 거야. 너는 아마 이성한테 인기가 있을 테니까, 앞으로 그런 애가 몇 명이나 나타나겠지. 너는 여러 여자애를 울리게 돼. 나는— 나는 말이지?"

아카츠키는 소망하는 투로 말했다.

"너를, 그런 나쁜 녀석으로 만들고 싶지 않아."

그러니까, 고쳐야만 한다는 거냐.

진짜로 나타날지 확실치 않은, 미래의 생판 남인 누군가를 위해, 억지로라도 이 체질을 고쳐야 하는 거냐고.

"나는—."

"어디 좀 같이 가자."

아카츠키는 다짜고짜 내 팔을 움켜잡았다.

"가고 싶은 곳이, 있어. ……실은 말이지? 이 여관에는 반혼욕인 노천 온천이 있대."

탈의실을 살펴보니, 마침 다른 손님이 없는 것 같았다.

길쭉하게 만들어진 욕조가 좁은 통로처럼 되어 있는, 이상한 온천이었다.

첨벙첨벙 소리를 내며 온천 안을 나아가며 안쪽으로 가보니, 점점 바닥이 깊어졌다. 다갈색 물에 몸이 완전히 가려지는 깊이가 되자, 가느다란 통로가 끝나면서 밖이 보였다.

노천 온천이라고 하지만, 실제로는 가로로 긴 창문을 통해 밖이 보일 뿐인 반노천 온천이었다. 그것보다 신경 쓰이는 점은, 내가 걸어온 곳과는 반대편에 욕조가 하나 더 있다는 점이다. 물과 거의 같은 높이인 돌담이 커다란 욕조를 반반으로 나누고 있는 느낌이었다.

"아, 왔구나."

그곳에, 아카츠키가 있었다.

돌담 위에 두 팔을 올려놓고, 아무렇지 않게 이쪽을 들여다보고 있었다. 다갈색을 띤 온천수는 전혀 투명하지 않아서, 그녀의 몸을 완전히 가려주고 있었다.

반대편에는 여탕에서 이어지는 통로가 있어서, 그쪽을 통해 이곳에 온 것 같았다. 단, 물이 탁해서 몸은 전혀 보이지 않았다. 그런 식으로 만들어진 반혼욕인 것 같았다.

"헤헤헤……. 알몸인데 안 보이니, 좀 이상한 기분이야."

"……그래."

여탕도 남탕과 마찬가지로 다른 사람이 없는 것 같았다. 아무래도 지금은 한산한 시간대인 것 같았다.

"야. 다른 여자를 찾지 마."

아카츠키는 도끼눈을 뜨며 말했다.

"있어봤자 어차피 안 보일 거잖아."

"시끄럽다고. 그래도 신경은 쓰인단 말이야."

"너도 다른 남자들처럼 흑심이 있긴 하구나. 그런데 상대방이 호감을 품으면 구토를 한다니, 진짜 이해가 안 돼."

내가 누구 때문에 이렇게 됐는데— 하고, 말하지는 않았다.

누구 때문인지는, 이 녀석이 가장 잘 아는 것이다.

아카츠키는 돌담에 얹은 손으로 턱을 괴더니, 놀리듯이 웃었다.

"혼욕을 하는 게 얼마 만이더라? ……아, 맞다. 얼마 전에 집에서 했었지?"

"그때는 네가 멋대로 들어온 거잖아. 합의하에 같이 목욕한 건—."

—사귈 때 이후로 처음이다.

기억을 거슬러 올라가기 전에, 나는 생각을 멈췄다. 더 생각했다간 평정심을 잃을 것만 같았다.

"옛날에는— 초등학생 때는 말이야. 같이 목욕하는 게 당연했잖아."

"어릴 때는 다 그런 거잖아. 그게 당연한 거라고 생각했다고."

"몇 학년 때였지? 네가 갑자기 『여자애는 어디로 오줌 눠?』 하고 물었—."

"하지 마! 남의 흑역사를 끄집어내지 말라고!"

"아하하! 내가 깜짝 놀라서 울음을 터뜨린 바람에, 너는 부모님한테 혼났잖아!"

아무것도 모르던 시절의 이야기다. 남자와 여자의 차이도, 연애도, 자신들이 어떻게 될지도—.

"어쩌다 같이 목욕을 안 하게 됐더라? 네가 내 가슴을 만져서였지?"

"날조하지 말라고, 바보야. 딱히 계기는 없었거든? 우리 둘 다 나이를 먹으면서, 자연스럽게—."

자연스럽게다. 전부, 전부, 자연스럽게다.

자연스럽게 같이 목욕을 하지 않게 됐고, 자연스럽게 같이 등교하지 않게 됐으며, 자연스럽게 교실에서 이야기를 나누지 않게 되더니, 자연스럽게— 연인 사이가 됐다.

각오도, 책임감도, 전혀 없었다. 남자 중학생은 다 그런 것이다. 여자애가 좋아한다고 말하면, 원숭이 이하의 지능지수가 되어서 바로 넘어가고 만다. 그래 놓고 생각했던 것과 다르면, 응석을 부리기 시작하는 것이다.

그때의 대가를, 나는 지금도 치르고 있다.

"—저기, 흥분돼?"

아카츠키는 장난스레 웃으며 말했다.

"여고생이 된 나와의 혼욕…… 감상을 들려줘, 카와나미."

"……바보 아냐?"

나는 코웃음을 쳤다.

"방금 옛날이야기를 그렇게 했잖아. 이제 와서 너와 같이 목욕한다고, 흥분하겠냐고—."

그 시절처럼, 나는 무지하지 않다.

남녀를, 연애를, 각오를, 후회를, 분별을…….

뼈저리게 깨달은 끝에, 지금에 이르렀다.

연애 따위는, 하는 게 아니라 구경하는 것이다.

그 대답에— 변함은 없다.

"……흐음."

아카츠키의 맞장구는 왠지 의미심장하게 들렸다.

내가 미심쩍어했을 때, 아카츠키는 남탕과 여탕을 가르는 돌담에서 떨어지더니 첨벙첨벙 소리를 내면서 밖이 보이는 커다란 창문 쪽으로 다가갔다.

그리고 창문 앞에 있는 돌로 된 욕조 가장자리에 손을 얹었다.

"영차."

첨버—엉.

물방울이 튀었다.

갈색을 띤 물 안에서 새하얀 등이 나타나고, 허리가 나타나더니, 엉덩이가 나타났다—.

아연실색한 내 앞에서, 아카츠키는 나를 향해 몸을 돌렸다.

실오라기 하나 걸치지 않았다.

욕조 가장자리에 걸터앉아서, 어둠에 물든 창밖을 배경 삼아, 물기를 머금은 채 빛나는 나신을 드러냈다.

웃으면서 말이다.

그리고 고개를 가볍게 갸웃거린 아카츠키는 다시 나에게 말했다.

"진짜로…… 흥분 안 돼?"

그 조그마한 체격은, 중학생 때와 거의 달라지지 않았다.

하지만 옷에 가려진 몸은, 확연하게 성장했다. 허리부터 엉덩이로 이어지는 라인, 절벽인 줄 알았는데 의외로 존재감이 있는 봉긋한 가슴— 여성스러운 곡선을 지닌 곳이, 예전보다 명백하게 많았다.

어린애 같은 덩치와, 앳된 얼굴을 지녔지만, 그래도 요염했다.

적어도 나는— 그렇게 느끼고, 말았다.

"왜……."

피부에 생겨난 두드러기와 치밀어 오르는 구역질을 느끼면서, 나는 신음했다.

"왜…… 그렇게까지, 하는 거야……."

의문일까. 애원일까.

원숭이보다 못한 내 지능으로는, 자기 자신에게 물어볼 수조차 없었다.

"나는, 지금 이대로도 괜찮아……. 어느 정도 화해도 했고…… 예전처럼, 마음이 맞는 소꿉친구로 돌아갔잖아……. 그래서, 나쁘지 않은 기분이었다고……!"

내가 생각하기에도, 우는 소리 같았다.

어린애가, 울먹이며 하는 소리 같았다.

"그런데 왜— 전부 망쳐버리려고 하는 건데!"

끝나고 만다.

이 편안한 시간이, 끝나고 만다.

그렇게 생각하니, 슬프고, 화가 나면서, 머릿속이 엉망진창이 됐다.

아카츠키는 난처한 듯이, 눈을 살짝 내리깔았다.

"……망치는 짓일까?"

"그래. 당연하잖아……! 그런 짓을 계속하다간—."

이런 모습을 봤다간…….

"—너를, 여자로 볼 수밖에 없게 돼."

머릿속에서, 불꽃 같은 것이 튀었다. 그것은 내 뇌를 내부에서 물들이더니, 이성이라 부르는 것을 뒤덮으면서, 동물의 본능 같은 빛깔로 물들여갔다.

싫어. 싫다고! 싫단 말이다. 같은 짓을 되풀이하는 건 싫어! 기분 나빠, 기분 나빠, 기분나빠기분나빠기분나빠기분나빠! 아름다운 것이라고 여기게 해줘. 남자를, 여자를, 인간을, 더 아름다운 것으로 여기게 해줘. 고귀하고 귀여우며 예쁜, 그런 아름다운 것이라고 여기게 해줘!

어릴 적의— 추억처럼…….

"미안해, 코~."

무자비했다.

"그런 말을 들으면, 나…… 너무 기뻐."

배시시 웃는 아카츠키를 본 순간, 나는 손으로 입을 막았다.

이제 아무 말도 할 수 없다. 얼굴을 들 수도 없다. 나는 건기 힘든 온천 안을 걸으며, 왔던 방향으로 되돌아갔다.

"젠장……."

그래도, 사라지지 않았다.

머릿속에, 아~의 나신이 새겨져 있었다.

"젠장, 젠장, 젠장……!"

뇌가 심장으로 변한 것처럼 격렬하게 뛰었다.

목이 말라 들어가면서, 숨을 고를 수가 없었다.

이렇게 되고 싶지 않았다.

쭉 어린애이고 싶었다.

남자도 여자도 아닌, 그저 소꿉친구로 지내고 싶었다.

하지만— 사라지지 않았다. 사라지지 않았다. 옅어지지 않았다.

희미하게 상기된 피부, 완만한 언덕처럼 봉긋 솟은 가슴의 끝부분, 탄탄한 허벅지 사이로 어렴풋이 보인—.

"젠자앙……!!"

떠올렸다. 떠올리고 말았다.

그 사실이, 이제 옛날로 돌아갈 수 없다는 것을 증명하고 있었다.

이리도 유메 ◆ 진심 어린 대답

이불에 파묻히듯 누워서 곤한 숨소리를 내며 잠든 아소

선배를, 나는 들여다봤다.

"……울다 지쳤나 보네."

"울다, 떠들고, 폭식을 하더니, 잠든 건가요……. 마치 어린애 같네요."

아스하인 양은 약간 어처구니없다는 투로 말했다. 확실히 잠든 선배는 앳되어 보여서, 마치 어린애 같았다.

"아니, 갓난아기려나요. 그렇게 가슴에 집착했으니까요."

"나중에는 응애응애~ 했으니 말이야……."

"연애라는 건, 사람을 이렇게 만드는 거군요."

아스하인 양이 그렇게 중얼거리자, 나는 그녀를 쳐다봤다.

"이해가 안 되는 거야?"

"네……. 이렇게까지 난리를 피울 일인가, 싶은 생각이 들어요."

"뭐, 아소 선배처럼 난리를 피우는 사람은 소수일 거라고 생각하지만……."

나는 쓴웃음을 머금었다. 목욕 후에 저녁 식사를 할 때도, 홧김에 폭식을 하는 느낌이었다.

"하지만…… 제가 생각하기도 의외지만…… 좀, 화가 나네요."

"화가 나?"

"호시베 선배에게요. ……아소 선배를 이렇게 울리면서까지, 교제를 거부할 이유가 대체 어디에 있는 걸까 싶어요."

"……그렇구나."

회장도, 비슷한 반응을 보였다. 역시 아소 선배와 가까운 이들이라면 다소 그런 생각을 할 것이다.

하지만 나는…… 호시베 선배에게도 그럴 만한 이유가 있을 거란 생각이 들었다.

"불가사의하네요……."

어린애처럼 잠든 아소 선배를 내려다보며, 아스하인 양은 말했다.

"저는 연애 같은 것에는 관심이 없었어요. ……하지만 연애 때문에 이렇게 엉엉 우는 사람을 보니, 좀 생각이 바뀌네요. 제가 필사적으로 공부하는 것처럼— 이 사람도, 필사적으로 연애하는 걸까, 싶어요."

"응. 나도 알아. 필사적인 사람을— 진심인 사람을 보면, 도와주고 싶어지는 그 마음 말이야."

"진심……."

아스하인 양은 뭔가를 확인하듯 그렇게 중얼거리더니…….

"호시베 선배는…… 얼마나 진심인 걸까요."

"뭐?"

"저는…… 호시베 선배가, 뭔가에 진심으로 임하는 모습을 본 적이 없어요. 학생회장이었던 만큼, 우수한 사람인 건 틀림없겠지만—."

"그건……."

나는, 호시베 선배의 어깨를 알고 있다.

자세한 건 모르지만, 아마 부상으로…… 관둘 수밖에 없었다는 것을 말이다.

"『왜』…… 하고, 아소 선배는 계속 말했어요."

아스하인 양은, 자기가 학생회에 들어오는 계기가 된 선배의 볼을 어루만져줬다.

"이유를, 듣지 못한 걸까요. 이유를— 이야기하지 않을 걸까요. 아소 선배는…… 이렇게 진심인데……."

왜, 왜, 왜.

아소 선배는 얼이 나간 것처럼 몇 번이나 그렇게 중얼거렸다.

『남친은 되어줄 수 없다』. 그런 말을 들었다고 한다. 하지만, 왜 남친은 되어줄 수 없는 건지 설명을 들었단 말은 듣지 못했다.

만약 호시베 선배가, 당사자인 아소 선배에게도 이야기하지 않았다면—.

"……나도, 좀 화날 것 같아."

만약 미즈토가 히가시라 양을 차면서 이유를 전혀 설명하지 않았다면— 그 이유가 자기 자신일지라도, 나는 그 남자에게 불같이 화냈을 거라고 생각한다.

멋대로 좋아하게 되어서 멋대로 고백해놓고, 무슨 소리를 하느냐고 생각할지도 모른다. 하지만 그 정도의 책임을 져야 마땅하지 않을까. 이제까지 품고 있던 마음을 정리해야만 하니까. ―제대로 마침표를 찍을 수 있게 해줘도, 괜찮지 않을까.

진심 어린 고백에는, 진심 어린 대답을 해줘야 한다고 생각하는 게, 이상한 거야?

"너희들."

갑자기 말을 걸어온 이는 쿠레나이 회장이었다.

"미리 말해두겠는데, 호시베 선배에게 따지지는 마라. 그건 아이사를 더욱 비참하게 만드는 짓이야."

"그건…… 알고 있지만요."

"이건 어디까지나 아이사와 호시베 선배의 문제다. 외야인 우리가 끼어드는 건 번지수가 틀렸어."

회장의 말은 옳다. 아소 선배와 가장 오래 알고 지냈으니 가장 화났을 텐데도, 우리의 회장은 냉정했다.

하지만, 그렇다면, 어떻게 해야―.

"……본인들의 문제라면, 본인들이 이야기를 나누게 하면 되지 않아요?"

불쑥, 느닷없이, 그런 말을 한 이는 나도, 아스하인 양도, 회장도 아니다.

바로 히가시라 양이었다.

"고백을 거절당했다고, 이제까지의 인연이 사라지는 건 아니고…… 다행히 여행은 내일까지니까 마침 잘된 것 아닐까요?"

우헤헤, 하고 웃음 히가시라 양이 말했다.

"이건 경험담인데, 고백이란 건 처음 할 때보다 두 번째 할 때 훨씬 편해요."

이 자리에서 가장 외야인 히가시라 양이 한 말이, 그 누구의 말보다 설득력이 있었다.

……정말, 못 당하겠다니깐.

경험자로서 조언을 해준 게, 먼 옛날 일처럼 느껴졌다.

"……그래. 크큭…… 그런가."

회장은 유쾌하다는 듯이 어깨를 흔들며 크큭, 하고 웃었다.

"확실히 한 번 차였다고 거절할 이유는 없지. 게다가 아이사는 평소에 그렇게 귀찮게 여겨지면서도 꿋꿋이 대시했으니 말이야. 후훗…… 하하하! 맞는 말인걸!"

회장은 정말 재미있다는 듯이 큰 소리로 웃었다.

아스하인 양은 당황한 표정을 짓더니, 회장과 히가시라 양과 나를 차례차례 쳐다봤다.

"저기…… 괜찮을까요?"

"뭐…… 괜찮지 않을까?"

끈질긴 남자가 미움을 받듯이, 끈질긴 여자도 미움받을지 모르지만…….

아소 선배는…… 평소부터, 그렇게 귀찮게 굴었으니 말이다.

"좋아……. 그럼 이참에 작전회의를 해두도록 할까."

그렇게 말한 쿠레나이 회장은 이부자리 위에 책상다리를 하고 앉았다.

"내일— 롯코산에서, 아이사에게 또 고백을 시키자. 그리고 그 벽창호 행세를 하는 얼간이의, 본심을 듣는 거다."

"회장님, 실은 어마어마하게 열받았나 보네요……."

그렇게, 여자 방의 밤은 깊어 갔다.

하바 죠지 ◆ 마지막 날의 상황

다음 날 아침. 여행 사흘째— 마지막 날.

숙소의 체크아웃을 마친 우리는 짐을 미리 자택으로 보낸 후, 목적지인 역을 향해 걸어서 이동했다.

역이지만, 전철역이 아니다.

로프웨이다.

아리마 온천에서는 롯코산 꼭대기로 이어지는 로프웨이를 탈 수 있다. 이것을 타고 산꼭대기를 관광한 후, 다른 역에서 케이블카를 타고 산기슭으로 내려가서 인근 역의 전철을 타고 교토로 돌아간다. 일정상으로는 그랬다.

"실은 타케다 성터에도 가보고 싶지만 여기서는 멀기도 하고, 몇십 분이나 산을 올라야 하거든. 대인원인 이번에는 관두기로 했다."

기획자인 쿠레나이 씨가 그렇게 설명했다.

이어서 「다음에 단둘이 가볼까?」 하고 말했기에 「짐꾼으로 서라면요」 하고 대답해뒀다. —괜히 부정했다간 괜히 부추기게 될지도 모르기 때문이다.

공중에서 내려다보는 가을의 롯코산은 활활 타오르는 듯한 진홍색으로 물들어 있었다. 불길에 뒤덮인 벌판을 걷는 듯한 체험은, 일부러 여행을 올 가치가 있었다는 생각이 들게 했다.

원래라면 여기서 아소 씨가 호시베 선배에게 들러붙으며 요란스레 떠들었을 것이다.

하지만 현재 두 사람은 다른 창문을 통해 창밖의 산을 내려다보고 있었다. 아소 씨는 떠들긴커녕, 이리도 양과 미나미 양의 말에 맞장구만 치고 있을 뿐이었다.

누가 봐도, 상황은 명백했다.

아소 씨는 오늘이 바로 커플이 되어 첫 데이트를 하는 날이라고 생각했을 것이다. 그렇기에 이 풍경이 아름다우면 아름다울수록, 어쩌면 존재했을지도 모르는 다른 현재가 떠오르는 탓에 순수하게 즐기지 못할지도 모른다.

한편— 나는, 다른 남녀도 신경 쓰였다.

호시베 선배와 이야기를 나누는 카와나미, 그리고 아소 씨와 이야기를 나누는 미나미 양이다.

저 두 사람은 오늘 아침부터 전혀 이야기를 나누지 않았다. —아니, 카와나미가 일방적으로 미나미 양을 피하는 것처럼 보였다.

“…….”

한숨을 참았다.

느긋한 여행이 되지는 않을 거라고 생각했지만, 예상이 이렇게 적중할 줄이야.

남녀가 함께 행동하면, 제대로 풀리는 일이 정말 없다니깐.

이리도 유메 ◆ 진짜로 만지고 싶은 건 따로 있다

조물조물조물조물조물.

아소 선배는 열심히 양의 털을 조물거리고 있었다.

로프웨이를 타고 롯코산 정상에 도착한 우리는 우선 이 주변에 있는 외국 느낌의 구역과 선물 가게, 그리고 경치가 좋은 테라스를 돌아봤다.

친구들과 엄마에게 줄 선물을 산다는 수확은 있었지만, 아소 선배는 여전히 기운이 없었고…….

고베를 한눈에 볼 수 있는 테라스를 나선 후, 아소 선배는 갑자기 이렇게 말했다.

"목장에 가고 싶어."

롯코산에는 목장이 있다. 인근 버스 정류장에서 약 20분 정도 버스를 타고 가면 도착한다. 테마파크처럼 잘 정비된 그 목장에는 곳곳에 울타리가 쳐진 방목지가 있으며, 양과 염소, 젖소가 자유롭게 살고 있다.

들은 적이 있다. 인간은 궁지에 몰리면, 동물에게 마음을 치유 받으려 한다는 말을 말이다.

그리고 아소 선배는 목장 안을 활보하는 양을 발견하더니, 흐느적흐느적 다가가서 한도 끝도 없이 만지기 시작했다.

"후후후…… 너는 부드럽네……. 깡마른 나와는 다르게……."

치유를 받고 있는데도, 아소 선배의 입에서 흘러나온 것은 요사한 웃음이었다.

양만이 아니었다.

홀스타인을 발견하고 그 옆에서 몸을 웅크리더니…….

"후후후…… 너는 가슴이 크구나……. 나도 너 같았으면 좋았을까……?"

귀여운 토끼를 발견하자, 가늘게 뜬 눈으로 토끼를 응시하며…….

"후후후…… 나도 너만큼 귀여웠으면 좋을 텐데……."

차마 볼 수가 없었다.

동물과 여고생이라는 조합이, 이렇게 애통하게 보일 수도 있는 것일까.

아소 선배는 웃으면서, 앙고라토끼를 쓰다듬었다.

"아아…… 부드러워……. 따뜻해……. 동물을 기르고 싶네……. 고양이라든가, 엄마한테 부탁해볼까……."

""""그건 안 돼!""""

애완동물을 기르기 시작하면, 사람은 결혼을 못 하게 된단 이야기도 들은 적 있어!

나와 아카츠키 양과 회장이 한목소리로 날린 태클을 전혀 개의치 않으며, 아소 선배는 수상한 웃음을 머금은 채 토끼를 계속 조물조물했다. 상태가 정말 심각했다…….

"……아이사."

회장은 아소 선배의 어깨에 손을 얹었다.

"실은 우리끼리 논의해서 정한 게 있다."

"어어? 뭔데에……?"

"우리는 이제 역 쪽으로 돌아가서 점심을 먹을 거다. 그 후에는 케이블카로 산에서 내려간 후, 교토로 바로 돌아갈 거지. 이 사이에, 일정을 하나 추가할 거다."

우리가 괜히 끼어들어봤자, 일이 더 꼬일 뿐이다.

외야인 우리가 준비해줄 수 있는 것이라고는, 시간뿐이다…….

"아까 산책했던 가든 테라스 근처에, 탑이 하나 있다. 산 위에서 경치를 즐기기 위한 전망대지. 탑 꼭대기는 그렇게 넓지 않아서, 여럿이 들어갈 수는 없어."

"어? 으음…… 무슨 소리를 하는 거야?"

"거기에, 호시베 선배와 단둘이 가라."

"……어?"

아소 선배는 새된 목소리로 그렇게 말하더니, 얼이 나가고 말았다.

"호시베 선배 쪽은 내가 어떻게든 하마. 아무튼, 너는 그

탑 위로 가라. 거기서 물어보고 싶은 걸 물어보고 와."

"무, 물어보고 싶은 거라니…… 나, 이미 차였거든?!"

아소 선배가 큰 목소리를 내자, 토끼가 도망쳤다.

"얼굴을 마주할 자신이 없는데…… 무슨 이야기를 하면 좋을지도, 모르겠는데…… 이제 와서, 물어보고 싶은 것 따윈……!"

"『왜』 하고 몇 번이나 말했잖아요."

단호한 어조로 그렇게 말한 이는 바로 아스하인 양이었다.

"알고 싶은 거잖아요? 연인은 되지 못하더라도— 호시베 선배가, 무슨 생각인지를 말이에요."

"그…… 그, 건……."

설령, 연인 사이가 되지 못하더라도…….

무슨 생각을 하는 건지— 정도는, 작별 선물 삼아 알려줘도 될 것이다.

"이제 와서 겁먹지 마라, 아소 아이사."

회장은, 아소 선배의 어깨를 힘차게 움켜잡았다.

"이 정도 일로 미움받을 거라면, 너는 옛날 옛적에 미움을 받았을 테지. 안 그래?"

"응……."

"네가 좋아하게 된 남자는, 여자를 찬 이유조차 말해주지 못하는 한심한 자식이 아냐. 안 그래?"

"응……!"

"뭐, 설령 그게 너와 우리의 착각일지라도……."

회장은 후훗 하고 평소처럼 웃으며 말했다.

"우리가 거하게 위로해주마. 란 양의 가슴을 얼마든지 주무르도록."

"네?! 회장님?!"

우리는 한목소리로 웃었다.

그렇다. 실연했다고 해서, 죽는 건 아니다.

사랑이 실패한 후에 피어나는 미소도, 분명 있을 것이다.

"우엥……!"

아소 선배의 눈에, 눈물이 맺혔다.

"나…… 괜찮을까……? 발버둥을 쳐봐도, 정말 괜찮을까……?"

"바보구나. 아까도 내가 말했을 텐데?"

회장은 아소 선배의 이마를 가볍게 두드렸다.

"너한테 치근덕거려도 된다고 허락해준 사람은, 애초에 그 어디에도 없어."

그러니 신경 쓸 필요 없다. 두려워할 필요 없다.

그 용기는— 처음부터, 선배의 내면에 있었으니까…….

카와나미 코구레 ◆ 고귀하다

"하아……."

산의 공기는 참 맑고 깨끗하지만, 내가 토하는 숨결은 무거웠다.

옆에서 걷고 있는 이리도가 나를 힐끔 쳐다보더니…… 아무 말도 없이 계속 걸음을 옮겼다.

"무슨 말 좀 해보라고, 이리도."

"무슨 말을 하라는 건데?"

"내 상태가 별로인 걸 눈치챘을 거 아냐! 친구로서 걱정 안 되는 거냐?!"

"걱정 안 되는걸."

"되게 매정하네!"

친구로 지내는 보람이 참 없는 녀석이다. 히가시라 상대로는 과보호 그 자체인데 말이다.

뭐, 이리도가 물어도 대답을 해줄 수 없긴 하다.

아마 『아무 일도 없다』 같은 소리나 할 것이다. 이렇게 무슨 일 있었다고 광고하는 듯한 면상인 녀석이 그런 소리를 한다면, 나라도 짜증이 날 것이다. 그럼 태도로 티 내지 말라고~ 하고 확 말하고 싶어질 게 뻔하다.

애초에, 상의할 수가 없다.

소꿉친구를 여자로 여기고 만 나 자신이 싫다— 같은 걸 소리를 해봤자, 공감할 수 있을 리가 없다. 어젯밤에 온천에서 있었던 일을 이야기해봤자, 자랑처럼 들릴 것이다. 그리고 만약 형식적인 공감이나 동정의 뜻을 내비친다면, 나는 평정심을 유지하지 못할지도 모른다.

거기까지 생각해서, 이리도는 아무 말도 하지 않는 것이리라, 하고 생각해두기로 했다.

……그러고 보니 나는 타인에게 고민을 털어놓은 적이 없네.

타인의 고민을 들어준 적은 있지만, 그 반대는 없다. ─마음을 닫고 있는 걸까. 프렌들리한 척 하지만, 실은 타인과 자신 사이에 선을 긋고 있는 걸까.

그런 부분은 아카츠키도 마찬가지일지도 모른다.

그 애가 남에게 고민을 털어놓는 광경을 상상할 수가 없었다. 내 체질에 관해서도 아마 누구에게도 이야기하지 않았을 것이다.

소꿉친구라기보다, 남매에 가깝다.

그렇게 생각하니, 내 감정도 당연하단 느낌이 들었다. 누나나 동생을 상대로 흥분한 자신을 기분 나쁘게 여기는 것이나 다름없으니 말이다.

딱 하나, 남매와 다른 점은…….

아무런 의문을 품지 않으며, 그 애를 상대로 흥분하던 시절이 나에게 있다는 것이다.

그 점은 제쳐두고, 그 애를 마구 헐뜯으며 차버린 적이 나에게 있다는 것이다.

"……선배, 잠시 저 좀 봐요."

좀 떨어진 곳에 있는 호시베 선배에게, 학생회장이 말을 걸었다.

여자끼리 행동하고 있었는데, 지금은 혼자였다. 어떻게 된 걸까?

의아하게 생각했지만, 다음 한 마디를 듣고 의문이 풀렸다.

"아이사로부터, 이 말을 전해달라는 부탁을 받았습니다"

아아…… 그래.

아소 선배는, 포기하지 않은 건가.

"『전망탑』에서 기다릴게요. 꼭 와주세요, 라는 군요."

꼭.

그 한 마디를 덧붙이기 위해선, 얼마나 큰 각오가 필요할까.

나 따위가 여자 마음을 헤아리는 건 불손한 짓이겠지만, 분명 가볍게 입에 담을 수 없는 말일 것이다. 가능하면, 괜찮다면, 시간이 있다면— 그런 식으로 도망칠 빌미를 얼마든지 만들 수 있었을 것이다. 그걸 통해 아무 일도 없었다는 듯이 지낼 가능성 또한, 얼마든지 만들 수 있었을 것이다.

그게 가장 편하다.

일단 오늘은 이쯤에서 물러나고, 일단 시간을 두며 머리를 식히자. 그런 식으로 눈앞의 거대한 벽 같은 과제를 미룬 후, 나중에 그냥 없었던 일처럼 넘어가 버리는 것이다.

얼마든지 가능하다. 내일이나 모레, 학교에서 만나면 이제까지처럼 말을 건다. 그것만으로, 적어도 표면적으로는 고백하기 전의 일상으로 되돌아갈 수 있다. 아소 선배에게 있어, 그보다 더 달콤한 선택지는 없었을 것이다.

하지만 그 사람은, 그 선택지를 걷어찼다.

벽에 맞서는 길을— 선택한 것이다.

어젯밤…… 나는, 도망칠 수밖에 없었는데…….

—연애 따위는 하는 게 아니다.

괴롭기만 할 뿐이다. 귀찮기만 할 뿐이다. 불안에 휩싸이고, 이리저리 휘둘리며, 자기혐오에 빠지는 데다, 뭐 하나 뜻대로 잘 풀리지 않는다. 그냥 보기만 하는 편이 훨씬 재미있다.

그렇기에…….

그 고난에 맞서는 인간은— 고귀하다.

"아~."

호시베 선배는 고개를 돌렸다.

그리고 얼버무리듯 말했다.

"미안하지만…… 아소한테, 못 간다고 전해줘. 내가 해줄 말은 없으니까—."

아냐.

아니잖아.

그게 아냐. 그게 아니라고. 틀렸단 말이다.

이 상황에서 해줘야 하는 대답은— 그게 아니다.

"—회장님."

이 순간, 나는 ROM을 관뒀다.

"걱정하지 마세요. 호시베 선배는 제가 꼭 데려가죠."

어느새 나는 뒤편에서 호시베 선배의 팔을 움켜잡으며, 그렇게 말했다.

"카와나미. 멋대로 무슨 소리를 하는 거야?"

"죄송해요. 하지만 저는 해피 엔딩 말고는 사양하는 타입이거든요."

"뭐?"

"호시베 선배— 진심인 인간은, 진심으로 대해줘야 한다고요."

하아, 주제넘는 소리를 늘어놓고 있네. 기죽기는커녕, 염치도 없이, 뻔뻔스럽게, 능청을 떨면서 말이다. 후안무치란 말은 지금의 나한테 딱 어울려. 자기가 결국 못 했던 일을, 타인에게 요구하고 있잖아. 자기가 던진 부메랑에 몇 번을 맞아야 직성이 풀리는 거냐고.

하지만—.

"—호시베 선배가 말했잖아요. 중학생 때 이야기를 하면서…… 고백을 한 그 용기가 정말 대단하다고 생각했다면서요."

"그건……."

"어느 쪽이 대단한 것 같아요? 상대에 대해 제대로 알지도 못하면서 될 대로 되란 심정으로 고백하는 것과, 이제까지의 관계가 무너질지 모르는데도 고백을 하는 것 중에서요. 어느 쪽이 더 용기가 필요하다고 생각하세요?"

그렇다. 용기가 필요했을 것이다.

10년.

그 세월 동안 이어져 온 소꿉친구를 관두고— 연인이 되기 위해서는 말이다.

"정말 대단하다고 생각한다면— 몇 번이든, 제대로…… 마주해줘야 하지 않을까요?"

겁먹지도, 도망치지도, 현재에 안주하지도 않으며…….

"멋진 모습을 보여 달라고요. —선배."

진심을 드러낸 여자애에게 등을 보이는 건…… 정말, 꼴사나운 짓이잖아.

아무 말 없이 듣고 있던 회장님이 「후훗」 하고 가볍게 웃더니, 호시베 선배를 올려다봤다.

"후배에게 모범을 보여줘야겠는걸요, 회장님."

"……나는 이제 학생회장이 아냐."

낮은 목소리로 그렇게 말한 호시베 선배는 「하아, 젠장!」 하고 짜증 섞인 목소리로 투덜거렸다.

그 후…….

"가면 될 거 아냐, 가면!"

그리고 될 대로 되란 듯이 말했다.

"그런 소리를 듣고도 도망칠 만큼 얼간이는 아냐—. 젠장. 왜 내 후배 중에는 이렇게 오지랖 넓은 녀석이 많은 거냐고."

"선배의 등을 보며 자라서 아닐까요?"

그렇게 말한 회장님은 웃음을 흘렸다. 호시베 선배도 실은 오지랖이 넓은 거겠지.

호시베 선배는 「하아~!」 하고 크게 한숨을 내쉬더니, 우리를 돌아봤다.

"이렇게 됐으니 다녀오겠어. 하바, 네가 최연장자니까 1학년들을 챙겨."

"어? 아니, 회장님—."

"하라면 해. 그리고 나는 이제 회장이 아냐."

일방적으로 그렇게 말한 호시베 선배는 긴 다리를 놀리면서 버스 정류장이 있는 곳으로 향했다.

그런 그의 등이, 아까까지보다 약간 커진 것처럼 보였다.

"……ROM 전문 아니었어?"

이리도가 약간 어처구니없다는 투로 그렇게 말했다.

나는 어깨를 으쓱했다.

"마가 낄 때도 있거든."

연애 따위는 할 게 못 된다.

하지만— 하고 말았다면, 그건 어쩔 수 없는 일이다.

호시베 토도 ◆ 진심

욱신, 어깨가 아팠다.

왼쪽 어깨다. 평소에는 신경 쓰이지 않는다. 나는 오른손

잡이라서, 일상생활에는 아무런 지장이 없다. 예방 접종 주사를 맞았을 때가 더 신경이 쓰일 정도다.

그런데도 때때로, 욱신거리듯 아플 때가 있다.

그럴 때마다 꼭 머릿속에 떠오르는 이미지가 있다. 머나먼 골대…… 아무리 뻗어도 닿지 않는 손…… 무참히 진 선배들…… 마치 파블로프의 개 실험 같다. 너무나도 깊고 커다란 무력감이, 고통이 뒤엉켜 있다.

이럴 때마다, 어떤 말을 듣는 듯한 느낌이 들었다.

인간에게는 주제라는 것이 있다. 주제 넘는 이상을 품으면, 그걸 위해 무리를 한 만큼 혹독한 대가를 치른다. 쿠레나이 같은 천재가 아니라면, 그 상한선은 의외로 가까운 곳에 있다.

그러니, 항상 여력을 남겨둬야만 한다.

무슨 일이 벌어져도 대응할 수 있도록, 위험하다 싶으면 후퇴할 수 있도록, 여력을 남기고, 여유를 가지며, 여분을 확보해둬야만 한다.

어차피— 진심이 되더라도…….

호된 보복을 받을 뿐이다.

"……여어."

좁은 나선 계단의 종점에서, 그 애는 기다리고 있었다.

어제와 다르게, 얇은 롱스커트가 바람에 흩날리고 있었다. 복장은 평소와 마찬가지로 프릴이 잔뜩 달린 지뢰계 느낌이지만, 평소처럼 딱하다는 느낌은 들지 않았다. 액세서리를 하나도 착용하고 있지 않아서일까. 평소 같은— 시선을 모으기 위해 신경 쓴 느낌이 없었다.

아소는 바람에 흩날리는 머리카락을 손으로 누르며 뒤돌아봤다.

그 등 뒤에는 자갈이 깔린 지면 같은 고베의 마을 풍경이 펼쳐져 있었다. 밤이 되면 정말 아름다운 빛의 바다가 펼쳐질 것이다. —관람차에서 본 야경처럼 말이다.

낮이라서 그런지, 다른 사람은 없었다. 만약 있더라도, 아소는 사람들이 사라질 때까지 기다릴지도 모른다. 그만한 각오가, 무표정하게도 느껴지는 그녀의 얼굴에 어려 있었다.

"……와줬군요, 선배."

"뭐— 쿠레나이와 그 외 한 명에게 협박을 당했거든."

이대로, 꼴사납게 살아갈 건가, 하고 그들이 나에게 윽박지르는 것 같았다.

바로 답하지 못했다. 그 순간, 자신이 꼴사납다는 사실을 인정한 것이나 다름없었다.

……꼴사납더라도 괜찮잖아.

그렇게 생각하면서도— 나란 녀석은 무게를 잡고 싶어 하는 것 같다.

"……미리 말해두겠는데 말이야."

나는 무거운 마음에 채찍질을 하며, 입을 움직였다.

"몇 번을 고백하더라도, 내 대답은 달라지지 않아."

아소는 약간 씁쓸한 듯이 웃었다.

"그건 괜찮아요. 하루아침에 대답이 바뀔 사람이라고는 생각하지 않았고— 뭐! 잘 생각해보니 이제까지도 쭉 차인 거나 다름없으니까, 딱히 달라질 건 없거든요?"

"이제까지는 장난스러웠잖아……."

"맞아요. ……하지만, 이번에는 진심이었어요."

진심인가…….

"선배. ……선배는, 이제까지 제가 아무리 귀찮게 굴어도 제대로 상대해줬죠?"

"안 그러면 네가 계속 귀찮게 굴잖아."

"그렇다면 겸사겸사, 대답해주세요. ……왜, 저와 사귀지 않는 건가요? 저와 연인 사이가 되는 게…… 그렇게, 싫나요?"

하아, 하고 한숨을 내쉬었다.

고베는 저렇게 아래쪽에 있는데, 푸른 가을 하늘은 너무나도 멀게 느껴졌다.

"딱히…… 싫은 건, 아냐."

적당한 변명은, 생각나지 않았다.

"너는 귀찮은 애지만, 싫어하지 않아. 성가시지만, 사람을 피곤하게 하지도 않지. 너와 이야기를 나눌 때는…… 항상 그런 느낌이었어. 물론…… 즐거울 때도, 있었지."

"그런데…… 안 되는 건가요?"

"……그래. 안 돼."

그 말을 입에 담자, 쓰디쓴 맛이 어금니 쪽에서 배어 나오는 듯한 느낌이 들었다.

"너라서 안 되는 게 아냐. 문제가 있는 건…… 나야. 다른 누군가…… 설령 너보다 더 사이가 좋은 애한테 고백을 받더라도, 나는 같은 대답밖에 못 했을 거야. ……사귈 수 없어. 이 대답은, 너에게 자격이 없어서가 아니라— 그래. 나한테 그럴 능력이 없다는, 이야기인 거야."

사귈 수 없다. —사귈 능력이 없다.

연인을 만들고, 연인으로서 사귈 능력이, 나에게는 없다.

"이 관계성은 내 주제를 넘어섰어. 과분한 거라고. 설령 사귀더라도, 나는 네가 생각하는 남친이 되지 못할 거야."

중학생 때의 그 애처럼…….

너도 분명, 상상했던 것과 다르다고 생각할 것이다.

"그러니, 사귈 수 없어. 상대가 너니까— 너한테 괜히 상처를 주기 전에, 솔직하게 말해둬야 한다고 생각한 거야."

스스로도, 조금 놀랐다.

너니까, 라고?

이 후배가 내 안에서 의외로 커다란 존재였다는 사실을, 이제 와서 깨달았다.

하지만, 그렇다고 해도 결론은 달라지지 않는다.

상대가 그 누구일지라도, 나에게는 누군가와 사귈 힘이

없는 것이다.

"……고……."

"응?"

아소가 무슨 말을 한 것 같았다.

산바람 탓에 들리지 않는 그녀의 말에, 내가 귀를 기울이자…….

"헛소리 늘어놓지 말라아아아아아고오오오오오오오오오오오오오오오오—!!!!!!!!!!!!!"

고오~! 고오~! 고오—.

메아리가 되어 울릴 만큼 그 큰 목소리에 놀라 몸을 뒤편으로 젖힌 나는 하마터면 탑에서 떨어질 뻔했다.

나는 얼얼한 귀를 손으로 감싸면서, 어깨를 들썩이며 씩씩거리고 있는 후배에게 항의했다.

"까…… 깜짝 놀랐잖아! 하마터면 떨어질 뻔 했다고!"

"제 알 바 아니에요!! 확 떨어져버리지 그랬어요!! 이 겁쟁이 선배야!!"

아소는 성큼성큼 다가오더니, 발끝이 닿을 정도로 붙어서서 나를 노려봤다.

"대체 이유가 뭔가 했더니, 사귈 능력이 없어? 제가 생각하는 남친이 되지 못할 거라고 말했어요?! 마아아아알도 안 되는 착각에 빠져 있네요, 이 동정 자식아!!"

"뭐……?!"

"저는! 선배가, 제 남친이 되어줬으면 하는 게 아니에요!! 제 남친이! 선배였으면!! 하는 것뿐이라고요!!"

"뭐……?"

그게 뭐가 다른데?

내가 당황할 대로 당황하자, 아소는 질렸다는 듯이 한숨을 내쉬었다.

"잘 들어요, 선배. 만약 사귀게 되더라도, 저는 선배에게 이제까지와 다른 뭔가를 바라지 않아요. 수다 떨고, 같이 게임하고, 때때로 제가 만든 밥을 선배가 먹어주는— 그런 것들은, 전부 이제까지도 해왔던 거잖아요."

"으, 응, 그래……."

"저는 그런 평소의 선배를 좋아하게 된 거예요! 짜증스러워하면서도 제 이야기에 귀를 기울여주는 점이라든가, 게임할 때의 『아차』 하는 표정이라든가, 제가 만든 음식을 퉁명한 표정을 지으면서도 전부 먹어주는 점이라든가, 그런 부분을 좋아한다고요!!"

"으, 으음…… 그런 부끄러운 소리를 용케 하네……."

"이렇게 되면 노 가드 전법이에요! 소악마 콘셉트 따위 못 해먹겠다고요!!"

역시 콘셉트였던 거냐.

"이제 알겠어요?! 저는 말이죠! 『남친이 된 선배』가 아니라! 『선배』를 너무너무 좋아하는 거예요!! 그런 『선배』가 『제 남친』이라는 자리에 앉아줬으면 해요!! 저를 가장, 누구보다도 가장! 가까이에서 볼 수 있는, 특등석에요!!"

……남친이 된 내가 아니라…… 지금의 내가…….

"그 말은…… 기쁜걸."

"그게 다인가요?"

"이 정도로는 충분하지 않은 거야?"

"네, 충분하지 않아요. 제가 듣고 싶은 건, 선배의 진심이거든요. 진심이 담긴— 목소리에요."

……진심이 담긴, 목소리.

"선배."

아소는 자기 가슴에 손을 대더니, 내 눈동자를 들여다봤다.

"저를, 얼마나 좋아하나요?"

나는 진지한 아소의 눈동자를 마주 쳐다봤다.

그럴 수밖에 없었다.

잡히기라도 한 것처럼, 눈길을 돌릴 수가 없었다.

"……좋아한다는 게 전제인 거야?"

"아까 싫어하진 않는다고 말했잖아요."

"감정이란 게 좋아한다와 싫어한다만 있는 건 아니잖아."

"하지만, 저한테 관심이 없는 건 아니죠?"

"그건……."

"그럼, 좋아하는 점도 조금은 있는 거겠네요. 그걸 가르쳐 주세요. 아까 제가 한 것처럼요."

도망칠 수는 없었다.

좌우는 산으로 둘러싸여 있었기에, 하늘이라도 날지 않는 한 도망칠 수 없다.

"……의외로 후배를 잘 돌보는 점, 일까?"

"다른 건요?"

"아…… 요리를 잘해."

"다른 건요?"

"어…… 얼굴이 귀여워."

"다른 건요?!"

"뭐? 으음…… 하기로 마음먹은 일은 열심히 하는 점……."

내가 쥐어짜 내듯 그렇게 말하자, 아소는 씨익 웃었다.

"네 개네요. ……제가 말한 것보다 많거든요? 선배."

"네가 닦달을 해서 말한 거잖아!"

"그래도— 좋아하는 점이, 있긴 하잖아요."

……뭐, 그건 그래.

이제까지는, 생각도 안 했지만—.

"아마, 좋아하는 점이 있으면 싫어하는 점도 있겠죠. 그건 앞으로 고쳐나가면 돼요. 왜냐하면 저는 진심이니까— 남친 색깔로 물들 준비라면, 충분히 되어 있거든요?"

"……내가 날라리 취향이면, 날라리가 되어주겠다는 거야?"

"그 정도는 식은 죽 먹기예요."

"내가 독점욕이 넘쳐서 너를 옭아매려고 한다면 어쩔 건데?"

"선배 말고 다른 사람의 연락처를 다 지워버릴게요."

"내가 동성애자면?"

"수술해서 남자가 되겠어요."

그건 거짓말이겠지— 하고 생각했지만, 그리 말할 수 없게 하는 박력 같은 것이 아소에게서 느껴졌다.

아소는 고개를 갸웃거리며 말했다.

"이래도, 안 되는 건가요?"

그 질문을 듣고, 생각했다.

이제까지 생각도 안 했던 부분. 나라는 인간의, 밑바닥을…….

"……안 돼."

결론은 바뀌지 않았다.

"너는 내 취향에 얼마든지 맞춰주겠다고 하지만, 나란 놈에게는 과분할 뿐이야. 네가 나에게 아무것도 원하지 않더라도— 나는 너에게 뭔가를 원할 수가 없어."

무엇을 원하면 될까?

몸일까? 관심일까? 양쪽 다 확 와닿지 않았다.

내가 원하는 게 겨우 그 정도라면, 지금 상태와 별반 다를 게 없다.

"선배는, 뭘 원하나요?"

나는, 무엇을 원하는 걸까?

"모르겠어. ……한참 전부터, 모르겠더라고."

"그런가요? 저는 왠지 알 것 같은데요."

아소는 내 옆으로 이동하더니, 산꼭대기에 펼쳐진 웅장한 풍경을 바라봤다.

"저는 초등학교 학예회에서 주역이었어요. 그때, 남들의 시선을 받는 것에 쾌감을 느꼈죠. 그 후로 누가 나를 봐줘~! 하고 쭉 생각하며 살아왔다니까요."

"……그거 꽤나 뿌리가 깊은걸. 그럼 여배우라도 되지 그랬어?"

"정말 그렇다니까요. 당시의 저도 그런 생각을 하긴 했거든요? 하지만…… 진심으로 배우를 꿈꾸지는 못했어요."

아소는 자조하듯 작게 웃었다.

"남들의 시선을 받는 건 즐겁지만, 거기에 인생을 걸 정도는 아니었어요. 욕구만 있을 뿐, 정열이나 재능이 없었죠. —저 자신이 슬퍼질 정도로 소심했다니까요. 어린애니까 꿈 정도는 자유롭게 꿔도 될 텐데 말이에요."

그러니까…….

아소는 티끌 하나 없는 하늘을 올려다봤다.

"쭉 원했어요. —누군가가 봐줬으면 한다는 잡념조차 섞이지 않을 만큼, 진심이 될 수 있는 무언가를요."

아아— 갑자기, 찬란한 추억이 머릿속을 스쳤다.

그저 정신없이 공을 쫓으며 골을 넣으려 하던 그 시절이…….

"선배. 몇 번이나 말했죠? **저는 이미 찾았어요.**"

진심이다, 하고 아소는 몇 번이나 말했다.

"선배도— 슬슬 진심이, 되어주지 않겠어요?"

푸르다.

푸르다.

푸르다.

푸르기 그지없는, 가을 하늘이다.

……아소, 너는 대단해.

굴하지 않았다. 꺾이지 않았다. 변명하지 않았다. 얼버무리지 않았다.

레이업 슛을 하듯 올곧게, 덩크 슛을 하듯 힘차게…….

나를, 이런 곳까지 끌고 왔다.

대단해.

정말, 대단해.

나는 그런 대단한 너의— 선배인 거구나.

왼손을, 천천히 들어 올렸다.

아래편에서 앞으로. 앞에서 위로—.

욱신, 하며 고통이 느껴졌다.
하지만, 왼손을 움직이는 데는 지장이 없었다.
나는 이미 알고 있다.
이 고통은 환각.
그 기억은 과거.
지금의 나를, 옭아매는 건 없다—.

—왼손을, 하늘 높이 치켜들었다.

산 위의, 탑 꼭대기.
하늘은 가까워졌을 테지만, 내 손은 전혀 닿지 않았다.
—아아, 그래.
이 하늘에 비하면— 농구 골대는, 코앞에 있다.
"……하하."
환상통은 사라졌다.
이렇게 가까운데도…… 멀었던 건가.
"선배?"
아소가 의아한 목소리가 들려왔다.
나는 그 목소리를 움켜잡듯이, 왼손을 말아 쥐었다.
"더는…… 꼴사나운 모습을 보일 수 없지."
말아 쥔 주먹을, 가슴 앞으로 내린 후에 펼쳤다.
당연히, 손아귀에는 아무것도 없었다.

아무것도 없지만, 뭔가를 잡은 듯한 느낌이 들었다.

"아소…… 고마워."

"네?"

"덕분에, 눈이 좀 뜨였어."

뭘 잡아야 할지는 바로 정해졌다.

나는 아소의 어깨를 움켜잡은 후, 확 잡아당겼다.

"꺄아…… 어?!"

"진심이 되라고 말했지?"

가늘고, 부드러우며, 따뜻한 아소의 몸을 느끼며, 나는 그녀의 귓가에 속삭였다.

"바람 소리에 못 듣는 일 없도록, 똑똑히 잘 들어. 나…… 너를, 꽤 좋아해."

"어?! 네?!"

이러고 있으니, 알 수 있었다.

방금, 구원받았기 때문만은 아니다.

위험천만한 애라고 생각했다. 하지만 그와 동시에, 강한 애라고도 생각했다.

그런 이 애를 동경했다. 하지만 자신과 마찬가지로 게을러 터진 애이기도 했다.

정신을 차리고 보니 쭉— 이 애만 쳐다보고 있었다.

그렇다.

대답은, 처음부터 정해져 있었던 것이다.

"나도 평생— 너만 눈에 들어올 것 같아."

평생은 너무 과하다.

여력이 없다. 여유가 없다. 여분이 없다.

그런데도 말하고 싶었기에, 말하기로 했다.

너무나도 필사적이었기에, 괜한 잡념은 섞이지 않았다.

"어어……?"

아소는 눈을 치켜뜨더니, 입을 뻐끔거리며 내 얼굴을 올려다봤다.

"바, 방금…… 방금!"

"뭐야. 더 기뻐하라고. 네 역전승이잖아?"

나도 진심이기에, 괜히 얼버무리지 않으며 솔직하게 말해줬다.

"네 남친이 되어주겠어. 그러니 내 여친이 되어줘."

아소의 몸이, 부들부들 떨렸다.

"끼얏호오오오~!!!!!!!!"

얏호~!! 얏호~!! 얏호—.

메아리가, 하늘에 녹아들어갔다.

이리도 유메 ◆ 진심은 행동에 드러난다

탑 위에서 알 수 없는 괴성이 들려오고 몇 분 후, 선배들이 내려왔다.

어찌 된 건지 아소 선배는 호시베 선배에게 부축을 받으며, 불안한 발걸음으로 걷고 있었다.

"서…… 선배, 어떻게 된 거예요?"

다치기라도 했나 싶어서 말을 걸자, 아소 선배는 호시베 선배의 어깨에 매달린 채 말했다.

"다…… 다리가, 풀렸어……."

"네……? 어, 어째서……?"

"인간은 진심으로 기뻐하면 이렇게 되나 봐."

호시베 선배는 크큭, 하고 웃었다. 그 표정은 예전보다 부드러웠으며, 왠지— 아소 선배를 향한 애정 같은 것이 묻어나는 것 같았다.

이건…… 설마!

"아이사…… 혹시……."

쿠레나이 회장이 머뭇머뭇 묻자, 아소 선배는 씨익 웃었다.

"에헤, 에헤헤. 에헤헤헤헤~."

"기분 나쁘게 웃지 말고 빨리 말해라."

"어쩔 수 없네~. 그렇게 듣고 싶은 거야~? 그럼 어쩔 수 없네~. 응응."

아소 선배는 그제야 두 발로 서더니, 호시베 선배의 왼손을 꼭 움켜잡고 심판처럼 높이 치켜들었다.

"소개하겠습니다! 저, 아소 아이사의 남친이신 호시베 토도 선배입니다!"

"뭐 그딴 소개가 다 있어."

호시베 선배는 어처구니없다는 투로 그렇게 말했지만, 부정하지는 않았다.

역전 승리다.

오늘의 이날, 마지막 기회라 해도 과언이 아닌 십여 분을 이용해, 아소 선배는 사랑하는 이를 멋지게 함락시킨 것이다.

—그와 동시에…….

나와 쿠레나이 회장은 지금 눈앞에서 펼쳐진 광경에 놀랐다.

"호시베 회장님……."

"어깨…… 괜찮으세요?"

아소 선배가 왼손을 머리 위로 치켜들었는데, 호시베 선배는 아무렇지 않아 보였다.

어라……? 반대쪽 어깨였나?

"아, 이거 말이구나."

호시베 선배는 자기 왼팔을 쳐다보며 말했다.

"뭐, 이런저런 일이 있었거든."

"어? 선배, 그게 무슨 소리예요? 어깨라뇨?"

아소 선배는 의아한 표정을 지었다. 우리는 그 반응을 보고 더욱 놀랐다.

"잠깐만 있어봐. 아이사— 너, 선배의 어깨에 관해 몰랐던 거야?"

"어? 어? 무슨 소리야? 영문을 모르겠네."

"호시베 선배는 어깨를 다쳐서 팔을 못 들어요!"

내가 그렇게 말하자, 「뭐?!」 하며 눈을 치켜뜬 아소 선배가 허둥지둥 호시베 선배의 손을 놨다.

"거, 거짓말?! 그랬어요?! 방금도 어깨가 아팠— 어라? 하지만 그때는……."

"괜찮으니까 신경 쓰지 마."

호시베 선배는 아소 선배의 눈을 지그시 응시하며, 자기 왼쪽 어깨를 살짝 만졌다.

"이미— 네가, 고쳐줬어."

"어……? 어어……?"

호시베 선배는 당황한 아소 선배의 손을 움켜잡더니, 그대로 잡아당기며 걸음을 옮겼다.

"슬슬 점심 먹으러 가자. 배고픈걸."

"아, 맞아요! 그러고 보니 저도……."

"저도? 너, 소악마 콘셉트, 『아이사』는 이제 관둔 거야?"

"노, 놀리지 마세요! ……이제 이름을 말 안 해도, 기억해 줄 거잖아요?"

"그것도 그래, **아이사**."

"히익?! 가, 갑자기 이름으로 부르지 말아요……!!"

당당히 꽁냥대기 시작한 커플을, 우리는 뒤편에서 쳐다봤다.

아소 선배만— 몰랐던 거구나.

그건—.

"—좋아하는 여자에게는, 약한 모습을 보이고 싶지 않은 거려나."

회장이 그렇게 중얼거리자, 나는 빙긋 웃었다.

참 잘 어울려요, 선배.

카와나미 코구레 ◆ 용기

……아아, 잘 봤다.

잘 봤다고요, 선배.

그리고 등을 떠민 당사자인 만큼— 뒤따를 수밖에 없겠지.

"—여어."

계단에 걸터앉아 있는 나를 향해, 그 애가 가볍게 손을 들어 보였다.

"이런 데서 혼자 뭐 하는 거야~?"

야외극장처럼 포물선으로 그리고 있는 짧은 계단을, 아카츠키는 가벼운 발걸음으로 올라왔다.

그렇다. 도망치는 건 언제나 나였다.

어젯밤에 온천에서도, 병실에서 헤어졌을 때도 말이다. 위에 구멍이 나서 쓰러진 것도, 내가 딱 잘라 말하지 않은 게 원인일지도 모른다.

"저 두 사람을 지켜보고 있었어. 여기는 옥상이 약간 보이거든.”

나는 그렇게 말하며 뒤편을 돌아봤다. 그곳에는 새하얀 벽돌로 쌓은 탑이 있었으며, 아까까지 저 두 사람이 있었던 옥상이 약간 보였다.

“우와~, 진짜네.”

가볍게 발돋움을 하면서 옥상을 올려다본 아카츠키가 말했다.

“이런 장소를 어떻게 찾은 거야? 완전 스토커네.”

“너한테 그런 소리 들을 정도면 완전 끝장인걸. 그냥 주위를 어슬렁거리다 우연히 발견했을 뿐이야.”

목소리는, 들리지 않았다.

때때로 아소 선배가 고함을 지르긴 했지만— 내가 알 수 있는 건, 두 사람의 어렴풋한 행동뿐이다.

하지만, 충분히 알 수 있었다.

저 사람들이, 진심으로 이야기를 나눴다는 것을.

진심으로— 마주 섰다는 것을.

……정말, 어쩔 수 없네.

저런 걸 봤으니, 생각을 안 할 수가 없잖아.

나는, 이대로 괜찮은 걸까.

자신의 체질을, 과거의 상처를, 두려워하고, 무서워하며, 눈을 돌린 채— 평생을 살아갈 건가?

아카츠키는, 앞으로 나아갈 각오를 다졌는데…….

나만이, 어영부영 타협하며 만든 도피처에서 눌러앉아 있어도 되는 걸까?

……괜한 생각을 하고 있긴 해.

도망쳐도 괜찮잖아. 타협하는 게 뭐 어떻다는 거야. 그걸 나쁘다고 여기는 건, 분명 어릴 때뿐이다. 아카츠키에게 괴롭다는 말을 못 한 끝에, 결국 입원까지 하게 된 그 시절과 별반 다를 게 없다.

하지만 네가 걸음을 내디딘다면, 나도 어울려줄 수밖에 없어.

왜냐하면, 이 상처는 나 혼자만의 것이 아니야.

네 것이기도— 하니까 말이지.

"—저기. 다시 물어볼게."

아~가 정면에서 내 얼굴을 응시했다.

그녀는 계단 한 칸 아래에 섰고, 나는 한 칸 위에 앉았기에, 우리 사이에 키 차이는 없었다.

"왜, 내 체질을…… 고치자고 생각한 거야?"

진심 어린 질문. 진심 어린 목소리. 진심 어린 말.

겨우 이 질문 하나를 하기 위해, 얼마나 많은 벽을 넘어야 하는 걸까.

알게 되면 돌이킬 수 없을지도 모른다.

시작해버리면 끝낼 수 없을지도 모른다.

아~의 의도에, 마음에, 영역에, 직접 발을 들인다. 그것은 돌이킬 수 없는 선택이다. 이제까지처럼 어영부영 지낼 수 없다. 그것을, 나와 그녀가 합의하게 만드는 선택이다.

무엇보다 이 체질이— 내 의지와 독립해 있는 내 마음의 상처가, 무섭다고 울부짖고 있다.

—또, 아무것도 못 하게 할지도 모른다.

—또, 애완동물 취급을 당할지도 모른다.

—또, 아~를, 싫어하게 될지도 모른다.

그 두려움을, 공포를, 불안을, 거절을…….

전부 넘어서기 위해선— 진심 어린 각오가 필요했다.

그 각오의 이름을…… 분명, 용기라 부르리라.

"음……."

내가 쥐어짜 낸 용기를, 눈치챈 것일까. 아~는 자기 포니테일 머리카락 끝을 만지작거리면서, 약간 망설이듯 시선을 돌렸다.

"……이대로 내버려 두면, 네가 수많은 여자를 울릴 것 같으니, 라는 건— 이미 이야기했지?"

"그래. 그걸 막는 게 자기 책임이란 소리잖아?"

"응……. 그것도 이유 중 하나야. 하지만, 다른 하나는—."

심장이 긴장감에 휩싸인 나를, 아~는 살펴보듯 응시했다.

"……저기. 너, 멀미 봉투 가지고 있어?"

"뭐? ……아, 나는 멀미 안 하거든."

"오케이. 혹시나 해서 준비해두기 잘했네."

아~는 핸드백을 뒤져서 멀미 봉투를 꺼내더니…….

"자, 펼쳐줄 테니까 들고 있어. 어떻게 쓰는지는 알지?"

그것을 펼쳐서 내 입가에 댔다.

왜 이러는 거지? 차멀미를 하는 것도 아닌데―.

"―다른 하나는 말이야."

아~는 얼음이 녹은 것처럼 배시시 웃었다.

"언젠가 다시 한번, 코~한테 당당하게 좋아한단 말을 하고 싶어서야."

당당하게.

다시 한번―.

"우웁……!!"

어마어마한 구역질이 배 속 깊은 곳에서 치밀어 올렸다. 무심코 몸을 웅크리며, 멀미 봉투에 입을 댔다. 온몸에서 두드러기가 돋아났다. 몸에 불이 붙은 것처럼 뜨거웠다. 순식간에 뇌가 사고능력을 내던져버리더니, 불쾌함만이 내 몸 전체를 지배했다.

―하지만.

그러나.

그래도……!

"윽…… 읍……, 우, 읍……!"

토하지 않고, 멀미 봉투에서 얼굴을 뗐다.

이를 악물며, 치밀어 오르는 구토를 삼켰다. 뇌세포 안을 일단 텅 비워서, 밀려오는 불쾌함을 기합으로 억눌렀다.

아~는 깜짝 놀란 표정을 짓더니…….

"사…… 삼킨 거야?"

"……점심 먹기 전이라 다행인걸. ……헤헤."

목 안이 약간 시큼했지만, 그래도 참아냈다.

짜증 나는 알레르기를…… 나는 견뎌낸 것이다.

—뭐야. 할 수 있잖아.

"아아— 방금 실감했어."

멀미 봉투를 아카츠키에게 돌려준 나는 억지로 미소를 머금었다.

"확실히 이 체질을 내버려 둘 수는 없겠어. ……너한테 계속 주도권을 빼앗길 거 아냐."

"그런 걸 신경 쓰는 거야? 나, 방금 너한테 고백했거든?"

"이제 와선 별일도 아니잖아. 네가 미련이 철철 넘치는 부담녀라는 것 따윈 말이야."

아카츠키는 불만을 표시하듯 입술을 삐죽 내밀었다.

"사돈 남 말 하지 말아줄래? 어젯밤에 나를 보고 무지 흥분했으면서……."

"그래. 그건 인정하겠어. 네 몸은 의외로 에로틱했다고!"

"석연치 않아……."

연애는 아름답기만 한 게 아니다. 욕망이나 본능과도 밀접하게 연관되어 있다.

하지만— 이 체질에 저항할 수 있다면, 그 정도는 충분히 제어할 수 있을 것이다.

욕망에 빠지지도, 본능에 지지도 않고…….

밝은 면과 어두운 면을 다 받아들이면서…….

용기를 가지고— 마주할 수 있으리라.

"어제, 도망쳐서 미안해. 다음에는 구석구석까지 살펴봐 줄 테니까 걱정하지 마."

"헛소리하지 마, 이 얼간아! 주도권은 아직 내가 쥐고 있다는 걸 잊지 말란 말이야!"

"그래서 사과하는 거잖아. 좀 봐달라고. 솔직히 지금은 더 이상 버틸 수가 없어~."

토한다. 이번에야말로 토한다. 콸콸 토한다.

아카츠키는 흐음, 하고 낮은 목소리를 내며 옅은 미소를 머금었다.

불길한 예감이 든 순간, 아카츠키는 계단 한 칸을 올라와서 왕이라도 된 것처럼 내 얼굴을 내려다봤다.

"걱정하지 마. 네 몸 상태가 나빠지게는 안 할 테니까, 안심해도 돼."

"으, 응……. 그럼 왜 다가오는 건데……?"

"참고로~."

아카츠키는 살며시 상체를 숙였다.

그렇게 몸을 숙이더니, 코앞에서 내 눈동자를 응시했다.

셔츠 목덜미가 늘어뜨려지면서, 완만한 가슴 계곡이 어렴풋이 보였다.

"실험 결과, 네가 나 때문에 가슴이 뛰었을 때는 아무래도 괜찮은 것 같네."

아카츠키는 악마 같은 미소를 머금었다.

"그 점에 대해 어떻게 생각해? ……정답이야?"

화나게도—.

—심장이 괜히 쿵쾅거리기만 할 뿐, 구역질이나 두드러기는 나지 않았다.

하바 죠지 ◆ 기분 좋은 꿈

예상과 달리, 일행은 평화롭게 귀로에 올랐다.

케이블카를 타고 하산한 후, 가장 가까운 버스 정류장을 향해 걸었다. 그 와중에 대역전 승리를 거둔 아소 씨는 호시베 선배와 노닥거리고 있었으며, 서비스 정신이 풍부할 때의 고양이처럼 굴고 있었다.

호시베 선배 또한 이제까지처럼 매몰찬 태도를 보이지 않았으며, 소악마 행세를 하는 아소 씨를 오히려 놀리고 있었다. 공격을 받는 것에는 익숙하지 않은 건지, 아소 씨가 허

둥대고 있었다.

한편, 서로에게 거리를 두는 것 같던 카와나미와 미나미 양 또한 어느새 아무 일도 없었다는 듯이 이야기를 나누고 있었다. 이쪽은 아소 씨처럼 노골적으로 꽁냥거리지는 않았지만, 대화와 태도에서 서로를 더 편하게 여기게 된 느낌이 감돌았다.

이리도 양, 히가시라 양, 그리고 이리도 미즈토는 태도에 별다른 변화가 없었다. 이리도 미즈토와 히가시라 양이 무슨 이야기를 나누면, 이리도 양이 과감하게 끼어드는 느낌이었다. 어제는 이리도 양이 거리를 두는 느낌이 들었는데, 어느새 훌훌 털어버린 것 같았다.

그런 모습을, 나는 가장 뒤편에서 응시하고 있었다.

이 사흘 동안, 각자에게 각자만의 드라마가 펼쳐졌을 것이다. 나는 그 어디에도 관여하지 않았다. 관여할 필요가 있었다고도 생각하지 않는다.

나는 그저, 그들의 배경이면 된다.

그것이 자신의 역할이라고 생각한다. 그것이 자신의 천직이라고 생각한다. 무섭지도, 두렵지도 않았다. 진심으로, 이 배경이 기분 좋게 느껴졌다.

"—죠."

하지만, 가장 눈부시게 빛나는 주역이 배경인 나에게 말을 걸었다.

"이번 여행은 어땠지?"

"……괜찮았던 것 같네요. 이런저런 일이 있었지만 평화롭게 잘 마무리됐으니까요."

"맞아. 아이사의 사랑이 성공하기도 했고 말이지."

옆에 선 쿠레나이 씨는 만족한 듯이 웃었다. 누구보다도 쿠레나이 씨가 아소 씨의 등을 밀어줬으니 말이다.

"우리 학생회에서도 드디어 커플이 탄생한 건가. 하지만 주위에 남친이 있는 애가 있는 건 이상한 느낌인걸. 기쁜 것 같으면서도, 부러운 듯한—."

"부럽다고요? 쿠레나이 씨가요?"

"물론이지."

쿠레나이 씨는 내 얼굴을 보더니, 의미심장한 웃음을 흘렸다.

"나도 빨리 귀여운 남친을 가지고 싶은걸~?"

"……아소 씨 흉내인가요? 안 어울리네요."

"너는 부럽지 않은 거야?"

"여친 같은 걸…… 가지고 싶다고 생각한 적도 없어요."

누군가에게 선택받는다는 건, 엑스트라로 있을 수 없다는 의미다.

나는 아소 씨와 다르다. 아니, 정반대다. 누구도 나를 쳐다보지 않았으면 한다. —관심을 주는 입장도, 관심을 받는 입장도 되고 싶지 않다.

방관자이고 싶다. 구경꾼이고 싶다. 몰개성이고 싶다.

"—저는, 여러분의 배경이고 싶으니까요."

그것으로, 다른 이들에게 도움이 되고 싶다.

귀찮은 일은 나에게 떠넘겨라. 자질구레한 잡일을 나에게 맡겨라. 그리고 너희는, 자신들만이 할 수 있는 일을 해라.

무대 뒤편에 있는 스태프처럼, 나를 이용해라.

너희에게는— 그럴 만한 가치가 있다.

"그래."

똑똑한 쿠레나이 씨는 그 말만 듣고 전부 이해하더니, 미소를 머금었다.

"그럼, 이렇게 하지."

갑자기, 내 볼에 부드러운 무언가가 닿았다.

"……어?"

돌아본 순간, 쿠레나이 씨가 몸을 뗐다.

그리고— 벚꽃 빛깔 입술 앞에…….

검지를 세우더니, 「쉿~」 하고 말하며 싱긋 웃었다.

"네가 배경에서 나오지 않는다면— 내가 그쪽으로 갈 뿐이다."

그렇게 말하더니…….

내가 얼이 나가 있는 사이, 쿠레나이 씨는 앞에 있는 이들

쪽으로— 무대 중심으로 돌아갔다.

나는 아직 감촉이 남아 있는 볼을 만져보며, 배경 속에서 그녀의 등을 계속 응시했다.

대체…… 대체 왜…….

당신은, 누구보다도— 찬란히 빛나는 인간인데.

—내가 가장, 바라보고 싶은 사람인데.

"……."

아아, 젠장.

조금이지만, 기쁘단 생각을 하고 말았다.

무대의 중심에서 찬란히 빛나고 있는 최고의 여배우가, 무대 뒤편의 어둠 속에 있는 일개 스태프에게 미소지어준다.

—그런, 기분 나쁘고 주제넘은 망상에 빠지고 말았다.

진짜로, 그만해.

그 무엇도 될 수 있는 당신이, 나 같은 녀석을 위해 그 무엇도 아닌 존재가 된다니—.

—그런 기분 좋은 꿈을, 꾸게 만들지 말란 말이다.

이리도 미즈토 ◆ 인생의 목적

돌아가는 전철 안에서, 히가시라는 태블릿 화면을 쭉 들여다보고 있었다.

스타일러스 펜은 귀찮아서 쓰지 않으며, 손가락만으로 그림판에 뭔가를 그리고 있었다. 너무 쳐다보는 것도 실례일 것 같아서 화면을 보지 않았지만, 신경이 쓰였다. 그래서 히가시라가 작업을 멈췄을 때, 말을 걸었다.

"뭘 그리는 거야?"

"러프예요."

히가시라는 태블릿을 빙글빙글 돌리면서 고개를 갸웃거리더니, 손가락으로 뭔가를 수정했다.

"배경을 그릴 수 있게 된 거야?"

"아, 그게 말이에요. 배경이 아니에요."

"그래?"

배경을 그릴 수 있게 되고 싶다기에, 이번 여행에 데려온 건데…….

"자료 사진은 잔뜩 찍어놨으니까, 배경은 나중에 연습하면 될 것 같거든요. 그리고 지금은 그리고 싶은 게 있어서……."

"그리고 싶은 것?"

"볼래요? 얼추 다 그렸거든요."

"너만 괜찮다면 보여줘. 좀 흥미 있거든."

자요, 하며 히가시라가 나에게 태블릿을 내밀었다.

배경 이외에 그리고 싶은 것, 이라. 무엇이 히가시라의 영감을 자극한 것일까—.

다음 순간…….

나는 가벼운 마음으로 그 러프를 본 것을, 후회했다.

오싹, 하며 등골을 타고 소름이 흘렀다.

나는 그림에 관한 전문가가 아니다. 게다가 이것은 러프다. 어떤 점에서 능숙해졌는지 알 수 있을 리가 없다.

보통은 말이다.

일목요연했다. 능숙해졌다, 정도가 아니다. **변했다**. 그림을 그리는 데 있어서의 근본적인 철학 같은 것이, 통째로 변한 것처럼 느껴졌다.

왜냐하면, 이 그림에는 혼이 깃들어 있다.

정신론도, 근성론도 아니다. 진짜로 그러했다. 평범한 미소녀 캐릭터의 러프. 하지만, 살아있는 것처럼 보였다. 이 얇은 태블릿의 화면 안에서, **그녀**가 분명히 존재하고 있는 듯한 느낌이 들었다.

예전에 본 히가시라의 그림과 비교해보면, 그 원인을 바로 알 수 있었다.

표정이다.

이제까지 히가시라가 그린 그림은 대부분 미소녀 일러스트에서 흔히 볼 법한 웃는 표정이었다. 그 안에 알맹이는 없다. 그냥 귀여우니까, 미소를 그렸다. 그런 기호로서의 의미를 지니는 표정이었다.

하지만, 이 러프의 표정은 어떨까?

분하다는 듯이 한껏 찡그리고 있는 눈매. 희미하게 배어나온 눈물. 꽉 말아 쥔 주먹. 그런데도 억지로 짓고 있는 미소. 얼굴을 옆에서 보는 구도. 바람에 흩날리는 옷. 지금의 감정을 드러내듯 흐트러져 있는 머리카락.

말을 대신해 그 모든 그림의 요소가, 이야기해주고 있다.

이것이 실연 장면이란 것을…….

"너, 너어…… 이건……."

"엉엉 우는 아소 선배를 본 순간, 느꼈어요! 『이런 것도 괜찮네!』 하고요! 어때요~? 안타까운 느낌이 들지 않아요~?"

한 단계 건너뛴 정도의 일이 아니다.

나는 라이트노벨도 꽤 읽는 편이지만, 이렇게 강렬한 표정을 짓고 있는 일러스트는 거의 본 적이 없다.

가까이에서, 타인의 실연을 봤다. ―그게 전부인데…….

눈치채고 만 것인가.

자신의 재능이, 어디에 있는 건지를…….

―전율하고, 말았다.

몸만이 아니다. 마음이― 혼이 떨렸다.

이 떨림을, 나는 먼 옛날에도 경험했다.

시골의 오래된 서재에서, 『시베리아의 무희』를 처음 읽었을 때의 일이다.

글자를 통해 증조부의 인생을 접한, 그 순간에 버금가는―아니, 그 이상의 감동을, 히가시라 이사나라는 인간에게서 느끼고 말았다.

아아― 더는 얼버무릴 수 없다.

그녀의 인생을 알고 싶단 생각을 하고 말았다. 곁에서, 누구보다 가까운 곳에서, 세상 그 누구보다도 빨리— 히가시라 이사나란 이름의 책을 읽고 싶어졌다.

갈피를 잡지 못하던 자신의 장래가, 순식간에 정해졌다.

인간은.

타인의 재능에 감동했을 때, 자연스럽게 무릎을 꿇고 마는 것이다.

자신의 인생을, 바쳐도 괜찮단 생각이 들 정도로…….

이리도 유메 ◆ 조그마한 용기와, 커다란 욕망

"그럼 다들 수고했어~! 학교에서 봐~!"

싱글벙글 웃으며 손을 흔든 아소 선배가 호시베 선배와 함께 사라지자, 정말 잘됐다는 생각이 가슴속을 가득 채웠다.

결심을 했고, 용기를 냈으며, 차인 후에도 포기하지 않았다—.

—나는, 어떨까?

아소 선배처럼, 행동하고 있을까? 마음을 솔직하게 전하고, 관계의 변화를 두려워하지 않으며 맞서고 있는 것일까?

솔직히 말하자면, 이런 생각을 했다.

한동안은 지금 이대로도 괜찮다. 왜냐하면, 우리는 평범한 남녀 사이가 아니다. 한 지붕 아래에서 사는 남매다. 함부로 고백할 수는 없다. 평범한 동급생과는 다르다. 설령 사귀게 되더라도— 만약, 또 헤어지게 된다면…….

그때는, 농담으로 치부하며 넘어갈 수 없다.

순진할 수는 없다. 무모할 수는 없다. 현실적으로 생각할 필요가 있다. 그저 의붓남매에 지나지 않는다면, 감정에 휩쓸려 행동했을지도 모른다. 하지만 중학생 시절에 저질렀던 죄가, 나를 현실적으로 만들고 만다.

연인은, 언젠가 헤어진다.

그 후의 일을 생각하지 않아도 되는 건— 서로가 남일 때뿐이다.

가속되는 감정에 비해, 너무나도 각오가 부족했다. 그래서 미뤄둘 수밖에 없다. 억지로 사귀려고 할 필요 없다. 오히려 지금 정도의 관계가 딱 좋다. —혹은…….

아무것도 변하지 않은 채로…….

그저 남매인 채로…….

지내는 것도 괜찮지 않을까, 하고…… 머리 한편으로는 생각하고 있는 걸지도 모른다.

하지만— 생각하고 말았다.

염원하던 사랑이 이뤄져서, 오랫동안 쌓아온 마음이 보답을 받아서, 그렇게 기뻐하며, 좋아하는 사람 옆에서 걷는 아소 선배를 보자, 어쩔 수 없이— 생각하고 말았다.

—부럽다.

나도, 저렇게…… 되고 싶다.

필요한 준비는, 이미 끝났다. 그도 그럴 것이, 나는 아소 선배에게 배우고 말았다.

진심으로 마주한다면, 진심으로 답해준다.

용기만 낸다면, 거머쥘 수 있는 행복이 있다는 것을—.

내 안에 조그마한 불씨가 맺히더니, 커다란 불꽃이 되어 활활 타올랐다.

그 불씨의 이름은 용기.

그 불꽃의 이름은 욕망.

조그마한 용기가, 커다란 욕망을 향해 손을 뻗는다.

"다녀왔습니다~!"

현관을 열고 거실을 향해 그렇게 말했다. 불이 켜져 있기에, 엄마나 미네아키 아저씨가 있을 것이다. 이 사흘 동안, 부부끼리 좋은 시간을 보냈을까?

함께 돌아온 미즈토는 아무 말 없이 계단을 올라갔다. 사흘 만에 집으로 돌아왔는데, 가족에게 인사도 안 하는 걸까. 다음에 한 마디 해줘야겠다.

하지만, 너무 들들 볶을 수도 없긴 해. —다음에 고백했을 때, 거북해질지도 모르잖아.

……응. 고백하자. 그건 이미 결심했어.

그리고 타임 리밋을 정하자.

올해 안에— 고백하자.

그 전에, 모든 수단을 동원해서 미즈토가 나를 좋아하게 만들자. 그 과정에서 상대방이 먼저 고백을 한다면, 그게 베스트다.

내년이면, 우리는 연인 사이로 돌아가 있을 것이다.

만약 돌아가지 못한다면, 히가시라 양과 마찬가지로 평범한 의붓남매가 된다.

물론 그런 미래는 가능하면 생각하고 싶지 않지만— 그런 미래가 오지 않도록, 계획을 짜야겠다. 남은 올해는 한 달하고 며칠 정도이니, 이 동안에 어떤 식으로 대시할지—.

"……유메, 어서 오렴."

거실의 문이 열리더니, 엄마가 모습을 보였다.

하지만— 표정이 왠지 가라앉은 느낌…… 아니, 당황한 것, 같네?

"엄마, 왜 그래? 좋은 부부의 날…… 즐기지 못한 거야?"

"아니, 즐거웠어. 신경 써줘서 고마워, 유메. 그런데— 오늘, 어떤 연락을 받았어……."

"연락?"

"너한테 전할지 말지 좀 고민했는데…… 미네 씨와 상의했더니, 이야기하는 편이 좋을 것 같다네. 참 사람이 좋다니깐."

엄마는 빙긋 웃었다. 은근슬쩍 애정을 과시하고 있다. 하지만, 지금은 『연락』이라는 말이 더 신경 쓰였다. 이야기를 들어보니, 나와 상관이 있는 것 같은데……?

"실은 말이지—."

엄마는 마음이 무거운 듯한 어조로 말했다.

"—네 아빠가, 너를 만나고 싶어 해. 미즈토 군과 함께 말이야."

■ 작가 후기

후기를 쓰는 것도 이걸로 여덟 번째입니다만, 이제 쓸 게 바닥났습니다. 일단 매번 본문의 참고가 될 만한 내용을 써 왔습니다만, 솔직히 말해 딱히 해설할 내용이 없거든요. 이번 권은 『막 자다 깬 여자 멤버를 컬러 일러스트에 넣자!』라는 생각으로 썼습니다.

애초에 저는 후기가 불필요하다고 생각하는 사람입니다. 이딴 아무래도 상관없는 낙서에 몇 페이지나 할애하는 게 괜한 짓이라고 생각하며, 실제로 제가 현재 쓰는 시리즈 중에 후기가 있는 건 이 새 엄마 딸 전 여친뿐입니다. 하지만, 무심코 1권에서 후기를 쓴 바람에, 8권에 이를 때까지 계속 후기를 쓰게 됐죠. 아아, 귀찮네요. 이런 건 그냥 트위터에나 쓰면 되지 않나요? 생각해보니, 제 학생 생활도 이렇게 타성적으로 16년간 계속해온 느낌이 듭니다. 실은 반환점인 중학생 시절에 학교란 장소에 질렸고, 그 후의 고등학교는 소설 취재를 위해 다닌 거나 다름없었죠. 대학교는 말할 것도 없고요.

그렇게 생각하니, 진심으로 할 일을 비교적 빨리 찾아낸 저는 행복한 사람이 아닐까요. 그 대가로 클래스메이트의 얼굴과 이름을 단 한 명도 기억하지 못하지만, 그런 건 아무래도 상관없다고 말할 수 있을 정도로 소설을 읽고 쓰는 것에 진심이었습니다. 원래부터 그것 이외의 선택지가 머릿속에 없었기에, 아이사와 유메가 느끼는 공포와도 인연이 없었죠.

하지만 저는 꽤 특수한 인생을 살아왔다고 생각하니, 『뭐든 두려워하지 말고 부딪치면 돼!』 같은 무책임한 소리를 할 수는 없습니다. 그래도 진심으로 무언가를 한다는 건, 그게 소설이든 만화든 게임이든 연애든 간에 꽤 재미있을 거라고 생각합니다. 아무래도 이 작품의 등장인물들도 진심으로 임할 무언가를 찾아내기 시작한 듯하니, 작가로서는 기쁘기 그지없습니다.

하지만 그것들이— 연애와 양립할 수 있을 거라 단언은 못 하지만 말이죠.

다음 권인 9권에서는 6권에서의 복선이 드디어 회수됩니다. 그게 뭐냐고요? 다시 읽어봐 주십시오. 어디 사는 누구인지 모르는 아저씨가 갑자기 튀어나왔다 사라졌잖아요?

애니메이션도 순조롭게 제작되고 있습니다만, 원작 사이드인 저로서는 슬슬 『앞』을 내다봐야만 하는 타이밍입니다. 설마 미즈토와 유메가 다시 사귀게 되는 그걸로 해피 엔딩이라고 생각하시는 건 아니겠죠?

저, 카미시로 쿄스케의 『새 엄마가 데려온 딸이 전 여친이었다 8 슬슬 진심을 보여줘 봐』를 전해드렸습니다. 가장 진심이었던 사람은 히가시라 이사나였다는 결말이군요.

■역자 후기

안녕하십니까. 근로청년 번역가 이승원입니다.

『새 엄마가 데려온 딸이 전 여친이었다』 8권을 구매해주셔서 진심으로 감사드립니다.

독자 여러분은 올해 여름을 어떻게 보내고 계신지요.

저는 역대급으로 힘든 여름을 보내고 있습니다. 코로나 걸려서 고생하고, 안 되겠다 싶어 4차 백신 맞았는데 후유증 크리, 좀 괜찮아졌다 싶더니 몸 상태가 망가져서 드러눕고, 겨우 좀 살겠다 싶으니 이번에는 작업실 누수……. 정신 차리고 보니 한 달이 지나가 버렸네요.^^

그 덕분에 편집자 여러분께 어마어마하게 폐를 끼쳤습니다. 이 자리를 빌려 진심으로 사죄드립니다!

그럼 『새 엄마가 데려온 딸이 전 여친이었다』 8권에 관해 이야기를 좀 해볼까 합니다.

스포일러가 포함되어 있을 수도 있으니 본편을 안 읽으신 분은 유의해주시길!

『새 엄마가 데려온 딸이 전 여친이었다』 8권은 이리도 남매 주위에 있는 여러 남녀의 이야기를 다뤘습니다.

메인은 호시베와 아이사, 그리고 카와나미와 아카츠키 커플이었죠. 거기에 쿠레나이 & 하바 커플과 이리도 남매가 더해지면서 각양각색의 커플과 사랑을 그려나가고 있습니다.

솔직히 너무 많은 커플의 이야기를 한꺼번에 다루기에 전체적인 균형을 잡기 어려울 거라고 생각했습니다만, 작가님의 절묘한 밸런스 능력이 빛을 발했습니다. 호시베 & 아이사 커플과 카와나미 & 아카츠키 커플로 연애라는 행위의 빛과 어둠을 다루고, 거기에 현재진행형인 쿠레나이 & 하바 커플과 이리도 남매를 더해 다양한 측면을 보여주고 있습니다.

게다가 쉴 새 없이 이어지는 꽁냥꽁냥의 태풍은 제 연애 위장(?)을 포화 상태로 만들 지경이더군요. 하지만 풋풋함과 완숙함과 에로함(^^)을 전방위적으로 다룬, 그야말로 마스터피스 그 자체의 한 권이었다고 생각합니다!

독자 여러분도 이 문란한(^^) 학생회의 연애 이야기를 마음껏 즐겨주시길!

그럼 이만 줄이겠습니다.

항상 재미있는 작품을 맡겨주시는 L노벨 편집부 여러분에게 진심으로 감사드립니다. 앞으로는 컨디션 난조로 폐를 끼치는 일이 없도록 조심하겠습니다!

골골대는 나 버리고 술판 벌였다가 응급실 간 악우여. 위중한 병 아니라니 다행이다. 몸 좀 나아지면 병문안 가서 마구 비웃어주마~.

마지막으로 언제나 제게 버팀목이 되어주시는 어머니와 『새 엄마가 데려온 딸이 전 여친이었다』를 읽어주신 모든 분께 진심으로 감사드립니다.

이리도 남매의 진심이 격돌하면서 산타복도 컬러 일러로 작렬(?)하는 9권 역자 후기 코너에서 다시 뵙겠습니다!

2023년 8월 초

역자 이승원 올림

새 엄마가 데려온 딸이 전 여친이었다 8

초판 1쇄 발행 2023년 10월 10일

지은이_ Kyosuke Kamishiro
일러스트_ TakayaKi
옮긴이_ 이승원

발행인_ 최원영
편집장_ 김승신
편집진행_ 권세라 · 최혁수 · 김경민 · 최정민
커버디자인_ 양우연
관리 · 영업_ 김민원

펴낸곳_ (주)디앤씨미디어
등록_ 2002년 4월 25일 제20-260호
주소_ 서울시 구로구 디지털로 26길 111 JnK디지털타워 503호
전화_ 02-333-2513(대표)
팩시밀리_ 02-333-2514
이메일_ lnovellove@naver.com
L노벨 공식 카페_ http://cafe.naver.com/lnovel11

MAMAHAHA NO TSUREGO GA MOTOKANO DATTA Vol.8
SOROSORO HONKI O DASHITEMIRO

ISBN 979-11-278-7202-1 04830
ISBN 979-11-278-6075-2 (세트)

값 8,500원

L NOVEL

©Ryo Shirakome/OVERLAP
Illustration Takaya-ki

흔해빠진 직업으로 세계최강 1~13권, 단편집

시라코메 료 지음 | 타카야Ki 일러스트 | 김장준 옮김

『왕따』를 당하던 나구모 하지메는 같은 반 아이들과 함께 이세계로 소환된다.
차례차례 사기적인 전투 능력을 발현하는 반 아이들과는 달리
연성사라는 평범한 능력을 손에 넣은 하지메.
이세계에서도 최약인 그는 어떤 반 아이의 악의 탓에
미궁의 나락으로 떨어지고 마는데—?!
탈출 방법을 찾을 수 없는 절망의 늪에서
연성사로 최강에 이르는 길을 발견한 하지메는
흡혈귀 유에와 운명적인 만남을 이루고—.
"내가 유에를, 유에가 나를 지킨다. 그럼 최강이야. 전부 쓰러뜨리고 세계를 뛰어넘자."

나락으로 떨어진 소년과 가장 깊은 곳에 잠들었던 흡혈귀가 펼치는
『최강』 이세계 판타지 개막!

NOVEL

라이트노벨의 새로운 빛! L노벨의 신간은 매월 10일에 발매됩니다. http://cafe.naver.com/lnovel11